庫

最高殊勲夫人

源氏鶏太

筑摩書房

目次

最高殊勲夫人

三人の娘 7
妻の力 21
五分の一 37
不良的紳士 52
初出勤 67
秘中の秘 83
とんかつ 99
無礼な質問 114
初一念 129
芸者ぽん吉 143

貫禄くらべ 158
ネクタイ 172
いい話と悪い話 187
理想の娘婿 202
鬼怒川 217
完全なる清遊 232
心の重荷 247
人生憂鬱 262
訣別の酒 278
花を売る男 294
痩せ我慢 310
重大問題 325
腹芸 341
世界制覇 356

解説 千野帽子 374

最高殊勲夫人

三人の娘

一

野々宮《ののみや》家には、一男三女があった。即ち、上から、桃子《ももこ》、梨子《なしこ》、杏子《きょうこ》、そして、楢雄《ならお》である。ついでながら、父親は、林太郎、母親は、杉子。すこし、うがっていえば、林のところへ、杉がお嫁に来て、桃、梨、杏《あんず》、楢の子供をなした、ということになりそうだ。

今年、二十一歳の娘ざかりになる杏子は、小学生の頃、それについて、

「なんだか、ふざけているようだわ。」

と、父親に抗議をしたことがある。

しかし、父親は、真面目な顔で答えた。

「お父さんは、ふざけて、子供の名をつけたわけではない。桃も、梨も、杏も、そして、楢も、みんな、お父さんが大好きなのだ。だから、よく考えて、子供たちの将来の幸せを祈りながら、これだ、と思ってつけたのだよ。」

「でも、先生が、今日、学校で、こう並べると、何んとなくおかしいね、と笑っていらっしたわ。」

「いいじゃアないか。やがて、上の三人は、お嫁に行って、それぞれ、別の姓に変るのだ。

そして、それからの人生の方が、もっと長いのだ。何んという姓に変るかはわからないが。」

「それもそうね。」

「お母さんだって、昔は、大原杉子といっていたんだよ。」

「あら、そうなの。」

「念のために聞いておくが、杏子は、自分の名、嫌いかね。」

杏子は、口の中で、

「杏子、杏子、杏子……。」

と、つぶやいてから、

「あたし、好きよ。」

と、声に力を込めていった。

そのとき、杏子の瞳は、いきいきとして、かがやいていた。何かの希望に満ちているようであった。それを見て、父親は、三人の娘の中で、この杏子が、いちばん美しい娘になりそうな気がした。父親は、微笑した。

「よかった。」

と、安心したようにいって、更に、つけ加えた。

「桃子も、梨子も、自分の名に不満を持っていないのだよ。勿論《もちろん》、楢雄にしても、その筈《はず》なのだ。」

「わかったわ。」

杏子は、賢こそうに、うなずいた。しかし、その頃の杏子には、どこまでわかっていたかは、疑問であろう。あるいは、嫌いだ、といったのでは、父親に悪いような気がして、好きよ、といったのかもわからない。

しかし、今では杏子は、自分の名を本当に好きになっていた。桃子でも、梨子でもなくてよかった、と思っている。そして、十何年か前のこのささやかな出来事を、今でもはっきり憶えていて、折に触れて、思い出したりしているのであった。不思議に忘れられないでいる。

一方、その後、父親の期待にそむかず、三人の娘の中で、杏子は、いちばん、美しくなっていた。清潔で、ハツラツとしていて、その瞳は、深く澄んでいた。気性もさっぱりしていて、しかも、杏の実のように、なかなか、酸っぱいところもある。何処へ出しても、恐らくは、一流品で通るだろう。といって、桃子や梨子が二流品である、といっているのではなかった。美しさは、多少、杏子に劣るとしても、十人並か、それ以上なのである。

ところで、その桃子は、三年前に、三原《みはら》商事の社長、三原一郎と結婚した。すでに、男の子が一人、出来ていた。そして、今日は、梨子の結婚式なのである。即ち、梨子は、三原一郎の弟で、三原商事の専務取締役をしている次郎と結婚するのであった。

その披露宴《ひろうえん》が、有楽町のT会館で、今、華やかに開かれている。

二

兄弟が、それぞれ、別の姉妹と結婚するという例は、世間に、かならずしも、すくなくはない。が、桃子も、梨子も、共に熱烈な恋愛結婚なのである。

その経緯は、こうだ――。

桃子は、五年前に、三原商事へ勤めるようになった。一年たって、その人柄を見込まれて、秘書にまわされた。当時、先代社長の太左衛門は、まだ、生存中で、一郎は、営業部長をしていた。

社長室へ入るためには、秘書室を通らなければならぬ仕組みになっていた。一郎は、日に一度は、かならず、社長室へくるのだが、桃子が秘書になってから、それが二度三度に及ぶようになった。社長が不在とわかっているくせに、秘書室まで、わざわざ、自分でそれをたしかめにくる。ついでに、桃子に自分から請求して、紅茶を淹《い》れて貰ったりする。そういうことから、いっしょに映画を見に行ったりしていて、しぜん、恋愛関係に入るようになった。

先代社長は、かねてから、桃子を気に入っていたので、一郎からその話があったとき、すぐに許した。あるいは、その前から、二人の仲について、気がついていたのかもわからない。

二人が、やはり、このT会館で結婚式を挙げてから半年目に、先代社長は、脳出血で急逝し、一郎が社長になり、それまで、総務部長をしていた次郎が、専務取締役になった。

桃子が結婚のために辞めたあと、当時、洋裁学校に通っていた梨子が、桃子にすすめられて、三原商事に入社し、やはり、秘書をするようになった。勿論、先代社長が、梨子を見ていて、積極的に賛成したからであるが、

「どうか、あたくしの後に、妹の梨子を。」

と、桃子の方から、先に、いい出したのであった。

当時、梨子に、世間を知るために就職の意志のあったことは、たしかなのである。しかし、桃子が、梨子に入社をすすめたときに、果して、将来、梨子と次郎を結婚させようとの魂胆《こんたん》

があったかどうかは、不明である。いくら桃子でも、そこまでは考えていなかった、と見るべきであろう。が、そういう結果になってみると、世間には、そういう魂胆があったかのような説をなす者もないわけではなかった。

それはともかく、兄と姉の影響というものは恐ろしいもので、一年とたたぬうちに、次郎と梨子は、恋仲になってしまった。

それを、はじめに見破ったのは、今は、社長である一郎であった。

「次郎。お前は、近頃、社長室へ来すぎるようだぞ。」

次郎は、白っぱくれていった。

「しかし、用事があったら、どうにも、仕方がないでしょう？　まさか、社長を専務取締役の部屋へ呼びつけるわけにはいかないし。」

「嘘をつけえ。」

「嘘ですって？」

「そうさ。お前は、社長室でなしに、本当は、秘書室に用があるんだろう。社長室は、ほんのつけたしだ。」

「なるほど。兄貴ともなると、眼のつけどころが違います。やっぱり、社長たるの器《うつわ》ですよ。」

「恐れ入ったか。」

「恐れ入りました。」

次郎は、頭をかいた。

「なに、俺にだって、その経験があるからな。」

一郎は、つい、調子に乗っていったが、これは、明らかに、蛇足であった。案の定、次郎は、何んだ、そうであったのか、という顔をして、

「万事《ばんじ》、おまかせしますからね。大船に乗った気でいますからね。どうか、よろしく。」

と、下駄を預けた。

三

二人を結婚させては、という話を、桃子が持って来たとき、

「そういうのは、ちょっと、まずいんじゃアないかな。」

と、林太郎は、首をひねるようにしていった。

林太郎は、杉子から、梨子が次郎と結婚したがっている、ということは、すでに聞かされていた。が、迷っていたのである。

二つ返辞で承諾して貰える、と思っていた桃子は、不満そうにいった。

「あら、どうしてですの？」

「お互に、仲のいいときは、それで、一向に差し支えないどころか、却って、好都合かも知れない。が、万一、不和になった場合、両方に血がつながっているだけに、収拾のつかないくらい、問題が深刻化してくる恐れがある、と思うんだ。」

「ということは、要するに、いつも、仲良くしていればいいんでしょう。」

「理屈は、まさに、その通りだが。」

「あたし、そんな心配はいらない、と思うわ。主人と次郎さんは、あんなに仲がいいんだし、あたしと梨子さんだって、そうよ。だから、結婚しても、きっと、うまくいくわ。勿論、そういうように一所懸命に努力もするし。お父さんは、取越苦労をしていなさるのよ。」

近頃、殊に、奥さまらしくなった桃子の雄弁を、林太郎は、苦笑しながら聞いていた。どうやら、一人前になったようだと思う反面、まだ、これからなのだ、とも思っているのであった。

「とにかく、良縁であることには、間違いありませんからね。それに、あたしの奥さまぶりがいいからこそ、次郎さんだって、梨子を貰おう、という気におなりになったのよ。」

「さア、どうかな。」

「いいえ、ほんとですよ。あたし、次郎さんの口から、ちゃんと聞いたんですからね。」

「では、そういうことにしておこう。」

「それに、あたしは、変ないい方ですけど、社長夫人として、妹が、会社でも、最も重要なポストである専務取締役の夫人になってくれていた方が、安心していられるのよ。」

桃子は、すでに、社長夫人たるの貫禄と見識のあるところを、それとなく仄《ほの》めかせている。それまで、黙って、横で聞いていた杏子が、つい、口を出した。

「すると――。」

「何？」

桃子は、杏子を見た。

「ううん、もう、いいの。ごめんなさい。先を、どうぞ。」

「あら、おかしな杏子ね。今のいい方、ちょっと、変よ。気になるから、おっしゃいよ。」

「だって、悪いもの。」

「あんたは、お姉さんに、悪いことをいうつもりだったの？」

「だから、よしたのよ。」

「かまわないから、おっしゃい。」

「ほんとは、何んでもないことなのよ。ただ、もし、そうなったら、梨子姉さんは、桃子姉さんに、姉としてと、もう一つ、社長夫人としての両方から、一生、頭が上らないだろうと、気の毒になったんだわ。」

「まア、あきれたことをいう。」

桃子は、杏子を睨《にら》みつけた。しかし、杏子は、ケロリとして、

「だって、その方が、桃子姉さんにとって、便利だし、都合がいいわね。ねッ、そうでしょう？」

「お父さん、杏子を叱ってやって。」

「まア、いいではないか。」

「よくないわ。お父さんたら、昔から、杏子ビイキなんだから。」

「そんなことあるもんか。わしは、いつも、子供たちのことは、エコヒイキなしに考えている。そのつもりだ。」

「杏子ちゃん。」

「はい。」

杏子は、神妙に、桃子の方を見た。これ以上、不機嫌になられると、後難をうける恐れがある。

「三原家には、まだ、三郎さんがいらっしゃるのよ。」

「知ってるわ。」

「さっきみたいな口を利くんなら、あたし、三郎さんとあんたを強引に結婚させてしまうわよ。そして、一生、威張り散らしてやるから。」

「わッ、たすけてえ。あたしは、死んだって、三郎さんなんかと、結婚しないわ。」

そういうと、杏子は、立ち上って、さっさと、自分の部屋へ行った。しようがない妹だ、というように桃子は、それを見送ってから、あらたまって、父親にいった。

「今日のあたしは、三原家の代表なんですよ。三原桃子です。そして、三原だって、この案には、大賛成なんですから。あたしの立場も考えて頂戴。」

「お母さんの意見は、どうかね。」

林太郎は、さっきから心配そうにしているかたわらの杉子にいった。

「あたしは、梨子が、それで幸せになれるのであったら、異存がありません。」

「それ、ごらんなさい。お母さんの方が、余ッ程、進歩的で、話がわかるわ。」

「しかし、わしは、子供たちの遠い将来のことを――。」

「いいえ。梨子さんは、次郎さんが好きなのよ。大好きなんだわ。勿論、次郎さんだって、そうよ。あたし、この間、二人に会って、直接、話を聞いたんですからね。もし、お父さんが、どうしても許さない、とおっしゃると、きっと、怨《うら》みに思って、梨子さんは、自殺をはかるかも知れないわ。」

「これは、たとえばの話だけど、その可能性は、大ありよ。」

「まさか。」

林太郎は、苦笑を洩らした。

梨子は、自分の部屋で、話の結果を気にしているに違いないのである。林太郎には、そういう梨子の姿が、見えるようであった。彼は、娘の結婚には、親として、あくまで、慎重であらねばならぬ、と信じていた。目先のことだけを考えていてはならない。そのためには、時として、鬼になる必要があるのだ。そして、梨子と次郎を結婚させることに、あくまで、反対なのではなかった。いや、桃子のいうように、良縁であるかも知れぬ、と思っている。何度も会っているが、次郎は、いい男だった。信頼出来る。だから、梨子が次郎の妻になったら、恐らく、幸せになれるだろう。が、林太郎が、秘そかに恐れているもう一つ別の問題は、つまらんことかも知れぬが、この結婚が、外見上、いわゆる、玉の輿《こし》に見えはしないか、ということでもあったのである。

三原商事といえば、丸の内にあって、一流でないまでも、二流の上の部に属している会社である。が、林太郎は、大洋化学工業株式会社の経理課長に過ぎなかった。一介のサラリーマンなのである。そんなサラリーマンの娘が、二人までも、三原商事の一族と結婚するということは、如何《いか》にも、そのことを計画的に狙ったようで、痛くない腹までを探《さぐ》られそうで嫌だった。

林太郎は、梨子を、勤めに出すとき、こういう結果になろうとは、夢想だにしなかったのである。

にもかかわらず、桃子の結婚の時ですら、

「これで、君は、停年後も安心だね。」

と、同僚からいわれた。

「何故？」

「三原商事の嘱託《しょくたく》ということにして、遊んでいても、月給が貰えるじゃアないか。結構なご身分だよ。」

林太郎は、珍らしく、憤然としていった。

「冗談もいい加減にしてくれたまえ。僕には、そんなさもしい気持は、毛頭もないんだ。娘は娘、親は親だからね。」

林太郎は、そのときのことを思い出していた。これで、梨子と次郎を結婚させたら、更に、何をいわれるか、わかったもんではないのである。

しかし、林太郎は、決心した。娘は娘なのだ。そのために、自分が世間から何んといわれようが、一向にかまわないのだ、と。

「よかろう。三原さんに、この話は、有難くお受けする、といってくれないか。ただし、仕度その他は、桃子のときと同様、身分相応のことしか出来ぬ。」

「そのことなら、あたしにまかせておいて。」

桃子は、ポンと胸を掌で叩いて、あくまで、社長夫人になっていた。

一角から拍手が起り、それが、満堂にひろがっていった。

杏子は、ハッとして、自分に還《かえ》った。つい、桃子が梨子のことで、家へ来たときのことなどを思い出していたが、ここは、T会館の結婚披露宴の席であったのである。

四

梨子が、色直しをして、ふたたび、姿を現わしたのであった。

「まア、綺麗！」

杏子は、思わず、いった。

別のところからも、そういう声が聞えた。

やや、羞《はに》かみながら、仲人《なこうど》の大島商事の社長夫人に連れられて、ゆっくり、客席の間をまわりながら、正面の席の方へ向っている梨子を見て、杏子は、こんな美しい姉であったか、と思ったくらいであった。美しいだけでなしに、幸せそうであった。

杏子は、反射的に、向うの席の父親の方を見た。同じ席に、母親と、そして、一郎夫婦がいた。父親は、梨子の方を見ている。可愛ゆくてたまらぬ、というような眼つきであった。そして、その眼は、気のせいか、涙ぐんでいるように見える。父の横にいる母親の方は、明らかに、眼を濡らしていた。

それにくらべると、一郎も、桃子も、朗らかなものだった。殊に、桃子は、今日のために、わざわざ、裾模様をつくったりしている。今日、こういう結婚式を挙げられるのは、すべて、自分の演出だぐらいのことを、秘そかに思っているような顔つきだった。

杏子は、自分でも、ときどき、母親よりも、父親の方が好きなのではないか、と考えることがある。それくらい、父親ビイキなのである。杏子は、もう一度、父親の方を眺めた。

せっかく、今日まで育てた娘なのである。それを手ばなすのだ。惜しくてたまらぬだろう。といって、いつまでもお嫁に行かないで、オールドミスとなって家にいられるのも困る。そうとわかりつつ、やっぱり、涙ぐまずにはいられない。今日の親ごころは、凡そ、複雑微妙なのである。杏子は、勝手にそのように想像しながら、

(あたしのときも、やっぱり、お父さんは、あんなに可愛ゆくてたまらぬ、というお顔をしてくださるか知ら?)

父親は、杏子の視線に気がついたらしく、彼女の方を見た。そして、うなずきながら、わかっているよ、というように、微笑してくれた。嬉しくなって、杏子は、微笑を返した。

(お父さん、大好き!)

今日、招待されている客は、百人以上であった。相当、世間的に名の知られた人も来ていた。そして、それは、主として、三原の関係筋であった。

すでにして、梨子は、花嫁の席についていた。隣の花婿、次郎が、何か話しかけてやっている。それは、似合いの新郎新婦であることに間違いなかった。

(梨子姉さんは、今日から、野々宮梨子でなしに、三原梨子に変ったんだわ)

姉が、三原桃子で、妹が、また、三原梨子。杏子は、昔、父親が、やがて、それぞれ、別の姓に変るのだ、といっていたことを思い出した。ついでに、桃子が、冗談にしろ、自分と三郎を結婚させる、といっていたことをも。そうなると、もう一人、三原杏子が出来てくる

ことになる。

（三原杏子……）

ゴロとしては、悪くないようだ。しかし、杏子は、すぐ、思い返した。

（それこそ、とんでもない話だわ。あたしは、真っ平）

そのとき、うしろから、お客同志の話声が聞えて来た。

「もう一人、三原家に男がいるんだろう？」

「そして、野々宮家にも、年頃の娘がいるんだそうだ。」

「じゃア、ちょうど、いいではないか。また、いっしょにしたら。」

「玉の輿の三重奏か。はッはッ。」

「とにかく、うまくやったよ、な。」

恐らく、軽い気持で、すぐうしろに、杏子がいるとは知らずに、喋《しゃべ》っているのだろう。しかし、杏子は、思いがけないことを聞いたように、大きなショックを受けた。唇を嚙みしめたくなっていた。杏子の横に、梨子のクラスメート安西淑子《あんざいよしこ》がいるのである。淑子も、今の話を聞いたに違いない。が、何もいわなかった。何もいわないのは、淑子も、そう思っているからであろうか。杏子は、世間は、そういう見かたをしているのか、といたたまらぬような思いに堪《た》えていた。

（あたしは、絶対に、三郎さんなんかと、結婚しないから）

第一、今日まで、そんなことを考えたこともなかったのである。杏子は、顔を上げた。斜め左の向うの席に、その三郎が、次郎のクラスメートたちといっしょにいるのであった。三

郎は、杏子を見ると、ニヤッと笑いかけて来た。が、杏子は、笑いかえすかわりに、反動的に、

（あんたなんか、大嫌いなんだから）

というように、いーとばかりに、顔をしかめて、唇をとんがらせてしまった。

三郎は、呆然としている。三郎の横にいる青年も、杏子のひょっとこ面《づら》に気がついて、怪《け》訝《げん》な顔をした。それに気がついて、杏子は、真ッ赤になってしまった。

妻の力

一

次郎と梨子を乗せた列車は、まさに、出発しようとしている。二人は、これから関西へ新婚旅行の旅に出るのであった。

見送り人は、両家の身内の者か、極く、親しい友人たちだけで、十数人である。勿論、杏子も来ていた。そこらが、華やかな雰囲気になっていた。

杏子は、人々のうしろの方から、じいっと、梨子を見ていた。梨子も、杏子に気づいて、微笑《ほほえ》んでくれた。杏子は、行ってらっしゃい、というように、片手を振ってやった。梨子は、嬉しげに何度もうなずいた。

「やい。」

うしろから、低い声でそういわれた。おどろいて、杏子が振り向くと、三郎であった。

「さっきは、何の遺恨があって、あんなひょっとこ面をしたんだ。」

「ごめんなさい。ちょっと、思い違いをしたのよ。」

「横にいた風間《かざま》さんが、いってたぞ。あの娘《こ》、ちょっと、キジルシじゃアないかね、と。」

「まア、ひどい。」

「だから、僕は、いっておいてやった。昔から、そういう傾向があるんだ、と。」

「ほんとに、そんなこと、おっしゃったの？」

杏子は、睨みつけるようにしていった。しかし、それくらいのことでは、三郎は、ビクともしなかった。

「勿論、いったさ。そうしたら、風間さんがいってたよ。」

「何んと？」

「聞きたいかね。」

「別に、聞きたくないわ。」

「まア、聞きなよ。美人なのになア、と。」

「それごらんなさい。いくら、ひょっとこ面をしても、見る人には、ちゃんと、わかるんですからね。」

「ところが、残念ながら、そのあとがよくなかった。キジルシでは、どうにも、しようがない。可哀いそうだけど、早く、精神病院へ入れたらどうだね、と。」

「いや。だから、僕は、全く、同感ですよ、といっておいた。」

「いいわ、覚えてらっしゃい。」

そこへ、桃子が、気になるように、せかせかと、近寄って来た。

「二人で、何を話しているの？」

「ヤッ、お嫂《ねえ》さん。」

三郎は、ケロッとして、

「次郎兄貴は、だらしがないくらいニコニコしていますねと、今、二人で話していたんです。ねッ、そうだったね？」

杏子は、ちらッと、次郎の方を見て、

「そうなのよ。」

「一郎兄貴のときに、そっくりです。」

「まア、三郎さんたら。」

しかし、桃子は、満更でもないようすで、

「次は、あなたの番よ。」

「僕は、当分の間、結婚なんかしませんよ。」

「どうしてよ。」

「もっと、遊びたいもの。一郎兄貴を見ていると、こりゃあウカツに結婚も――。」

「ちょいと。」

「嘘ッ。」

「失言ですよ。どうか、気にしないでください。」

「これが、気にせずにいられますか。あなた、まだ、恋人ないの。」

「ありますよ。一ダースぐらい。」

横から、杏子がいった。

「キザなセリフね。」

「キザ？」

「そうよ、一ダースぐらいあるということは、全然、ないということといっしょだわ。お気の毒。」

そういうと、杏子は、さっさと、三郎と桃子の横からはなれて、父親の方へ寄って行った。

三郎は、しまった、という顔をしている。たしかに、調子に乗り過ぎて、喋っていた。その足許を、見事にすくわれたようで、いまいましかった。ひょっとこ面《づら》をされたあげく、こんな目にあったのでは、どう考えても、間尺《ましやく》にあわない。

正直にいって、三郎は、今日まで、杏子を問題にしていなかったのである。ところが、今日は、ちゃんとお化粧をしているので、おや、と思った。そのとたんに、ひょっとこ面をされてしまった。男としての自尊心を、かつて、これほど損なわれたことがないような気がしていた。

（よーし、覚えていろ）

そういいたいくらいであった。

桃子は、杏子の無礼な態度に、ちょっと、あきれていた。同じことをいうにしても、もっといいようがあろうし、年頃の娘らしい別な態度があって然《しか》るべきである。むっとしているらしい三郎に、桃子は、とりなすようにいった。

「ごめんなさい。お気を悪くなさったでしょう？」

「いや、いいんです。どうせ、キジ——。」

「キジ？」

「何んでもないんです。」

「何んだか、変ね。」

「そう、変ですよ。」

いいながら、三郎は、もう、笑っていた。一郎、次郎、そして、三郎と、三人の兄弟の中で、気性のいちばんさっぱりしているのは、この三郎であった。

次郎の方は、こんど、芝のN高級アパートに新居を構えることになったのだが、それまでは、青山の一郎の家に、いっしょにいたのである。が、三郎だけは、三年前から、渋谷の安アパートで、独身生活をたのしんでいた。そして、彼は、三原商事に入ると、一生、兄貴たちにこきつかわれるから嫌だといって、八重洲口《やえすぐち》にある大島商事に勤めていた。月給二万三千円で、目下、総務課長代理である。梨子の結婚式の仲人《なこうど》をしてくれた大島光三が、そこの社長で、この社長の言によると、流石《さすが》に、三原太左衛門の血を継ぐだけに、なかなか、前途有望である、ということになっていた。一郎は、三郎にも、三原商事へ入って貰いたがっているのだが、三郎は、どうしても、うんといわないのであった。

「杏子って、ほんとうは、気のやさしい娘なんですよ。」

「あれで？」

三郎は、わざと、疑わしそうにいった。

「嘘だ、とお思いなら、いちど、どこかへ引っ張り出して、ゆっくり、話してやってごらんなさい。」

「かまいませんか。」

「どうぞどうぞ。」

桃子は、欣然としていった。

三郎は、しばらく、考えていてから、何かの決心がついたように、

「では、今夜、これから、どうですか。」

「今夜？」

桃子は、その早急さに、流石に、おどろいたようであった。しかし、こう急ぐところを見ると、さっき、あんな目にあいながら、やっぱり、杏子が気に入っているからであろう、と思った。

「いいわ。ぜひ、そうしてやって。あたしから、父や、杏子に話しますから。」

二

列車は、あと三分で、発車する。

桃子は、一郎に近寄って、ささやいた。

「あなた、三郎さんも、とうとう、妹の杏子が好きになったらしいわよ。」

「何？」

一郎は、一瞬、ギョッとなったようであった。しかし、考えてみれば、何も、おどろくことはないのである。自分が桃子を好きになり、次郎が梨子を好きになったように、三郎が杏子を好きになったとしても、兄として、文句のいえる筋合いは、すこしもない。寧《むし》ろ、わが家の血の中には、野々宮家の娘たちを好きにならざるを得ないような、何ものかが流れているのだ、と観念してしまった方が早途《はやみち》かもわからない。

「それで？」

「今夜、杏子を連れて、どっかへ行きたい、というのよ。」

「いいじゃァないか、勝手にさせとけば。どうも、あいつだけは、昔から、俺の手に負えぬ。」

「だからなのよ。」

桃子は、得意げに、

「ついでだから、三郎さんと杏子を、結婚させてしまいましょうよ。そうすれば、三郎さんだって、否応《いやおう》なしに、大島商事を辞めて、三原商事に戻ってくることになるわ。」

「さア、どうかな。」

「そこは、妻の力で。」

一郎は、妻の力というものが、良人に対して、如何なる偉大な影響を及ぼすか、ということを、近頃になって、肝《きも》に銘《めい》じている。もっとも、そのことが、全部、悪いといっているわけではない。たとえば、杏子の力によって、三郎を、三原商事に引き戻すことが出来たら、こんな有難いことはないのである。それによって、三原商事の基礎は磐石《ばんじゃく》となり、ますます、発展させることが出来るであろう。

「わかった。しかし、杏子さんの意向は、どうなんだね。」

「それは、これからの問題よ。あの娘、すこし、変っているところがあるんで、そこは、万事、あたしに、まかせておいて。」

「勿論、まかせるが。」

「ただ、あとで、あなたから、父にいってくださいません？　三郎さんが、杏子といっしょに、どっかへ行きたい、といっているから、しばらく、貸して貰いたいと。」

「お前から、いったら？」

「いいえ、あなたからの方がいいのよ。」

列車が動きはじめた。すると、桃子は、さっと、人々の前に出て、梨子の手を握り、

「行ってらっしゃいね。」

「お姉さま。いろいろと、すみません。」

「いいのよ、いいのよ。次郎さん、梨子をよろしくね。」

「はア。及ばずながら、一所懸命に。」

それを見ながら、杏子は、父親にいった。

「桃子姉さんは、八面六臂《はちめんろっぴ》のご活躍なのね。」

林太郎は、そうなんだ、というようにうなずきながら、梨子の方を見ている。

杉子も亦、そうであった。梨子は、最後に、両親の方を見た。それは、嬉しいが、同時に、

すこし不安でもある、というような顔であった。その顔は、みるみる、遠のいて行った。

　やがて、それぞれが挨拶をすませて、散りかけた。一郎が、桃子といっしょに、林太郎たちの前へ来た。

「まっすぐ、お帰りですか。」

「そのつもりですが。」

「それでしたら、私の車で、お宅まで、お送りしましょう。」

「とんでもない。電車で帰りますから。」

「お父さん、いいじゃァありませんか。どうせ、ついでですから。」

「しかし。」

「ほら。また、お父さんの、しかし、がはじまった。」

「しかし。」

「そう、その、しかし、がいけないのよ。」

　林太郎は、苦笑した。こんな場所で娘を相手に憤《おこ》るわけにもいかなかった。

「実は、お願いがあるんですが。」

　一郎は、あらたまっていった。

「何んでしょうか。」

「三郎が、杏子さんとしばらくお話がしたい、といっているんですが、今夜これから、二人っきりにしてやっていただけませんでしょうか。」

「三郎君が?」

林太郎は、意外なことを聞いたように、向うの三郎の方を見た。それに気がついて、三郎は、会釈をした。その会釈に返しながら、林太郎は、杏子の方を見た。桃子がいった。

「お父さん、いいでしょう？　ねえ、杏子さんも。」

「杏子、どうする？」

「そうねえ。」

杏子は、考え込んだ。三郎が、どういう魂胆で、そういうことをいい出したのか、わかるような気がする。さっき、最後に、皮肉をいってやったので、憤っているに違いない。それに、文句をつけるつもりだろう。それなら、杏子にも、いい分がある。たかが、ひょっとこ面ぐらいで、年頃の娘に、キジルシとか、精神病院へ行けとかは、以てのほかである。よーし、と思った。

「あたし、行ってくるわ。」

「行くのか。」

林太郎は、気がかりらしくいった。その耳許へ、杏子は、ささやいた。

「心配なさらないで。あたしは、どんなことがあっても、三郎さんなんか、好きになりませんから。」

林太郎は、杏子の顔を見直した。何んとなく、たのもしい娘に思えた。この分なら、放っておいても、多分、大丈夫だろう。

「お母さん、いいだろう？」

「ええ、あんまり、遅くならなければ。」

三

三郎と杏子は、銀座へ出ていた。

「君、お酒が飲める？」

「飲めないわ。」

「じゃア、どっかで、コーヒーでも飲もうか。」

三郎は、あんまり、気がすすまないようにいった。

「三郎さんは、お酒が飲みたいの？」

「そう、何んとなくね。」

「じゃア、いらっしゃいよ。あたし、横で、見ていてあげてもいいわ。」

「かまわないのか。」

「三郎さんさえ、かまわなかったら。」

「僕は、平気だ。ただし、僕が、女にもてても、気を悪くしないで貰いたい。」

「気を悪くするどころか、後学のために、あたし、拝見したいわ。」

「おどろくなよ。」

「おどろかせて。」

そうはいったが、杏子は、どんなところへ連れて行かれるのか、と心配だった。しかし、三郎が連れて行ってくれたバアは、上品で、落ちついた雰囲気の店だった。

杏子は、勤めに出ているわけではなく、こういうところへくるのは、はじめてである。勿論、映画やなんかで見てはいるが、いきなり、女給が寄って来て、肩を抱いたりして、わいわいと騒ぐのか、と思っていた。しかし、ここでは、客が静かに飲んでいるだけで、女給たちも、つつましく話相手になっていた。

三郎が、若い女を連れていると見てか、女給も寄ってこなかった。二人は、スタンドの脚の高い椅子に腰を下した。

「上品なおウチね。」

「そうなんだ。」

「ここで、三郎さんは、やっぱり、もてるの？」

「いや、ここでは、ダメなんだ。よそへ行くと、大いにもてるんだけど。」

「見られなくて、惜しいことをしたわ。」

しかし、三郎は、ただ、笑っているだけであった。この店で、三郎は、嫌われている客ではないようだ。寧ろ、好意を持たれているようだ。そのことは、何んとなく、杏子にわかり、そのことが、すこしも嫌らしくは、感じられなかった。

三郎は、ハイボウルを飲んでいた。杏子は、レモンスカッシュを飲んでいた。

「何か、あたしに、話があるんでしょう？」

「そのつもりだったんだが。」

「どうなさったの？」

「やめたよ。」

「どうして？」

「さっき、君が、あんまり偉そうにいったから、ひとつ、とっちめてやろう、と思ったんだ。」

「じゃア、とっちめなさいよ。」

「また、そういう憎まれ口をいう。すこしは、お姉さんたちを見習ったらどうだ。」

「見習ったら、大変なことになるわ。」

「大変なこと?」

「そうよ。」

「どういうことだ。」

「それは、いえないわ。」

「やっぱり、キジルシの口か。」

「失礼ね。」

「では、どうして、さっきあんなひょっとこ面をしたんだ。」

「まだ、こだわっているの?」

「忘れていたんだが、今、急に思い出したんだ。そうしたら、ムカムカして来た。」

「ほんとうはね。」

杏子は、こうなったら、何も彼《か》も、いっておいた方がいい、と思った。いつまでも、腹の中におさめておくよりも、吐き出してしまった方が、さっぱりするに違いない。

杏子は、父親が、梨子と次郎の結婚に、はじめ反対だったらしい理由と、結婚披露宴の席上で耳にしたことを話した。

「なるほど、そうであったのか。」

「だからね、あたしは、どんなことがあっても、三郎さんと結婚しまい、と思ったのよ。もともと、前から、そんなこと、一度も考えたことがなかったのよ。」

「僕だって、そうだ。」

「でしょう？　そこへ、あなたが笑いかけて来たんで、つい、憎らしくなって、あんな顔をしてしまったんだわ。ごめんなさい。」

「しかし、僕は、びっくりしたな。こん畜生、と思ったぞ。」

「でも、あたしはキジルシではないのよ。」

「それで、安心した。親戚に、キジルシがいるってのは、あんまり感心しないからな。しかし、世間には、バカなことを考えている奴もあるもんだ。が、待てよ。」

そういって、三郎は、考え込んだ。

「どうなさったの？」

「これは、僕の錯覚かも知れないが、僕は、桃子嫂さんから狙われているような気がして来たよ。」

「どういうこと？」

「君と結婚するように、だ。」

「まア、嫌だ。」

杏子は、ぐっと、眉を寄せた。それを見て、即座に、三郎もいった。

「僕だって、ごめんだよ。三人の兄弟が、何も、揃いも揃って、君たち三人の姉妹と結婚することないじゃアないか。」

「そうよそうよ。」

「しかし、桃子嫂さんは、どうやら、それを狙っているらしい。要するに、あのひとは、世界制覇をたくらんでいるんだ。」

「世界制覇？」

「僕は、前から兄貴に、三原商事へ戻ってこい、といわれている。その上、君と結婚してみろ。桃子嫂さんは、兄貴より偉いんだから、即ち、世界制覇だ。」

「で、何か、思いあたることがあるの？」

「今日だって、君のことを、気のやさしい娘だから、ぜひ、交際してみろと、いやに積極的だったし、梨子嫂さんの話がきまったとき、冗談まじりに、君と結婚しないか、といわれたような気がする。」

「あたしだって、桃子姉さんに、三郎さんと強引に結婚させて、一生、威張り散らしてやるわよ、といわれたわ。」

「危い、危い。」

「そうよ。」

　そのあと、二人は、ふっと、黙り込んだ。しかし、やがて、その沈黙に堪えられなくなったように、三郎がいった。

「とにかく、桃子嫂さんは、女傑だからな。権謀術数《けんぼうじゅつすう》にたけている。だから、こちらも、対策が必要だ。」

「要するに、二人は、どんなことがあっても、結婚しなければいいんだ。」

「何んとか、方法がある？」

「あたしに、そんな気は、すこしもないのよ、悪いけど。」

「そりゃアお互さまだ。第一、人の権謀術数に乗って、うかうかと結婚するなんて、バカバカしいよ。その上、一生、威張り散らされるなんて、阿呆臭い話だ。男の沽券《こけん》にかかわる。」

「女の沽券にもかかわるわ。それに、父だって、こんどこそ、反対するわ。」

「君、恋人ある？」

杏子は、ハッとしたようだ。しばらくたってからいった。

「あるわ、ひとり。」

「ひとりあれば、たくさんだ。一ダースもあったら、全然、ないといっしょだからな。」

「だって、さっきは？」

「だから、ないといっしょだ、といっている。ただし、社長から、娘を貰わないか、といわれているんだ。」

「綺麗なひと？」

「まアね。」

「結婚しておあげなさいよ、早く。そうすれば、桃子姉さんだって、あきらめるし、完全にあたしたちの勝利、ということになるわ。」

「そのかわり、君も、その恋人と結婚しちまえ。」

「勿論、あたしは、そのつもりよ。」

そのあと、また二人は、黙り込んだ。杏子は、梨子の乗った汽車は、今頃、どのあたりを走っているだろうか、と考えていた。

五分の一

一

一カ月ぐらい過ぎて、青山の一郎の家へ、次郎と梨子が来ていた。梨子は、すでにして、奥さまらしくなっていた。しかも、初々《ういうい》しさを失っていない。桃子は、三年前の自分もそうであったろう、と思い出していた。

「もう、夫婦喧嘩をした?」

「いいえ、仲のいいもんですよ。」

次郎がいうと、梨子は、

「あら、一度、しましたわ。」

と、抗議するようにいった。

「バカだな。あんなのは夫婦喧嘩ってもんじゃァないよ。ちょっとした、何んだな。」

「何んですの。」

「まア、口喧嘩だよ。」

「やっぱり、夫婦喧嘩ですわ。あたし、いっそう、アパートの九階から、飛び降りよう、と思ったくらいですもの。」

「まさか。」

「いいえ、ほんとですのよ。」

「ふーん。」

次郎は、半信半疑ながら、恐くなったようである。それを見ていて、一郎は、秘そかに思った。

（ああ、次郎も亦、恐妻家になりつつあるようだな。可哀いそうに）

しかし、桃子は、ひどく興味を持ったように、

「ねえ、何んのことで、新婚早々から、そんな死にたくなるような口喧嘩をしたの？」

「あのね。」

「よせよ。」

「いいじゃアありませんか。あたし、お姉さんに聞いて頂いておいた方がいい、と思うのよ。」

「早く、おっしゃいよ、そんなに気を持たせないで。」

「この間の日曜日に、あたし、映画に行きましょう、といったら、この人は、せっかくの日曜日だから、ゆっくりと昼寝をしたい、といって……。そのうちに、あたしが、あんまり、何度もいうんで、そんなに映画が好きなら、勝手に一人で行ってこい、と呶鳴《どな》りつけるんですもの。」

「何んだ、そんなことぐらいなの。それくらいなら、ウチなんか、しょっちゅうよ。ねえ、あなた。」

「まア、そうだな。」

「だって、あたし、悲しくなったのよ。結婚前だと、どんなことでも嫌だとは、おっしゃらなかったのに。」

「それは、結婚の前と後とでは、どうしても、違ってくるんだよ。」

「それが、あんまり、ハッキリし過ぎているんで、いっそう、九階から飛び降りようかと……。」

「冗談じゃアない。早く、一階の方へ変ることにしよう。」

「それで、次郎は、とうとう、昼寝をしたのか。」

「とんでもない。ちゃんと、映画のお供をしましたよ。」

「はッはッは。多分、そんなことだろうと、思っていたよ。」

「僕は、兄貴のをよく見ていたので、自分こそは、と思っていたんですがねえ。」

「ちょいと、次郎さん。あんまり、人聞きの悪いことをいわないで頂戴。」

「しかし、実感ですよ、これはね。が、すでにダメらしい、とわかりつつあります。」

「大変、いいことですわ。だけど、梨子さんも、そんな気の弱いことでは、ダメよ。結婚生活なんてものは、そんな甘い考えでは、とてもやっていけないわよ。もっと、しっかりしていなければ。」

「はい。」

「ところで、今日は、三郎、こないんですか。」

「そうなんだ。次郎もくるから、いっしょに、ご飯を食べようと電話をしておいたんだが、急に、約束が出来たから行かれないといって、ことわって来たよ。」

「残念だなア。僕は、久し振りで会えると思って、たのしみにしていたのに。」

「どうも、三郎の奴、ウチへくるの、敬遠しているらしいんだ。」

「どうしてですか。」

「僕が顔を見るたびに、三原商事へ戻れ、戻れ、というもんだから、嫌なんだろう。」

「そのことなんですがねえ。」

次郎は、急に、真面目な表情になって、

「僕は、やっぱり、三郎をウチの総務部長にした方がいい、と思うんです。今の総務部長の早田でもいいけど、どこか、一本、抜けている。その点、三郎なら、あれで、なかなか、しっかりしているし、申し分がないですよ。とにかく、亡くなった親爺は、三郎が、大島商事へ入ることにウンといったのは、他人のめしで苦労させて、そのあと、三原商事に戻すつもりだったんでしょう？」

「そうなんだ。僕も、そういうんだが、どうも、気がすすまないらしい。困った奴だよ。」

それまで、黙って聞いていた桃子は、漸く、自分が出る幕になったように、ぐっと、上半身を前へ乗り出していった。

「だから、そのために、あたしは、三郎さんと杏子を結婚させた方がいいと、この前、申し上げたでしょう？」

「しかし、その後、三郎と杏子さんは、別に、交際していないんだろう？」

「らしいんですけど。」

「次郎の新婚旅行のあと、二人は、銀座へ行ったけど、それっきりになっているということは、二人に、結婚の意志がない、と思うべきだろうな。」

「でも、あるかも知れませんわ。」

「あれば、交際している筈だ。」

「だから、交際するように、こっちで、うまくはからってやれば？」

「うまい方法があるのか。」

「ありますわ。だけど、その前に、はっきり、お聞きしておきますが、あの二人の結婚には、反対なさいません？」

「僕は、反対しない。まして、そのお陰で、三郎が三原商事へ戻ってくるようになったら、大変、有難いのだ。」

「次郎さんのご意見は？」

「僕は、さっきから、別の意味で、そうなったら面白いと思っていたんです。」

「どういうこと？」

「僕たち三人の中で、三郎は、いちばん、気が強い。だから、三郎なら、杏子さんをウンとおさえて、亭主関白の見本をしめしてくれるかも知れない。それが、しぜんに、われわれの家庭にも影響して、と考えていたんです。」

「あきれた。じゃア、お二人とも、杏子を三郎さんの妻とすることに、異存がありませんのね。」

一郎と次郎は、うなずいた。

「梨子さんは？」

「あたし、大賛成よ。だけど、杏子さん、ウンというか知ら？　あの娘《こ》、どうかすると、意地になるから。あたし、この前、冗談まじりに、二度あることは三度ある、というわよ、といったら、意地にでも、あたしたちの真似をしない、といっていたわ。」

「その意地が、つけ目なのよ。ほら、野球の場合でも、ピッチャアが、バッタアの長所を意識しすぎると、却って、そこへボールを投げるようになってしまうというでしょう？　今の杏子は、意地になって、三郎さんを嫌いになろうとしているのよ。そういう意識が、却って、三郎さんの良さを認識させる結果になる、と思うの。」

「なるほど。お嫂さんは、一流の心理学者ですよ。恐れ入りました。兄貴も、こうなったら、ウカツに浮気は出来ないな。たちまち、見破られてしまう。」

「あたりまえですよ。」

一郎は、ただ、苦笑している。梨子は、黙っていられないように、

「すると、あたしにはわからない、とおっしゃいますの、あなたの浮気が？」

「いやいや。この姉にして、この妹ですから、やっぱり、油断がなりませんよ。」

「ということは、なさるおつもり？」

「絶対にしません。」

「あたし、それで、安心したわ。だって、九階から飛び降りるの、ほんとうはあんまり、好

きではありませんもの。」

二

その翌日の夜、桃子は、高円寺《こうえんじ》の実家を訪れた。父親も、母親も、杏子も、そして、楢雄《ならお》も、家にいた。桃子が持って来たケーキで、お茶を淹れて、しばらく、雑談が続いた。昨夜、次郎と梨子が来て、アパートの九階から飛び降りようと思った、といったことなどが話題になった。

林太郎は、眉を寄せて、

「冗談にもしろ、そういうことをいうのは、よくないな。いちばん、悪いことだ。」

「大丈夫よ、お父さん。あれで、そういうことをいいながら、結構、新婚気分をたのしんでいるんだから。」

「しかし。」

「また。」

と、桃子は、林太郎の口癖を封じておいて、

「今夜は、あたし、お願いに上ったんですけど。」

「三原桃子として？」

横から、杏子が口を入れた。が、今夜の桃子は、別に、杏子を睨《にら》みつけもしないで、

「そして、社長夫人として。」

「あらあら、大変だわ。楢雄さん、座布団を、もう一枚、持っていらっしゃいよ。」

「どうして?」

「今、敷いていらっしゃるのは、三原桃子さまの分。もう一枚は、社長夫人としての分。」

「じゃア、お姉さん、自分で持っておいでよ。」

「バカねえ。あんたなんか、やがて、学校を出たら、三原商事にお世話にならなければならないかも知れないわ。だから、今のうちに、せいぜい、お世辞を使っておくもんよ。おわかり?」

「あッ、そうか。」

檣雄が、本当に立ち上りかけた。桃子は、

「そんなお世辞を使わなくても、檣雄さんの就職の世話ぐらい、あたしが、面倒を見てあげるわ。」

「どうか、お願いいたします。」

「そのかわり、うんと勉強するのよ。」

「うんと勉強するくらいだったら、もっと、一流の会社へ入りますよ。」

「まア、檣雄ったら。」

そのあと、桃子は、笑って見ている林太郎の方を向いて、

「お父さん。あたしと梨子さんがお嫁に行ってから、杏子と檣雄、だいぶん、ガラが悪くなったわね。」

「そうかね。」

「そうお思いになりませんの?」

「思うよ。しかし、こうも思う。梨子がお嫁に行ってから、この家も、いちだんと淋しくなった。それで、杏子と楢雄が、わしやお母さんの気持を引き立ててくれるために、わざと、冗談をいったりしているのだ、と。」

「相変らず、お父さんは、杏子ビイキね。」

杏子は、父親の言葉を聞いていて、ふいに、胸を熱くした。たしかに、父親のいうようなことを考えたことはあった。しかし、それがそのまま、父親の胸の中に、すうっと理解されていようとまでは、思っていなかった。だから、この父が、大好きなのだ。しかし、母親も、黙っているが、同じ思いでいてくれたかも知れないのである。その眼で、母親を見ると、そうなんだよ、というように、うなずいてくれた。

「社長夫人からお話があるらしいから、あたしたち、あっちへ行っていましょう。」

杏子は、楢雄を誘って、立ち上りかけた。

「杏子さんは、ここにいてよ。」

「冗談をいってもいい?」

「いいえ、今夜は、真面目な話をするの。」

桃子は、たしなめるようにいった。楢雄だけが、ケーキを一つ、手摑みにして、自分の部屋の方へ、引き揚げて行った。

（真面目な話――）

杏子は、桃子の顔を見ながら、ふと、三郎のことを思い出した。あれから、三郎とは、一度も会っていなかった。また、会いたいとも思わなかった。が、ときどき、思い出すことがあった。以前には、なかったことなのである。

「お父さん、杏子をお勤めに出す気はありません？」

「それは、杏子次第だよ。」

「杏子さんは？」

「そうねえ。」

杏子は、正直にいうと、毎日、家にいることに、飽き飽きしていた。お花やお茶を習いに行ってはいるが、それよりも、もっと、実社会に、直接、触れてみたかった。そういうことから、自分の成長をはかりたい、とも思っている。今のままでは、温室育ちみたいなもので、いったん外へ出たら、ちょっとした雨風にも、たちまち、折れてしまうのではあるまいか。それを恐れずにはいられなかった。また、今のような生活をしていたのでは、恋人の出来る可能性は、まず、ないといっても差し支えない。そういうチャンスがないのである。一カ月前、三郎から、恋人があるか、と聞かれて、ひとりあるわ、と答えたけれども、そのとき、杏子の胸の中には、どんな男の顔も、浮かんではいなかった。強いていえば、父親の顔であったろうか。杏子は、二人の姉のように、恋愛結婚でなければならぬ、と思っているわけではなかった。両親が気に入り、自分も気に入った男性であったら、見合結婚でもいい、としていた。しかし、それとは別に、やっぱり、恋人と呼べるような男性がほしかった。せっかくの青春時代に、恋人もなしに過すのは、如何にも残念である。しかし、そういう恋人を得るには、今のままではいけなくて、やはり、会社勤めでもしなければ、無理なのである。

「どうなの？」

桃子が、催促した。

「あたし、いいところがあったら、お勤めに出たいけど、お父さん、かまいません？」

「わしは、反対しないよ。あるいは、杏子にとって、いいことかも知れない。しかし、お母さんの意見は？」

「あたしは、なるべくなら、いまのまま、家にいて貰いたいんだけど。」

「ダメよ、お母さん。それこそ、杏子さんのためにならないわ。」

「そうかねえ。」

「そうですよ。」

桃子は、社長夫人の貫禄で断定しておいて、

「杏子さんは、三原商事へ勤める気はない？」

「三原商事？」

「何よ、そんな嫌そうな顔をして。」

「だって……。」

「ちゃんと、月給を払うわよ。八千円。」

「八千円もくださるの？」

「特別よ。毎月、その半分を貯金しておいても、お嫁にゆくとき、たすかるわ。あたしも、梨子さんも、みんな、そうしたんですからね。それこそ、親孝行のためよ。」

「桃子。そういう親孝行は、強制しないで貰いたいな。」

「いいえ、強制ではなく、杏子さんのためを思って、いってあげてるのよ。」

「あたし、勤めてみようか知ら?」

「そうなさい。三原も、その方がいい、といってくれているんですからね。」

「でも、あたしに、お勤めが出来るか知ら?」

「出来ますよ、あたしも、梨子さんもして来た仕事をするんですもの。」

「すると?」

「そうよ、秘書!」

とたんに、杏子は、ハッとしたように、

「あたし、よすわ。」

「あら、どうしてよ。」

「秘書というのは嫌。」

「バカねえ。秘書というのは、お勤めの中でも、上等の方なのよ。」

「三原商事の秘書には、悪前例が二つもあるもの。」

「悪前例?」

「そうよ、お姉さんと梨子姉さん。」

「何んのことよ。」

「三原桃子と三原梨子に変ったことよ。」

「いいじゃアありませんか。」

「でも、あたしは、絶対に、三原杏子に変りたくないんですもの。ねえ、お父さん。」

「まア、そうだなア。」

「おどろいた。杏子さんは、そんなことを考えていたの。バカねえ。第一、三原商事にいらっしゃらないのよ。」

「それは、そうだけど。」

「それに、あたしたちは、全然、そんなことを考えていないことよ。杏子さんが、自分からそんなことをいったら、それこそ、うぬ惚《ぼ》れが強過ぎる、といわれるわよ。」

うぬ惚れが強過ぎる、というのは、たしかに、杏子にとって、痛い言葉であった。

「そうねえ。」

と、杏子は、素直に、それを認めておいて、こういった。

「三郎さんは、この前、大島商事の社長のお嬢さんと結婚するようなことをいってらしったわ。」

「それは、ほんと？」

桃子は、顔色を変えた。どうして、そんなに顔色を変えるのか、杏子は、不思議なくらいであった。

三

翌日の昼過ぎに、杏子は、八重洲口の喫茶店から、大島商事へ電話をしていた。

「総務課長代理の三原三郎さん、いらっしゃいますでしょうか。」

「あなたさまは？」

「野々宮杏子です。」

「しばらく、お待ちください。」

杏子は、受話器を耳にあてながら、ためらっていた。何も、こんなことで、三郎に相談する必要がないのである。変に、誤解される恐れがあるかも知れない。余ッ程、このまま、電話を切ってしまおうか、と思ったとき、

「モシモシ、三原ですが。」

と、三郎の声が聞えて来た。

「ああ、三郎さん。あたし、杏子です。」

「やア、その節は。元気でいるの？」

「はい。三郎さんも？」

「大元気、でもないが、まア、中元気だ。今、どこにいるの？」

「あなたの会社の近くのボンという喫茶店です。」

「わかった。すぐ、行くからね。」

杏子の用件も、返辞も聞かずに、三郎は、電話を切ってしまった。すこし、あわて者なのではあるまいか。しかし、杏子は、無意識のうちに、微笑していたのである。

それから五分とたたぬうちに、三郎が、喫茶店の入口に姿を現わした。彼は、杏子の前へくると、立ったままで、

「君、昼めし、食べた？」

「まだです。」

「よし、食べに行こう。」

「でも、三郎さんは、もう、おすみになったんでしょう？」

「五分の一だけだ。」

「五分の一だけ？」

「そうなんだ。君から電話があったとき、ちょうど、五分の一を食べたところだったんだ。が、君の電話の声は、細々として可憐というよりも、如何にも、お腹が空いているようだった。で、直感したんだ。これは、昼御飯をおごれ、といいに来たのに違いない、と。」

「嫌だわ。違うわ。」

「わかっている、わかっている。今日は、そうさからうな。」

「では、ご馳走して。」

「そうこなくっちゃね。こっちだって、駈け足で来たんだよ。何が食べたい？」

「ビフテキ。」

「よろしい。ついておいで。」

　そういうと、三郎は、テエブルの上の伝票を掴んで、さっさと、出口の方へ歩いて行った。杏子は、あわてて、そのあとを追っかけながら、

「それは、あたしが払います。」

　三郎は、伝票を見て、

「何んだ、六十円か。では、君が払いたまえ。どうも、僕は、こういう場合、自分で払いたくなって困るんだ。ただし、相手が女性の場合だけだ。」

「しょっちゅう、そういうことがありますの？」

「だって、一ダースも恋人があれば、しようがあるまい?」

「同情してあげるわ。」

「君の恋人だって、払ってくれるだろう?」

「いいえ、あたしたちは、いつも、割カンよ。」

いいながら、二人は、外へ出て行った。そこらに、散歩しているサラリーマンがたくさんいた。二人は、その中を、一見、恋人同志のように歩いて行った。

不良的紳士

一

「ああ、おいしかった。」

「だろう?」

「どうも、ご馳走さま。」

杏子《きょうこ》は、ビフテキも野菜も、綺麗にたいらげていた。三郎が見ていても、それは、気持がいいほど、見事な健啖《けんたん》さであった。余ッ程、腹が減っていたのだろう、ということよりも、杏子の場合は、余ッ程、健康なのであろう、と想わせられる。すこしの卑しさもなかった。三郎自身だって、すでに、五分の一の昼食をすませて来ている筈なのに、これまた、皿の上に、一物をも残していないのであった。

三郎は、一週間ほど前に、社長の娘、大島富士子といっしょに夕食を食べたときのことを思い出した。

富士子は、杏子にくらべると、ひとまわり、大柄であった。育ちがいいので、物怯《お》じしない。ハキハキと思っていることをいう。が、彼女は、皿の上のものを、半分ほどしか食べなかった。そのときは、別に、何んとも思わなかったが、杏子の健啖振りを見ていると、富士子よりも杏子の方が、人間として、たのもしいかも知れぬ、というような気がしてくる。

それは、恐らく、上流階級の娘と、庶民の娘との違いであったろう。杏子は、どこから見ても、庶民の娘である。彼女に魅力があるとすれば、それは、庶民の娘としてのそれであって、それ以外の何ものでもない。が、同じ庶民の娘であった筈の姉の桃子は、今では、すっかり社長夫人になり切っている。どこへ出しても、社長夫人として通る貫禄をそなえている。すこし、皮肉にいえば、良人である一郎の方に、まだ、社長としての貫禄が欠けているのに、なのである。一郎は、三十四歳なのだし、貫禄をつけるのは、これからであろうが、それにしても、桃子が、結婚してたった三年余で、もう、社長夫人になり切っているのは、驚嘆すべきことであった。

三郎は、嫂《あによめ》としての桃子を、嫌ってはいない。いや、寧ろ、好きな方であったろうか。が、すこし、世話を焼き過ぎる。出しゃばり過ぎる。家庭のことだけでなしに、会社のことについても、その傾向がある。尤も、思いがけず、社長夫人になれたので、嬉しさのあまり、つい調子に乗っているのかも知れないが、社長夫人が、会社のことに口を出すのは、最もいけないことだと、三郎は、かねてから思っていた。その点、一郎たる者、固く警《いま》めたらいいのに、目下の処、その気がないようだ。

「何を、考えていらっしゃるの？」

杏子にいわれて、三郎は、ハッと、自分に還った。

「いやね、君を見ているうちに、君のお姉さんのことをつい、思い出していたんだ。」

「どっちの姉ですの？」

「社長夫人の方だ。」

「どういうこと？」

「内証にするか。」

「するわ。」

「いいひとだけど、ちょっと、出しゃばる傾向があるね。」

「同感だわ。」

「殊に、会社のことにまで、口を出すのは、どうも感心しないな。」

「そうよ。すこし、お兄さんが、ピシャッとおっしゃればいいんだわ。」

「出来ないね。」

「どうしてですの？　男のくせに。」

「君は、男のくせに、と簡単にいうが、男だから、いえないんだよ。」

「わからないわ、あたし。かりに、喧嘩したって、男の方が女よりも強いのだし、お金だって、男の方が働いているから入ってくるのだし。」

「つまり、男の方が、女の方より、文化程度が高い、ということだろうな。」

「ちょいと、三郎さん。」

「そら、君のその詰めよるようないい方が、文化程度の高い男性を、たちまち、畏怖させるのだよ。尤も、僕なんか、二人の兄貴にくらべて、全然、文化程度が低いから、ビクともしないがね。」

「あたし、尊敬するわ。」

「えッ、尊敬してくれるのかい？」

「そうよ、二人のお兄さんを。」

「だろう、と思った。あれだけ、女の悪口をいって、なおかつ、この僕を尊敬してくれるような女がいるなんて、考えられない。」

「もし、いたら？」

「断然、結婚を申し込むね。」

「社長さんのお嬢さんを、どうなさるの？」

「要するに、彼女がそうだ、ということなんだよ。」

「ご馳走さま。いつ、ご結婚なさるの。」

「そのうちに。君の方は？」

「やっぱり、そのうちに。あッ、あたし、大変なことを忘れていたわ。ご相談、いいえ、ご報告しておきたいことがあったのよ。」

「どういうこと？」

「姉が、社長夫人の方よ、昨夜《ゆうべ》、ウチへ来て、あたしに、三原商事の秘書にならないか、というのよ。」

「君に？」

「そうよ。」

「どうしてだろうな。」

「梨子姉さんのあとに、男の方を秘書にしたんだけど、やっぱり、女の秘書の方が、あたりが柔かくていい、ということになったんですって。」

「しかし、それなら、社内に、いくらでも、それにふさわしい女事務員がいる筈じゃあないか。」

「ところが、これは、社長さんの意見だと、社長夫人の姉がいうんですけど、いろいろと機密を扱うことがあるから、出来れば、身うちの者がいいだろう、ということになったんですって。」

「すると、三代目の女秘書か。」

「姉は、あたしが家にばかりいるよりも、働きに出て、実社会の現実に触れ、なおかつ結婚資金を稼いだ方が、親孝行にもなっていい、というのよ。」

「で、君の返辞は？」

「二、三日、考えさせてください、といっておいたわ。」

「そうか。」

三郎は、黙り込んだ。会社の重要なポストを、どうして、そう身内ばかりで固めようとすするのだ、と不満だった。弊害は、はかり知れない。そういう意味でも、彼は、三原商事へは、絶対に戻りたくなかった。そして、杏子を、秘書にする、という案には、当然、桃子が関係している、というよりも、寧ろ、彼女の案と思うべきであろう。

（出しゃばりめ）

　三郎は、いまいましくなって、口に出して、そういいたいくらいであった。

「あたし、秘書は、嫌だといったのよ。だって、悪い前例が二つもあるから。」

「ああ、兄貴たちのことか。」

「ええ。そうしたら、そんなことを考えるのは、あたしのうぬ惚れで、こんどの場合は、全然、そんなことを考えていないんですって。」

「しかし、権謀術数にたけているからね、社長夫人は。」

「だから、あたし、いっておいたわ。三郎さんには、ちゃんと、恋人があるんだって。」

「いったのか。」

「ええ、大島商事の社長さんのお嬢さんだ、ということも。」

「そうしたら？」

「姉は、びっくりしていましたわ。」

「そいつは、愉快だ。で、君の恋人のことも、話したの？」

「いわなかったわ。」

「こいつ、ズルイぞ。」

「だってえ。」

羞《はに》かんだようにいう杏子の身辺から、三郎が、びっくりするような清純なお色気がこぼれた。彼は、杏子を見直していた。この娘は、二人の姉よりも、遥かにいいようだ。しかし、彼は、桃子のことを思うと、腹が立ってくる。意地にでも、この娘とは、絶対に結婚すまい、と決心した。第一、この娘には、すでに、恋人がある、というではないか。

「どうしたらいい、とお思いになる?」

「秘書になるんだな。」

「かまいません?」

「いいかね、かりに、社長夫人が、君と僕を結婚させるつもりで、そういうことを考え出したのだとしたら、その裏をかいてやればいいんだ。」

「どういうこと?」

「そう思わせておいて、最後に、背負い投げを食わせてやるんだよ。」

「きっと、痛快ね。」

「そうだよ。世界制覇が、そう簡単に出来る、と思ったら大間違いなのだ。」

「あたしだって、この上、一生、姉に威張り散らされるの、嫌だわ。」

二人の意見は、完全に一致している。しかし、杏子は、何んだか、妙な工合だ、という気がしてならなかった。どこがどういう工合に妙なのかわからないけれども、とにかく、妙であることには、間違いがないようだった。

二

二人は、そのレストランを出た。すでに、一時を過ぎていた。

「三原君。」

二人は、振り向いた。

「やア、風間《かざま》さん。」

三郎が親しそうにいった。風間は、杏子にも笑いかけている。杏子は、どこかで見たような顔だと思ったが、咄嗟《とっさ》には、思い出せないでいた。

「その節は。」

「はア。」

杏子は、つい、アイマイな返辞をすると、三郎が、見かねたように、

「ほら、梨子嫂《ねえ》さんの結婚のときに、僕の横にいた——。」

「思い出しましたわ。あたしを、キジルシじゃアないか、とおっしゃったお方でしょう?」

「キジルシ?」

風間は、思いがけぬ顔をして、

「三原君、何んのことだね。」

「いや、何んでもないんですよ。風間さん、よいお天気ですな。」

「よく、見ろ。曇っているじゃアないか。」

「どうも、いかんな、こういうところで、風間さんにお会いするなんて。」

三郎は、すくなからず、あわてていった。そうなると、杏子は、もっと、いってやりたくなった。

「風間さんは、あのとき、あたしがひょっとこ面《づら》をしたのをご覧になって、あの娘、ちょっと、キジルシじゃアないか、とおっしゃったんでしょう?」

「そんなこと、いいませんよ。」

「では、精神病院へ入れた方がいいとも?」

「とんでもない。全然、覚えていませんよ。いったい、誰が、そんなデマを飛ばしたんですか。」

そういって、風間は、ジロリと三郎を見た。三郎は、つるりと、掌で顔を撫ぜて、

「風間さん。」

「何んだ。」

「僕は、まさか、あなたとこういうところでお会いしようとは、思っていませんでした。これだけいったら、もう、おわかりでしょう?」

「こいつめ。」

いってから、風間は、杏子の方を見て、

「野々宮杏子さんでしたね。」

「はい。」

「僕は、あのとき、ほう、なかなか、可愛いいじゃアないか、とはいいましたよ。しかし、それ以上のことは、すべてこの三原三郎めの創作です。」

「あたしも、多分、そうだろう、と思っていましたわ。」

「ついでですからいっときますが、僕は、次郎君のクラスメートです。」

「独身で、恋人は、目下、物色中でしたね。」

「君は、しばらく、黙っていろ。ロクなことをいわぬ。」

三郎は、腕時計を見て、

「あッ、いけない。風間さん、僕、ここで失礼します。あと、お願いします。」

「おい、いいのかい？」

「どうぞ。じゃア、君、失敬。風間圭吉《けいきち》さんは、これで、紳士の中の紳士だから、大丈夫だ。」

いうと、三郎は、先を急ぐように、さっさと、曲って行ってしまった。杏子は、そんな不人情なテはない、と思ったが、しかし、待って、といって追っかけるのも、業ッ腹《はや》であった。それに、考えてみると、昼食のご馳走にはなったし、相談はすませたし、最早《もはや》、三郎には、何んの用もないのである。そして、これっきりで、当分の間、会う必要もないし、会わない方がいいのだ、と思った。

しかし、初対面にもひとしい風間と二人っきりになるのも、窮屈で、息がつまりそうであった。

「あたしも、ここで、失礼しますわ。」

「どちらまで、いらっしゃるんですか。」

「東京駅へ。」

「僕も、そっちの方へ行くんです。そこまで、ごいっしょに行きましょう。」

「はい。」

「あの三郎というのは、いい男ですよ。僕は、次郎君よりも、三郎君の方が好きで、いつからともなく、仲良くしているんです。」

「そうですか。」

杏子は、三郎の評判のいいのが、嬉しかった。それに、さっき、あんなことがありながら、三郎をほめる風間の人柄も、わかるような気がした。

(やっぱり、紳士の中の紳士なんだわ)

それなら、あの三郎は、何んであろうか。すると、杏子の頭に、即刻、閃めいた。

(不良的紳士!)

自分ながら、うまい言葉を思いついたような気がして、杏子は、笑い出したくなっていた。こんど、三郎に会ったら、忘れずにいってやろう、と思った。彼女は、自分の横にいる紳士の中の紳士のことを、しばし、忘れていた。

三

三郎が会社へ戻ったのは、午後一時半頃であった。給仕が待ちかねていたように寄って来ていった。

「三原さん。お客さまが、お待ちになっています。」

「誰?」

「やっぱり、三原さんとおっしゃるお方です。」

三郎は、桃子だな、と思った。

（そーら、来たぞ）

という感じであった。

さっきまで、杏子と二人で、散々、桃子の悪口をいっていたのだから、そのあと、すぐさま顔をあわせるのは、ちょっと、気がひけた。

「二号の応接室へお通ししてあります。」

「よし。わかった。」

三郎は、煙草に火を点《つ》けた。深々と吸いながら、杏子と密議をこらしたことについては、あくまで、内証にしておこう、と思った。何んとなく、ニヤッと笑いたくなってくるのであった。

しかし、その杏子を風間に預けっぱなしにして来たのだと思うと、可哀いそうなことをしたような気もする。

（何、いいさ。彼女だって、もう一人前の女性なんだから）

それにしても、あんなところで、風間に会おうとは、思いがけなかった。すっかり、恥と汗の両方をかかされてしまった。

やがて、三郎は、二号応接室へ入って行った。

「やア、どうも、相すみません。ちょうど、昼御飯を食べに出ていたもんですから。」

「あら、いいのよ、そんなこと。」

桃子は、機嫌のいい笑顔でいって、

「おととい夜は、どうして、いらっしゃらなかったの？」

「急に、約束が出来たもんですから。」

「みんな、お待ちしていましたのよ。」

「この次のそういうチャンスには、きっと、万難を排して、参上いたします。」

「参上だなんて、三郎さん、そんな水臭い言葉を使うもんじゃアありません。」

「ほら、すぐ、そういうように叱られるんだから。」

「嫌な、三郎さん。こんなの、叱っているうちには入りませんよ。」

「しかし、ほめられているわけでもなさそうだし。」

「そんなことより、今日は、あたし、主人の代理で、三郎さんに、文句をいいに来たんですよ。」

「やっぱり、叱られるんですか。」

「こんどは、そうです。」

「嫌だなア。僕は、仕事がありますから、そろそろ、失礼しますよ。今は、勤務時間中ですからね。」

「だから、あたしは、お昼の時間に来たのよ。でも、そんなにお忙しいんなら、いけないわね。そのかわり、今夜、夕御飯を食べに、ウチへいらっしゃる？」

「今夜ですか。」

「ご都合、悪いの。」

「ええ、ちょっと。」

「では、明日《あす》でもかまわないけど、なるべく、早い方がいいのよ。」

「仕方がありません。今、ここで、いさぎよく、叱られてしまいます。」

「お仕事の方は？」

「かまわんことにしてしまいます。こうなったら、覚悟をきめました。俎上《そじょう》の鯉《こい》になったつもりでいます。」

「何も、そんなに大袈裟《おおげさ》におっしゃらなくっても。」

「しかし、叱られる身にもなってください。」

が、三郎は、別に、恐《こわ》そうな顔をしているのではなかった。何を叱るつもりかしれないが、さっき、杏子と二人で、桃子の悪口をいったほかに、さして、うしろ暗いところはないつもりだった。しかし、その悪口の方は、かりに、杏子が喋ることがあったとしても、まだ、先のことだ。三郎の胸の中には、いつでも、「男一匹」という言葉が生きていた。すくなくとも、そうありたい、と努めていた。

「あたしね、昨夜、杏子から聞いたんですけど、あなた、ここの社長のお嬢さんとご結婚なさるって、ほんと？」

桃子は、三郎の顔を見ながらいった。

「あれ、杏子さん、そんなこと、喋ったんですか。内証だ、といっておいたのに、しようがないなア。」

三郎は、先刻承知なのだが、わざと、困ったようにいった。

「それは、何んといっても、血肉《けつにく》を別けた姉妹ですからね。」

「けしからん。」

「まア、杏子のことは、許してやって頂戴。それより、今の話、ほんとうなんですか。」

「ほんとうなら、いけないんですか。」

「だって、それならそうと、そんな重大なこと、早く、あたくしたちにおっしゃってくださらない、と。」

「しかし、僕の結婚ですからね。」

「わかっていますよ。ただ、主人がいうには、もし、そういうことになると、三郎さんに、ますます、三原商事の方へ戻って貰えなくなるのではないかと、それを心配しているんですよ。」

「僕は、三原商事へ戻る意志は、ありませんよ。」

「でもね、三郎さん。おとといの夜も、次郎さんがいらっして、ぜひ、あなたに、三原商事の総務部長になって貰いたい、といってらっしゃいましたよ。」

「ごめんです。」

「すると、どうしても、ここの社長のお嬢さんと？」

「ちょっと、お聞きしますが、この結婚に反対なさるらしいのは、そういうことになると、後で、三原商事へ戻れなくなるからですか。それとも、あの富士子さんがいけないからですか。」

三郎は、開き直ったようにいった。しかし、彼は、そのとき、自分に富士子と結婚したいという気持が、ほとんどなくなっていることに気がついていた。

桃子は、真正面から逆襲されて、途方に暮れている。しかし、彼女は、やっと、一方の血

路を見出したように、ニッコリとして、

「ああ、わかりましたわ。三郎さんは、妹の杏子のことで、何か、思い違いしていらっしゃるんではありません？」

「何んのことですか。」

「いえね、あたしたち二人が、三原家へお嫁に来たので、もしかしたら、自分も亦、杏子を無理に押しつけられるのではないか、と。それで、わざと、富士子さんと――。」

「待ってください。僕は、そんなこと、全然、思っていませんよ。それより、お嫂さんは、ご存じないんですか。」

「何を？」

「杏子さんに、死ぬほど好きな恋人がある、ということを。」

果して、桃子の顔色が、みるみる、青くなっていった。

初出勤

一

今日は、野々宮杏子《きょうこ》の初出勤の日であった。空は、それを祝福するかのように朝から晴れ上っていた。杏子は、そういうことに、特別こだわったりする娘ではなかった。しかし、土砂降りの日に初出勤するよりも、やっぱり、晴れていた方が嬉しいのである。何んとなく、幸先《さいさき》のいいような気がしていた。

（秘書って、どんな仕事をするのか知ら？）

だいたいのことは、概念として、わかっているつもりだった。しかし、わかっている、ということと、実際に、その仕事が出来る、ということとは違うのである。それを思うと、多少、不安でないこともなかった。が、一方で、杏子は、二人の姉に出来たことが、自分に出来ない筈がないとの自信めいたものも、心の奥底に潜《ひそ》めているのであった。

杏子は、鏡台に向って、軽く、お化粧をしていた。目下の彼女には、お化粧に、二十分も三十分もかけようという気持は、すこしもなかった。四、五分で、充分なのである。そして、その四、五分で、結構、綺麗になる。

今から思うと、桃子は、毎朝、三十分ぐらい、鏡台の前に坐って、ああでもない、こうでもないと、顔をいじくりまわしていたようだ。時には、思うようにいかず、ヒスを起していた。梨子にも、その傾向があった。尤も、そのお陰で、二人は、いわゆる、世間でいう「玉の輿」を射とめたことになるのなら、その努力の甲斐があった、ということにもなる。

しかし、杏子には、そういう気持は、すこしもなかった。三郎のことなんか、問題にしないことにしていた。第一、問題にしようにも、三郎には、すでに、大島富士子という恋人があって、近く、結婚する、といっている。そういう男のことに、いつまでもこだわっていたら、却って、おかしいということになる。

（しかし、あたしにも、恋人が一人、あることになっているんだったわ）

杏子は、鏡の中の顔に向って、愉しそうにくすっと笑ってしまった。

（大至急、恋人を探す必要がある！）

杏子は、いわゆる美男子には、あまり興味がなかった。あんまり醜男《ぶおとこ》というのもどうかと思うが、そうでなかったら、人間性こそすべてだ、と考えているのであった。磊落《らいらく》で、さっぱりしていて、しかも、親切であってほしい。お金のことは、あまりいいたくないが、それでも、貧乏過ぎるよりも、せめて、月並以上であってほしい。勿論、お金持であっても、他の条件がよかったら、一切、文句をいわない方針である。

（すこし、虫がよすぎるかな）

が、杏子は、三原商事の社員の中に、そういう男が一人ぐらいいるかも知れない、と期待しているのであった。

そもそも、杏子が、三原商事に勤める気になった一つの原因に、恋人がほしい、ということがあった筈なのである。実社会に出て、大いに自分を鍛えたい、というのも原因の一つであったが、しかし、かりに、三原商事には、独身の青年が一人もいなくて、世帯やつれした妻帯者ばかりいる、ということだったら、杏子は、絶対に就職する気にならなかったであろう。

（どういう青年がいるだろうか）

それを思うと、杏子の胸がときめいてくる。すくなくとも、三原商事に勤めることによって、彼女の運命に、大きな転換が予想されることはたしかであった。杏子は、それを願っていた。

「杏子、まだかね。」

うしろから、父親の林太郎の声がした。彼は、会社の方向がおんなじだし、いっしょに家を出るつもりで、さっきから、待ってやっていたのであった。

が、杏子は、化粧の手を休めて、うっとり、自分の顔に見惚れている。かと思うと、ニヤリとしたりする。気でも違ったのか、と心配になるくらいであった。同時に、林太郎は、

（杏子も、一人前の娘になったなア）

と、それを認めずにはいられなかった。

嫌でも、応でも、そのうちに、お嫁に行ってしまうだろう。林太郎には、今から、その淋しさが思いやられた。桃子のときも、梨子のときも、勿論、そうであった。しかし、後に、まだ、杏子が残っている、と思うことで、救われて来た。大きな声ではいえない。が、林太郎は、ときどき、秘そかにそう思うのである。

（わしは、三人の娘の中で、杏子がいちばん可愛いらしい）

桃子なんか、ときどき、そのことを口にするくらいである。だから、杏子がお嫁に行ったあとの淋しさは、二人の姉の場合に比較して、格段に深刻となりそうな予感がしていた。

（しかし、それで、杏子が幸せになれるのなら……）

林太郎は、そこまで考えて来て、要するに、自分の愚痴《ぐち》なのだ、と気がついた。が、この愚痴は、世間の父親にとって、共通のものであり、且《かつ》、宿命的なものに違いなかろう、とも思い、自分を慰めていたのである。

杏子は、父親の言葉に、ハッと気がついた。あわてて、鏡台の前をはなれて、まるで、自

分の心の中を覗《のぞ》かれてしまったように、

「ごめんなさい。」

と、真ッ赤になっていた。

「何か、考えごとをしていたらしいな。」

「そうよ、いいこと。」

「いいことなら、お父さんも聞きたい。」

「今は、ダメ。そのうちに、ね。」

父と娘は、杉子に送られて、高円寺の家を出た。地名は、高円寺だが、乗車駅は中野駅になっていた。三原商事は、丸の内にあるのだが、林太郎の勤める大洋化学工業は、新橋にあった。

林太郎は、歩きながら、煙草に火を点けて、朝の空気の中で深く吸った。

「杏子。仕事は、真面目に、一所懸命にやるんだよ。」

「はい。」

「特に、気をつけなければならないのは、桃子が社長夫人であり、梨子が専務夫人である、ということだ。そういうことから、社員の人たちが、普通の女事務員に対するよりも、よけいに大事にしてくれるかも知れない。が、決して、あまえたりしてはいけない。結局、それでは、杏子自身のマイナスになる。」

「そうね。」

「大事にしてくれるかわりに、風当りが強くなる場合のあることも、あらかじめ、覚悟しておかなくっちゃア。」

「はい。」

「要するに、仕事を第一として、みんなに可愛がって貰えるようにすることだ。」

「むつかしいのね。」

「杏子になら出来る筈だ。とにかく、お父さんの会社にも、仕事をしに来ているのか、恋愛の相手を探しに来ているのか、いったい、どっちなんだと、呶鳴りつけてやりたくなるような女事務員がいるんだ。あれは、困る。」

杏子は、秘そかに、恥じていた。実のところ、自分も亦、そのようなことを考えていたのだから。

杏子は、ふと、思いついたようにいった。

「お父さんの停年は、来年の二月でしたわね。」

「そうなんだ。」

「あと、どうなさるの？」

林太郎は、つまった。この一、二年、そのことばかりを考えていた、といってもいいくらいなのである。桃子と梨子の結婚のために、僅かな貯金の大半を費消してしまった。あとに、杏子の結婚が残っている。しかも、楢雄は、まだ、高校生なのである。せめて、楢雄が大学を卒業するまでは、何んとか、勤めていたい、と思っていた。そのために、それとなく、停年後の就職について、心あたりを運動しているのだが、思うにまかせないのであった。

「五十五歳で隠居は、早過ぎる。だから、どっかの会社の嘱託にでもして貰おう、と思っているのだ。」

「いっそ、三原商事の嘱託におなりになったら？　きっと、桃子姉さんが、うまくしてくださる、と思うわ。」

「いや、それなら、こっちの方から断わる。」

「あら、どうしてですの？」

「お父さんは、会社の同僚から、桃子の結婚のときにも、それをいわれて、嫌な思いをした。こんどの梨子の結婚のときには、あたかも、計画的に、そうしたようにいわれた。不愉快だった。わしには、娘の幸せを思うが、自分のために利用しよう、というさもしい気持はない、といっておいた。だから、意地にでも、三原商事の嘱託になんかならないつもりだ。」

「そうね。」

杏子は、父親の考えかたが、この頃にしては、すこし、偏狭《へんきょう》に過ぎるように思った。しかし、そこがまた、父親のいいところでもあるのだ。世間とは、とかく、そういう眼で眺めたがるものであることは、杏子も、梨子の結婚式のとき、うしろでささやかれていた無礼な対談で、すでに、嫌というほど知らされていた。

「すると……。」

「何んだね。」

「あたしが、今日から、三原商事に勤める、ということも、世間から何かいわれそうだわね。」

「そうなんだ。」

そういっておいてから、林太郎は、

「しかし、杏子は、三郎君とは、結婚しないんだろう？」

「しないわ。」

「いっておくが、お父さんは、杏子の結婚については、あくまで、杏子の意志を尊重するつもりだ。それだけ、杏子を信用している。しかし、杏子。もう一人の娘婿がふえるのだったら、三原家以外の、別の家の男を娘婿にしてみたいよ。もっと、お父さんが、気楽につきあえるような庶民的な男をね。でなかったら、せっかく、三人の娘を持って、味もそっけもなくなるからな。」

中野駅が、向うに見えていた。

二

杏子は、緊張した面持で、辞令を持って、梨子のあと、今日まで秘書をしていた宇野哲夫に連れられて、各課の挨拶まわりをしていた。

宇野は、事務引継ぎと、杏子に仕事を覚えさせるために、あと十日間ほど秘書室にいて、その後は、元の総務課に戻ることになっていた。二十八歳で、独身であった。

宇野は、各課長には、個人的に紹介をした。

「こんど、秘書になられた野々宮杏子さんです。」

杏子は、おしえられた通り、辞令を逆に持ち、相手に読めるようにして、

「野々宮杏子です。どうか、よろしく、お願いいたします。」

と、丁寧に、頭を下げた。

「やア、よろしく。」

と、いう課長は、大部分だが、中には、つくり笑顔で、

「お姉さまと、よく、似ていらっしゃる。ひとつ、よろしく。」

と、お世辞めいたことをいう課長もあった。

人には、それぞれの性格のあることが、杏子にも、よくわかった。

宇野は、課員には、一括紹介した。すると、課員たちは、いっせいに、立ち上って、頭を下げた。勿論、杏子も、頭を下げる。そして、その頭を上げると、三方から、いろいろの視線が、自分に注がれていることを知るのであった。好奇心に満ちた眼、追従《ついしょう》の眼、あるいは、冷ややかな眼。誰が、どういう眼をしたかは、杏子は、いちいち覚えていられなかった。しかし、はっきりわかったことは、杏子の立場が、この会社において、どうやら、極めて複雑微妙であるらしい、ということであった。あるいは、かつて、桃子のあとで梨子も亦、このような視線を浴《あ》びながら、挨拶まわりをしたのかもわからない。しかし、杏子のときほどには、極端《きょくたん》でなかったろう。

(負けるものか)

ふと、杏子は、そう思った。しかし、自分で思いながら、それは何を意味するか、杏子自身にもよくわかっていなかったろう。杏子の唇許《くちもと》には、絶えず、優しい微笑が漂うていた。それが、杏子をいちだんと美しい娘にしていた。

「ここが、専務室です。」

宇野は、ノックをしてから、扉を開いた。中には、大きな机を前にして、次郎がいた。外で見るときとは別人のように、威厳がそなわっていた。しかし、それでなければ、専務の大役が勤まらないに違いない。

「野々宮杏子さんを、お連れしました。」

「やア。」

次郎は、いつもの笑顔を見せて、

「そこへ、おかけなさい。」

と、机の前の椅子を指さした。

「いよいよ、今日からですね。」

「はい。」

「会社では、義兄でも義妹でもありませんからね。あくまで、専務と秘書ですよ。」

「はい。」

そのあと、次郎は、宇野の方を向いて、

「どうだね、この人に対する社内の反響は？」

「大変、いいようです。とにかく、お美しいですから。」

「なるほど。」

「総務課長なんか、専務の奥さまにそっくりだ、といっていました。」

次郎は、満更でないように、あらためて、杏子を見直すようにして頷《うなず》きながら、

「その後、三郎にお会いになりましたか。」

「一週間ほど前に。」

「元気でいましたか。」

「はい。」

「とにかく、あいつめ、ちっとも、寄りつかないんで困るんですよ。こんど、もし、チャンスがあったら、あなたからも、たまには、兄貴の家へ遊びに行くようにいっておいてください。」

「はい。」

答えながら、杏子は、何故、自分が三郎にそんなことをいわねばならぬのだ、と妙な気がしていた。それに、この専務は、公私の別をはっきりすることと、自分で宣言しておいて、プライベイトのことばかりを喋《しゃべ》っているようだ。

「梨子も、あなたのことを非常に心配していましたからね。」

そのとき、卓上電話のベルが鳴った。宇野が出ようとするのをとどめて、次郎が、自分で送受器を取った。

「ああ、わしだよ。そう、杏子さんが、ちょうど、この部屋へ挨拶に来ているところだ。うん、なかなか、評判がいいらしい。何？　よし、ちょっと、待って。いま、かわるからね。」

次郎は、送受器を、杏子の方へ差し出して、

「梨子からです。あなたのことを心配して、電話をかけて来たのです。電話口に出てほしいそうです。」

杏子は、梨子が、そんなに心配してくれているのかと、嬉しかった。が、せっかく、一所

懸命に、仕事一筋に打ち込むつもりでいるところであり、そういういたわりの電話は、多少、迷惑でもあった。

「お姉さん、杏子です。」

「ああ、杏子さん。つとめられそう？」

「はい。」

「しっかり、やるのよ。」

「はい。」

「それから、今夜、お祝いに、いっしょに、食事をしましょう。」

「あら、そんなこと。」

「遠慮をする必要なし。まかせておきなさい。あとで、場所と時刻を、主人にいっておきますからね。」

「すみません。」

「では、主人とかわって。」

杏子は、次郎に、送受器をわたして、

「姉が、お話があるそうですから。」

と、いっておいて、宇野に連れられて、専務室を出た。

秘書室に戻った。社長室へは、来客中であった。客が帰ったあとで、社長に挨拶をすることにした。

「疲れたでしょう？」

宇野がいたわるようにいってくれた。

「そうでもありません。」

いいながら、杏子は、それとなく、部屋の中を見まわしていた。机が二つある四坪ぐらいの部屋だが、社長室へ用事にくる人に待って貰うために、丸椅子がいくつも置いてあった。社長室から、一郎の笑い声が聞えている。杏子は、桃子も、梨子も、ここで働いていたのだ、と思うと、ちょっと、感慨無量であった。同じ部屋に、自分も亦、勤めることになろうとは、夢のようであった。

宇野がいった。

「秘書として、いちばん大切なことは、秘密をまもることですよ。」

「はい。」

「たとえば、専務室のことなんか、まア、何んでもないことですが、僕が、秘書である限り、誰にも喋ってはいけないんです。」

「では、秘書でなくなったら？」

「やっぱり、いけません。重役は、秘書を、自分と一身同体ぐらいに思っているのです。その期待にそむいては、秘書としてだけでなしに、社員としても落第です。」

「わかりますわ。」

「それから、これは、僕として、一大勇猛心を以て申し上げるのですが、万一、社長や専務のところへ女性から電話があっても、そういうことは、一切、人に喋らぬことです。」

「姉たちにも？」

「そうです。社長や専務は、仕事の関係上、仕方なく、待合や酒場《バア》へも出入されます。とすれば、しぜん、そういう世界の女性たちから電話がかかって来ます。それを、いちいち、その夫人に報告してごらんなさい。どういうことになるか、おわかりでしょう？」

「わかりますわ。」

「しかも、そういう女性たちの電話なんか、だいたい、どうでもいい性質のものです。要するに、女房嫉《や》くほど亭主持てもせず、の口です。だから、安心していていいのです。実をいうと——。」

「何んですの？」

「これも、僕は、あなたを信用して、なおかつ、別口の一大勇猛心を以て申し上げるのですが、あなたが秘書として入社されるときまったとき、社長と専務から、何をおいても、このことだけは、念を押しておいてくれ、と頼まれたのです。というのは、お二人は、揃いも揃って、見事な恐妻家でいらっしゃいますからね。」

　杏子は、笑い出した。

「ご安心なさって。あたしって、そんなに見境いなしのお喋りではありません。」

「安心しました。これで、第一の事務引継ぎが、無事に終りました。」

　そのとき、社長室の扉が開いて、客が出て来た。宇野は、さっと立って、頭を下げた。杏子も、それに見ならった。

三

杏子が、宇野に連れられて、社長室へ入って行った。ここは、専務室よりも、もっと、立派であった。机も、ひとまわり、大きいらしい。

社長のうしろの壁に、一人の老人の写真が、額に入れて、かけてあった。いわずと知れた、先代社長三原太左衛門の肖像である。唇許をへの字に結んで、威厳に満ちていた。眼が鋭どくて、如何にも、頑固親爺のようだ。しかし、こういう人に、桃子も梨子も気に入られたのである。とすれば、桃子にも梨子にも、やっぱり、いいところがあった、ということになりそうだ。杏子には、まだ、その自信がなかった。

が、写真の太左衛門にくらべて、一郎は、如何にも、ぼんぼんらしく見える。容貌も、あるいは十年前に亡くなった母親似なのか、それほど似ていなかった。それに、貫禄が、まるで、不足していた。恐らく、本人も、毎日、この写真から叱られているようなやるせない気持でいるのではあるまいか。しかし、写真を見ることによって、自分自身を、切磋《せっさ》琢磨《たくま》しているつもりかもわからない。

一郎は、電話をかけているところであった。ちらっと、杏子の方を見て、頷いた。杏子は、いったん、部屋から出ていた方がいいのではないかと、それを、宇野にいいかけると、

「ちょっと。」

と、一郎が、呼んだ。

杏子が、近づいて行くと、

「お姉さんから電話だよ。」

「あたしに？」

杏子が、電話に出ると、桃子の声で、

「ああ、杏子さん。」

「はい。」

「今、社長のところへ、あなたのことが心配になって電話をしたら、ちょうど、あなたがそこにいる、というもんですから。」

「辞令を頂いたので、ご挨拶に来たのです。」

「どうお？　何んとか、勤められそう？」

「はい。」

「しっかり、するのよ。あたしや梨子さんの名を恥かしめないでね。とにかく、あたしたちは、名秘書といわれたんですからね。」

ここが、社長室でなかったら、杏子は、一矢を報いたいところであった。が、それをいうかわりに、

「そのようにうけたまわって居ります。」

と、丁寧にいった。

「でしょう？」

と、桃子は、得意そうにいってから、

「で、今夜は、初出勤をお祝いして、主人と三人で、ご馳走してあげましょうね。」

「あら。」

「どうしたのよ。」

「さっき、専務室へ行っていたら、梨子姉さんからもお電話があって、やっぱり今夜、お祝いをしてやるから、と。」

「まア。それで、あんた、承諾してしまったの。」

「はい。」

「気が利《き》かないわね。あたしは、社長夫人ですよ。そういうことは、先ず、社長夫人のあたしに相談するものよ。でも、いいわ。こうなったら、合同でやりましょう。そして、三郎さんも呼んでね。」

桃子は、あくまで社長夫人であった。

秘中の秘

一

その夜、銀座の高級レストランで、杏子《きょうこ》の就職祝の会が、一郎夫妻と次郎夫妻の共同主催のもとに開かれようとしていた。

あとは、三郎の現われるのを待つだけになっていた。

一郎と次郎は、すこしはなれた席で、何か、会社のことを話し合っている。

杏子は、桃子と梨子から、就職第一日目の感想について、いろいろと質問されていた。

「あたし、夢中で、よく、わからなかったわ。」

杏子としては、そう答えるより仕方がなかった。正直なところ、そうであったのである。仕事らしい仕事といえば、郵便物の封を切ったぐらいのものであろう。あとは、

「まア、これでも、お読みなさい。あなたには、特に、必要かも知れない。」

と、宇野が、特に、と註釈づきでいって出してくれた先代社長の伝記を、すこしばかり、読んだだけであった。

杏子は、それによって、太左衛門が、如何《いか》に、立志伝中の人物であるかを知った。幼少から苦労して、一代にして、三原商事をつくり上げたのである。したがって、一郎は、二代目ということになる。が、その二代目は、すっかり、桃子夫人に牛耳られているようだ。もし、そのことを、太左衛門が知ったら、大いに歎くのではあるまいか。

「しっかりせんか。」

と、草葉の陰からいいたくなっているかもわからない。

しかし、別の観方をすれば、太左衛門は、一郎の、ぼんぼん的性格を知っていて、だからこそ、多少、身分違いではあるが、しっかり者の桃子と結婚させることに賛成したのだ、ともいえそうである。

その一郎が、宇野をして、女性からの電話があっても、それを桃子にいってはならぬと、杏子にいわせているのだ。

次郎にしても然《しか》り。

杏子は、二人に、うしろ暗いところがあるとは、すこしも、考えなかった。恐らくは、善

良な良人、あるいは、善良過ぎる良人、といえるだろう。が、それはそれとして、会社で、宇野から念を押されたことを、この二人の姉にいってやったら、どういう騒動が起るだろうかと、杏子は、ふと、想像してみるのであった。

杏子は、思わず、くすっと、笑った。

「あら、何？」

桃子が、眼ざとく見つけていった。

「いいえ、何んでもありません。」

「何んでもないのに、どうして、笑ったりするのよ。気色《きしよく》の悪い。」

「だって……。」

「おっしゃいよ、気になるわ。」

「ほんとうはね。」

「何よ。」

「専務さんのお部屋へ入ったら、ちょうど、梨子姉さんからお電話がかかってくるし、次に、社長さんのお部屋へ入ったら、こんどは、桃子姉さんからでしょう。あたし、その偶然《ぐうぜん》が面白くって、思い出しているうちに、つい、笑ってしまったのよ。」

杏子は、自分ながら、うまい嘘がつけた、と思っていた。そして、自分を、案外、隅《すみ》におけぬ娘らしいとも思わずにはいられなかった。が、隅におかれる娘よりも、隅におけぬ娘の方がいいような気がしていた。これからの娘は、大いに、隅におかれないようにしなければならぬのだ。堂々と真ン中に出ることである。

ちょっと、おかんむりであった桃子は、それで、たちまち、機嫌を直してしまった。

「それ、ごらんなさい。あたしたちが、如何に、あんたのことを心配しているか、それでわかるでしょう。」

「胆《きも》に銘《めい》じました。」

「有難い、と思った？」

「何んだか、恩の押し売りをされているみたいな気がするけど。」

「また、そういう憎まれ口を叩く。」

桃子は、睨《にら》みつけておいてから、

「ところで、杏子さん。あんたに、死ぬほど好きな恋人があるって、ほんとう？」

「誰が、そんなことをいいまして？」

「三郎さんよ。」

「あら、あの人、お喋りねえ。」

「そんなこと、あるもんですか。気性のさっぱりしたいい人よ。あなた、一週間ほど前に、三郎さんに会ったんでしょう？」

「桃子姉さん、よく、ご存じね。」

「あたしは、何んでも知っていますよ。これでも社長夫人ですからね。どうして、会いに行ったの？」

「わざわざ、行ったのではありません。ちょうど、会社の前を通ったとき、お昼だったし、昼食をご馳走になろう、と思ったのよ。」

「どうして、そう思ったのよ。」

「だって、その方がトクだもの。」

「あんた、トクだったら、誰にでも、ご馳走になるの？」

　この質問には、裏がありそうだ。うかつに、そのテに乗っては、あとで、収拾がつかなくなる恐れがある。杏子は、その更に裏をかいて、

「そうよ。」

「あきれた娘ねえ。」

「だって、今頃の娘は、みんな、そうよ。」

「あたし、あんたをみそこなっていたわ。」

「すみません、不肖の妹で。」

「ねえ、死ぬほど好きな恋人って、いったい、誰よ。」

「いえないわ。」

「何故？　あんた、そんな大事なことを、お姉さんにいえないの？」

「そのうちにいうけど、今は、いえないわ。」

　いいながら、杏子は、自分にそんな恋人のいないことが、残念であった。ここで、誰かの名をあげてやることが出来たら、どんなに痛快だろうか。杏子は、あの風間圭吉のことを思い出した。彼は、三郎が、紳士の中の紳士、と保証したほどの人物である。次に、宇野哲夫を思い出した。彼とは、今日一日の交際だけだが、悪い印象を受けなかった。が、どちらも、恋人とするには、今後のことはわからないが、目下のところでは、何か、物足りないのであ

る。すくなくとも、死ぬほど好きな恋人、というには、百里の距離がある。第一、あの二人は、自分のことなんか、何んとも、思っていないに違いない。そういう人の名を、たとえ、方便にもしろ、口にすることは、杏子の自尊心が許さないのであった。

「どうして、いえないのよ。」

桃子は、詰め寄るようにいった。

「いいたくないもの。」

「いわないのなら、お姉さんは、あんたには、まだ、そういう人がいない、と思いますよ。」

桃子は、きめつけるようにいった。

「それは、お姉さんの勝手よ。だけど、事実は事実だわ。」

「三郎さんは、いってらしったわ。如何にも残念そうに、もし杏子さんに、そんな恋人がいないんなら、僕だって、考えるのになア、って。」

「嘘ッ、三郎さんは、そんなこと、おっしゃるもんですか。」

「いいえ、ほんとうよ。」

「だって、三郎さんには、大島富士子さんがあるじゃァありませんか。」

「あれは、まだ、きまっていない話なのよ。でも、あたしは、いっておいたわ。杏子と結婚するのだけは、よしてください、と。」

「…………。」

「でないと、あんたを三代目の秘書にしたあたしが、痛くない腹を探られますからね、と。」

「…………。」

「それでいいんでしょう?」

「モチよ。」

いいながら、杏子には、何が何やら、わからなくなっていた。いったい、桃子は、自分と三郎の結婚に賛成なのか、それとも、反対なのか。今日のところは、全然、反対のようである。しかし、杏子は、それでもよかった。何故なら、三郎と結婚しようとは、はじめから思っていないのだし、また、父だって、あんなに、反対していたのだから。

それにしても、いまだに、三郎が姿を現わさないのは、どういうわけなのだろうか。杏子は、三郎に聞いてみたいことが、いっぱいあるような気がしていた。さっきから、入口の方を、それとなく、注意していたのである。

向うから、一郎がいった。

「三郎は、本当にくるんだろうね。」

「ええ、電話では、なるべく、お伺いします、といってらしったんですよ。」

桃子が答えた。

「なるべくか。」

「で、あたしは、なるべくでなしに、きっとよ、といったら、わかりました、と。」

「しかし、遅いなア。もう、六時半だ。」

「あたし、もう一度、三郎さんの会社へ電話をしてみますわ。」

桃子が立って行った。そのあと、梨子が、杏子に、さも内証話をするように、

「あんた、本当に、死ぬほど好きな恋人があるの?」

「そうよ。」

「じゃア、どういう人か、あたしにだけいって。きっと、力になってあげるわ。」

「それがねえ。」

「どうしたのよ。」

「目下の処は、秘中の秘。」

そういって、杏子は、わざと、意味ありげに笑ってみせた。しかし、笑いながら、ちっとも、嬉しくなかった。何んのために、こういう嘘をつかねばならぬのだと、自分ながら、味気ない思いだった。そんな杏子を、梨子は、面白くなさそうに見ていた。

桃子が戻って来た。

「会社を五時過ぎに、お出になったんですって。」

「じゃア、あいつめ、今夜も、すっぽかすつもりだな。」

次郎が、ちょっと、癪《しゃく》にさわるようにいった。

「しようのない奴だ。先に、はじめよう。」

桃子も、やっと、その気になったようだ。彼女は、自分の計画が、次々に崩れてゆくようで、残念で仕方がなかった。しかし、これくらいのことであきらめるような桃子ではなかったのである。今夜のことは仕方がないとして、早くも、桃子の頭の中に、第二の計画が考案されていた。

二

食事が終ったのは、八時すこし前であった。杏子は、そのあと、一人になった。帰りの方向が違うのである。桃子は、自動車で、有楽町駅まで送ってやる、といったが、

「社長さんに、そんなことをして頂いては、申訳ありませんから。」

と、杏子は、固く、辞退した。

別に、申訳ない、と思ったわけではなかった。何んとなく、一人になって、夜の銀座を歩いてみたかったのである。今日まで、そういう経験は、ほとんど、持ちあわせていなかった。

が、桃子は、あっさりと、

「それも、そうね。じゃア、気をつけて帰るのよ。」

「はい。」

「お父さんとお母さんによろしくね。これは、お土産。」

「すみません。」

四人は、同じ自動車に乗って行った。先に、次郎夫妻を芝で降して、次に、青山へ行くのであろう。杏子は、それを見送っておいて、夜の銀座を、アテもなしに、歩きはじめた。桃子のくれたお土産は、ケーキらしかった。早く帰って、このケーキを食べながら、両親や楢雄に、今日一日の出来事を話したかった。今日、桃子たちにご馳走になることは、すでに、父親に電話で知らせてあった。だから、多少、遅く帰っても、心配されることはあるまい。それにしても、出来るだけ早く帰った方がいいにきまっている。そうとわかっていて、杏子は、もう、しばらく、一人で歩いてみたいのであった。

銀座の灯の海は、美しかった。が、杏子の年頃の娘で、一人で歩いているのは、すくなか

った。たいてい、アベックである。

（あたしの恋人は、どこにいるのか知ら？）

杏子は、そこらを見まわしていた。まだ、会ったことのない杏子の未来の恋人は、たしかに、どこかにいるに違いないのである。が、その恋人に会えるのは、いつのことだろう。いや、それよりも果して、その恋人が出来るかどうかさえ、不明なのである。思えば、心細い話であった。

杏子は、一口に恋人というが、それを得ることの困難さを、あらためて、痛感させられていた。急に、訳のわからぬ悲しみが、杏子の胸を襲って来た。何んだか、泣きたくなってくる。わアわアと大声で泣きながら、歩いてみたかった。きっと、そこらを歩いている人々は、びっくりするだろう。気違いと思うかも知れない。

（今夜のあたしは、どうかしている）

自分に、こういうオセンチの一面があるとは、杏子にも、思いがけなかった。それも、年頃になった証拠であろうか。

杏子は、家へ帰ろう、と決心した。家には、大好きな父が、自分を待っていてくれる。そして、母も、楢雄も。しかし、大好きな父も、そして、母も、楢雄も、今夜のこの悲しみを癒してくれるには、何か、足りないような気がしていた。杏子の心は、明らかに、肉親以外の何ものかを求めているのであった。

杏子は、踵《きびす》を返しかけて、ふと、気がついた。目の前に、酒場《バア》があって、その看板に見覚えがあった。「湖」と書いてある。たしか、梨子の結婚式の夜、三郎に連れられて来たのは、この酒場であったようだ。

しかし、その三郎は、今夜、とうとう、姿を見せなかったのである。

勿論、三郎にとって、杏子の就職祝なんか、凡そ、意味のないことであったのだろう。そんな席に出るよりも、三郎には、もっと、面白いことが、いっぱいあるに違いないのである。たとえば、大島富士子といっしょに遊ぶこと。しかし、桃子は、三郎と富士子のことは、まだ、きまっていないことだ、といっていたが……。

杏子は、歩みをとめて、その酒場を見ていた。中に、三郎がいるような気がしたのである。かりに、いたところで、杏子には、どうしようもなかった。杏子は、ふたたび、歩みはじめたとき、酒場の扉が開かれて、客が出て来た。杏子は、つい、そっちの方を見た。客を送り出した女給が、杏子を見つけて、

「あら。」

と、おどろいたようにいった。

女給は、杏子を覚えていたらしいのだ。杏子も、その女給の顔に、見覚えがあった。杏子は、微笑と会釈を返した。

「三原さんがお見えになっていますよ。」

「えッ？」

「お寄りになりません？」

女給は、店の中に向って、

「三原さん、この間のお嬢さんが、表にいらっしゃいますよ。」

と、大声でいった。

「あら、いいんですのよ。」

いいながら、しかし、杏子は、そこを動かなかった。現金に、気持が明るくなっていた。

三郎が、顔を出した。

「よう、どうしたんだね。」

「偶然に、この前を通りかかったのよ。」

「そうか。ちょっと、寄らないか。」

「かまいませんの？」

「かまいませんさ。」

「じゃア、ほんのしばらくだけね。」

杏子は、その酒場の中へ入って行った。

三

三郎は、ひとりで来ているのだった。彼は、杏子のために、レモンスカッシュを取ってくれた。

「では、就職おめでとう。」

三郎は、ハイボウルのコップをあげながらいった。

「ありがとう。」

杏子は、一口飲んでから、

「どうして、今夜は、いらっしてくださらなかったの？」

「失敬、失敬！」

「お忘れになったの？」

「いや、実をいうと、その気で、あのレストランの前まで行ったんだよ。」

「それで？」

「ところが、君には悪いが、また、あの社長夫人が、何んだかんだと面倒臭いことをいい出しそうな気がしたんで、まわれ右をして、ここへ来てしまったんだ。」

「相変らずなのね。」

「どうも、社長夫人だけは、苦手でね。そのかわり、最初のハイボウルを飲むとき、野々宮杏子さんのご就職をお祝いします、といったよ。」

「あたし、信じられないわ。」

「いや、信じることだ。」

三郎に、強く、そういわれると、杏子は、つい、その気になってしまった。

「では、信じます。」

「どうだ、僕だって、なかなか、いいところがあるだろう？」

「だけど、ちょっと、お喋りだ、と思ったわ。」

「僕が、お喋りだって？」

「そうよ。あたしの恋人のことを、桃子姉さんに、おっしゃったんでしょう？」

「そうさ。君だって、大島富士子さんのことを喋ったんだろう？　アイコだよ。」

「そうね。でも、桃子姉さんは、三郎さんと富士子さんのこと、まだ、きまったわけではない、とおっしゃっていたけど。」

「いや、あれはね、こうなんだ。この前、君と昼食をしてから、会社へ帰ると、社長夫人が待っていて、そういう重要なことを、どうしていってくれないのだと、しつっこくおっしゃるんで、面倒臭くなったから、実は、九十九パーセントはきまっていますが、あとの一パーセントだけは未定です、といっておいたんだ。」

「九十九パーセントだけ？」

「そう。まア、きまったようなもんだが。」

三郎は、ハイボウルをうまそうに飲んでから、横眼で、杏子をちらりと見た。杏子は、平然として答えた。

「九十九パーセントとは、ケチ臭いのね。早く、百パーセントにしてしまいなさい。」

「いや、その一パーセントを残しているところが、これで、なかなか、味があるんだよ。君の方は、どうなんだ。」

「百パーセント。いいえ、百二十パーセントぐらいかも知れないわ。」

「いわせておけば。」

「ごめんなさい。」

「どうだ、その恋人を、僕に紹介しないか。」

「紹介して、どうするの？」

「人物鑑定をしてやる。君のような娘に惚れるって、きっと、どっかが、どうかしているに違いない。」

「失礼ね。」

杏子は、憤《おこ》ったようにいった。しかし、心の中では、すこしも、憤っていないのであった。

杏子は、腕時計を見た。すでに、八時半になっていた。

「あたし、帰るわ。」

「まア、もうちょっと、待ちたまえ。」

「何か、ありますの？」

「実は、紹介したい人物があるんだ。」

「どういうお方？」

「女性だ。」

「女性？」

「やがて、問題の大島富士子さんが、ここへくることになっているんだよ。一人でいてもつまらんので、さっき、電話をしたんだ。そうしたら、ここへ、やってくるというんだ。」

「そう……。」

杏子は、あらぬ方を見ながら答えた。

「どうしたんだね。」

「あたし、やっぱり、帰りますわ。」

杏子は、脚の高いスタンドの前の椅子から滑《すべ》るように降りた。

「さようなら。」

「そうか。」

三郎も、強いて、とめなかった。杏子は、数歩、出口の方へ歩いて行ったが、急に、気が変った。大島富士子とは、どういう女性か、見たくなったのである。一度は、この瞳で、しっかりと見ておきたかった。

杏子は、引っ返して来て、ふたたび、三郎の横の椅子に、腰を掛けた。怪訝《けげん》そうに見ている三郎に、杏子は、微笑《ほほえ》みながら、

「あたし、やっぱり、拝見させていただくわ。」

三郎は、頷《うなず》いた。が、心の中で、後悔していた。富士子と杏子を会わせることは、凡そ、無意味だ、と気がついたのである。どうして、そんな気になったのか、自分でも、よく、わからなかったのだ。

三郎は、無言のままで、ハイボウルを飲んでいる。杏子も亦、無言のままで、レモンスカッシュを飲んでいた。杏子は、しだいに、息苦しくなって来た。やっぱり、このまま、帰ろう、と思った。

入口の扉が開いた。杏子は、そこに、大柄な、眼の醒《さ》めるように美しい女を見た。

(大島富士子さんなのだ)

杏子は、そう直感していた。そして、その気品と美しさに、圧倒されていた。

とんかつ

一

「お待ちどおさま。」

富士子は、高価な何かの花を想わせるような笑顔で、近づいて来た。こういう酒場《バア》への出入には、馴れているらしく、すこしも、物怯じしないのである。見事といっていいくらいであった。杏子《きょうこ》は、はじめに圧倒されて、次に、感嘆した。三郎が、この富士子を好きになるのも、無理でないと思った。そして、富士子の三郎を見つめる瞳には、愛情が溢れているようだった。

富士子は、ちらっと、杏子を見ておいて、三郎の向う側に腰を下した。

「紹介しておこう。」

三郎がいった。

「こちらが、大島富士子さん。そして、こちらが、野々宮杏子さん。即ち、僕の二人の兄貴の奥さんの妹さんです。」

「あら、そうでしたの。よろしく。」

富士子は、あくまで、鷹揚であった。それも、身についた鷹揚さだから、すこしも嫌味には、感じられなかった。年も、杏子の二十一歳よりも、二つか三つ、上のようである。

「よろしく、お願いいたします。」

杏子は、丁寧にいった。

三郎は、杏子が、どうして、ここにいるのか、説明しようとはしなかった。富士子も、聞こうとはしないで、旧知らしい笑顔で近寄って来た三十前後の女に、

「ママさん、あたしにジンフィーズを頂戴。」

「はい。」

杏子は、窮屈になっていた。富士子の前では、どうも、いつもの軽口が出て来そうにもないのである。やっぱり、さっき、あのままで、帰った方がよかったのだと、後悔していた。

「お噂は、三郎さんから、ときどき、お聞きしていましたのよ。」

富士子は、三原とはいわずに、三郎といい、その三郎の前から、杏子を覗き込むようにしていった。

「そうですか。どうせ、悪い噂でしょう?」

「いいえ、全然、逆。あたしが憎らしくなるくらい、ほめるんです。」

杏子は、信じられぬように、三郎を見た。しかし、三郎は、どこ吹く風、という顔をしていた。そうなると、杏子も、いいたくなってくる。

「悪い噂でしょう?」

「ところが、あたしには、あなたのことを、しきりにいって聞かせるんですよ。」

「いいえ、全然、逆ですわ。」

杏子は、そういっておいてから、

「お二人は、近いうちに、ご結婚なさるんでしょう?」

と、思い切って、いってみた。

「はい。」

富士子は、当然のように答えた。杏子は、もう一度、三郎を見た。しかし、三郎は、相変らず、どこ吹く風、という顔をしていた。いったい、今夜の三郎は、何を考えているのやら、さっぱり、わからぬ男になっていた。杏子には、それが気になった。しかし、富士子は、そういう三郎を、しょっちゅう見ているのか、あるいは、信用しきっているのか、一向、気にならぬようすだった。

「そのときには、ぜひ、来てくださいね。」

「あたし、参りますわ。」

「これから、お友達になってくださいますわね。」

「お願いいたします。」

「では、握手をしましょう。」

富士子は、三郎の前から、手をのばして来た。杏子は、ためらった。何か、握手をしたくないものが、彼女の胸を掠《かす》めた。が、マニキュアされた富士子の綺麗な手を見ていると、自分も出さずにいられなくなった。二人の女の手は、三郎の前で、固く握り合わされた。三郎は、それを見おろしていた。そして、いった。

「女同志のお喋りはそれくらいでいいでしょう?」

富士子は、三郎を見ながら、

「今のあたしたちの話を、聞いていなさいまして？」

「いや、聞いていなかった。別のことを考えていたんです。」

「あきれたお方。あたしたち、お友達になりましたのよ。」

「どうぞ。」

「それから——。」

「まア、いいでしょう。どうせ、僕には、あんまり、関係のなさそうなことですから。」

「いいえ、大ありですわ。」

「とにかく、この眼の前の握手は、解いて貰いたいですな。でないと、どうも、眼触りになって、お酒が飲めない。」

「あら、ごめんなさい。」

握手は、やっと解かれた。杏子は、解放されたような気分を味わっていた。

「兄が、あとからくるそうです。」

「武久《たけひさ》君が？」

「それは、有難い。」

三郎は、急に、面白くなったように、

「お電話があったとき、いっしょにいましたのよ。あたしがこれから銀座へ出る、といったら、自分も行くといい出して、同じ車に乗って来たんです。」

「で、今、どこにいるんですか。」

「すぐそこの酒場に、ちょっと、用があるからといって、十五分ほど遅れて、ここへくるそうです。」

　杏子は、今こそ、帰るべきときだ、と思った。

「あたし、失礼しますわ。」

「まア、もうちょっと、お待ちなさい。いいチャンスだから、大島武久君を、ご紹介しときましょう。」

「でも……。」

「いい男ですよ。社長の長男でしてね。営業課長をしているんです。将来は、大島商事の社長となるべき人物です。僕は、クラスメートで、昔から好きでしてね。まア、彼がこいというので、僕が、大島商事へ入社したようなもんです。君だって、交際《つきあ》っているうちに、きっと、好きになれる。」

「でも、あたしには……。」

「そう、死ぬほど好きな人がある、というんだろう？」

　富士子の瞳が、仄《ほの》かに、光を帯びて来たようであった。杏子は、それを意識しながら、

「そうですわ。」

「わかっている。だけど、人生の重大問題だし、最後の一瞬まで、比較検討することも必要だからね。」

「あたしには、その必要がありませんの。」

「どうぞ、そうおっしゃらずに、兄にも会ってやってください。兄も、あなたの噂を聞いて

いるんですから。」

「どうしてですの？」

「あたしが、お喋りしましたのよ。いけませんでした？」

「いいえ、そんなこと。」

そこへ、一人の青年が入って来た。富士子がそれを見て、

「ああ、来ましたわ。」

大島武久は、背が高くて、やはり、富士子に似ていた。育ちのよい青年であることは、一目でわかる。

「よう。」

武久は、そういいながら、笑顔で近づいて来たが、杏子を見ると、ふっと、とまどったようだった。

「お兄さん、野々宮杏子さんよ。」

「ああ、やっぱりね。」

「やっぱり？」

三郎が、武久にいった。

「いや、直感で、そう思ったのだ。僕が、想像していた通りのお方でした。僕は、大島武久です。どうぞ、よろしく。」

「こちらこそ。」

杏子は、またしても、帰りそびれてしまった。武久は、杏子の横へ腰を下して、

「マダム、ビールだ。」

と、いってから、杏子に、人懐っこい笑顔で、

「僕は、酒飲みですよ。しかし、そこにいる三郎には、とても、かないません。とにかく、三郎は、ハシゴ酒なんです。いい奴ですがねえ。玉に傷だ。」

三郎は、その武久の言葉に応じるように、

「では、そろそろ、オミコシを上げて、次へ行くかな。どうせ、玉に傷なんだから。」

「まア、待て。」

武久は、愉しくなって来たようにいった。そして、ビールをぐっと飲むと、杏子に、

「これからも四人で、ときどき、会いましょう。」

「お願いします。」

杏子は、そう答えたが、何か、ひどく孤独になったような気持がしていた。四人の中で、自分だけが、別の人種であるような思いを嚙みしめていた。三郎は、そんな杏子を横目で見ながら、しかし、何もいわなかった。煙草を吹かし、ぐいぐいと、ハイボウルを飲んでいた。

二

杏子が入社してから、すでに、十日ほど、過ぎていた。仕事にも、だんだん馴れて来た。この分では、どうにか、勤められそうである。

杏子は、秘書だから、いつも、秘書室にいなければならない。が、それでも、ときどき、連絡のためやなんかに、広い事務室に入って行くことがあった。まだ、係長クラス以上の人

の名を覚えただけで、一般社員の名を覚えるまでにはいたっていなかった。まして、どの社員が独身で、どの社員に奥さんがあるのか、さっぱりわからなかった。杏子は、秘書としてではなしに、たとえば、総務課とか、営業課とか、そういうところに勤められたらよかったのに、と思っていた。

しかし、杏子は、勤めに出たことを、後悔しているのではなかった。寧ろ、その反対であった。働くということは、杏子に生甲斐を感じさせていた。勿論、辛いこともあるけれども。しかし、毎日、家にいて、時たま、花や茶の稽古に通っていた頃に比較して、一日一日が充実しているように思われた。今日この頃の杏子の顔は、そのせいか、いきいきとしている。いちだんと美しくなったようだ。が、そのいきいきとした美しい顔が、どうかすると、まるで、何かの物思いに沈むように、急に、そして、ほんの短時間ではあるが、生彩を失ってくることがあった。

残念ながら、杏子には、毎日、仕事をおしえてくれる宇野哲夫をのぞいて、まだ、一人の友達も出来ていなかった。男友達は別としても、せめて、女友達がほしかった。しかし、そのチャンスがなかったばかりでなしに、何んとなく、杏子は、若い男女社員から敬遠されているような気がしていた。

杏子は、退社時刻後、ときどき、親しそうに肩を並べて、玄関を出て行く若い男女社員の姿を見ていて、羨やましかった。自分にも、早く、そういう友達がほしかった。といって、杏子は、自分を安売りするような真似だけはしたくない、と思っていた。

机の向うから、宇野がいった。

「さっき、社長にも話しておいたんですが、僕は、明日から総務課へ戻ります。」

「あたし、一人で心細いわ。」

「大丈夫です。その点では、僕が、太鼓判を押します。立派です、あなたには、一流の秘書になれる素質があります。」

「ほんとか知ら?」

「僕の言葉を、どうか、信用してください。」

「では、あたし、信用することにします。どうも、いろいろと有難うございました。」

「いや、僕は、要するに、社命で、そうしただけですから。」

そのあと、宇野は、ちょっと、いい憎そうに、

「もし、お差し支えなかったら、今夜、僕といっしょに、ご飯をつき合ってくれませんか。」

「あたし、よろこんで。」

「いいんですか。」

「どうして、そんなに念をお押しになるんでしょう?　今まで、仕事をおしえていただいたお礼に、あたしがおごりますわ。ただし、一人前、二百円以下ですのよ。」

「いや、僕が払いますよ。これでも、僕は、ちゃんと月給を貰っている一個の男子ですからね。」

「あたしだって、ちゃんと月給を貰っている女ですのよ。尤も、まだ、初月給を貰っていませんけど。」

「では、割カンでいきましょう。」

いいながら、杏子は、いつか、三郎に、自分と恋人が食事をする場合に、いつでも、割カンにするのだ、といったことを思い出していた。

その三郎とは、就職祝の夜、銀座で偶然会って以来、一度も会っていなかった。あの夜、武久は、もう一軒、僕たちとつきあってください、といったが、杏子は、辞退して帰った。

武久は、残念そうに、

「それでは、近いうちに、お電話をしますから、あらためて、四人で、晩御飯を食べましょう。」

「お願いします。」

杏子は、そういって別れて来たのだが、そのままになっていた。しかし、自分から催促するのは厚かまし過ぎるし、それほどの熱意もなかった。

その日、午後五時の退社時刻がくると、杏子は、帰っていいことになった。重役がいる限り、杏子は、何時までも、残っていなければならないのだが、今日は、社長も専務も宴会があって、その方へ出かけたのであった。その宴会というのは、大島商事からの招待なのである。

三原商事と大島商事は、前から、取引関係にあった。そういうことから、大島社長に、次郎と梨子の結婚式の仲人をして貰ったのである。

杏子と宇野は、揃って、会社の玄関を出た。そんな二人の姿は、ちょっと、社員たちの注目を浴びたようであった。

「おい。宇野君。」

うしろから声をかけられて、杏子も振り返った。たしか、営業課勤務の青年であったようだ。その青年は、杏子に軽く会釈をした。

「何んだ。」

宇野は、その青年の方へ近寄って行った。青年は、宇野を隅の方へ連れて行った。しばらくして、宇野は、杏子の方へ戻って来た。

「どうも、失礼しました。」

「今のお方、何んとおっしゃいますの?」

「営業課の野内稔です。何か、あったんですか。」

「いいえ。早く、皆さんの名を、覚えておこうと思って。」

「野内と僕は、いっしょに入社したんです。だから、特に、仲良くしているんですよ。」

「まア、そうでしたの。」

「何処へ行きますか。」

「あたし、そういうところ、ちっとも知りませんのよ。ですから、おまかせいたします。」

「とんかつ、お嫌いですか。」

「いいえ、大好き。」

「よかった。僕は、あなたから二百円以下といわれたとき、すぐに、これは、絶対にとんかつだ、と思ったんです。銀座に、二百円で、うまいとんかつと御飯を食べさせてくれる家があります。そこへ行きませんか。」

「僕はね、高い料理屋というのは、あんまり知りません。しかし、二百円以下で、栄養があり、しかも、うまい物を食べさせる店なら、随分と知っています。中華料理でも、西洋料理でも、天井でも、何んでも知っています。いつでも、聞いてください。無料で、お知らせいたします。」

「お願いします。」

「結構ですわ。」

杏子は、何んとなく、仄々《ほのぼの》と愉しくなっていた。宇野と話していると、すこしも、気がはらなかった。背延びする必要もなかった。恐らく、父親のいった庶民的な男とは、宇野のような人間をいうのではなかろうか。

杏子には、父親が、自分の結婚の相手として、庶民的な男を、といった気持が、わかるような気がして来た。一郎も次郎も、林太郎には、敬意を払ってくれている。親切にもしてくれる。しかし、間に何かが一枚、はさまっていた。林太郎にすれば、気楽に、相手の家へ行ったり、または、こっちへも来て貰いたいのであろう。そういうことを、夢見ていたに違いない。しかし、一郎も次郎も、めったに、遊びにこなかった。遊びに来ても、どこかに、儀礼的なにおいがしていた。膝を崩して、酒を飲んだり、話したりすることはなかった。一郎や次郎は、意識的にそうしているのではなく、育ちがそうさせているに違いない。したがって、林太郎は、自分から一郎や次郎の家へ行こうとはしなかった。行っても、肩が張るだけで、面白くないからである。桃子にしても、すっかり社長夫人になり切ってしまっていて、どうも、自分の娘という気持がしない。一段、高いところにいるようだ。

（それなら、同じ兄弟でも、三郎さんは、どうか知ら？）

一郎と次郎は、亡くなった母親似のようだ。しかし、三郎の方は、明らかに、父親似であった。杏子は、社長室へ行って、壁にかけてある太左衛門の写真を見るたびごとに、そう思ったりしている。同じ兄弟でありながら、顔が違うように、一郎や次郎と、三郎とでは、性格も違うようだ。三郎には、不良的紳士の傾向が多分にあるが、しかし、一郎や次郎は、あくまで紳士であった。杏子は、一郎や次郎を見ていて、桃子や梨子が、どうして好きになったのか、わからなかった。自分なら、絶対、好きにならないだろう、と思っているのである。

（でも、三郎さんは、違うようだわ）

杏子は、ここまで考えて来て、愕然とした。いつまでも、三郎にこだわっている自分に気がついたのである。

（ひょっとしたら、あたし、いくらかは三郎さんを好きになっているのか知ら？）

杏子は、ひそかに、顔をあからめていた。

（まさか）

と、強く、打ち消しておいて、

（そんな筈がないわ）

と、自分にいい聞かせ、更に、

（すでに、結婚の相手のきまっている人じゃァありませんか）

要するに、自分には、この宇野のような人がいちばんいいのだし、その方が、八方円満におさまるのだと、杏子は、自分に結論をくだし、肩の荷をおろしたような軽い気持になった。

三

銀座のとんかつ屋の一階の腰掛席は、満員であった。二人は、二階のお座敷へ上った。

「二階だって、値段にかわりはないんです。」

宇野は、ちゃんと知っていた。

尤も、二階のお座敷といったところで、追い込みなのである。衝立《ついたて》で仕切って、いくつものテエブルが並べてあった。誰も彼も、気楽に笑ったり話したりしながら食べている。杏子は、就職祝に、桃子から、同じ銀座の高級レストランでご馳走になったときのことを思い出していた。あの雰囲気は、あまりにも貴族的であった。杏子は、自分には、絶対、この方がいい、と思っていた。

「おビールでも、お飲みになりませんの？」

「かまわない？」

「お飲みになれませんの？」

「いや、好きなんだけど、レディの前だし、遠慮をしていたんです。」

「あたしは、レディではありませんからどうぞ、ご遠慮なしに。ただし、ビール代は、宇野さんもちよ。」

「勿論ですよ。」

宇野は、嬉しそうに、ビールを注文した。やがて、そのビールがくると、杏子は、

「はじめの一杯だけ、今日までのお礼に、お酌をしてあげます。」

「これは、おどろいた。野々宮さんに、そういう庶民的サービス性があろうとは、思わなかったな。」

「何をいってらっしゃるのよ。あたしはただの庶民の娘ですよ。」

「しかし、お姉さんは、二人とも、わが社の重役夫人だからね。」

「姉は姉、妹は妹。何んの関係もありませんよ。」

「ほんとうに？」

「だって、そんなこと、当然ではありませんか。」

「実は。」

「何んですの？」

宇野は、何かいいかけて、ためらっていた。そこへ、一皿に盛ったとんかつと野菜が運ばれて来た。トマトをあしらって、野菜の朱と青と白が、眼にしみるようであった。

「まア、綺麗。」

見ただけで、杏子の腹の虫が、くくっと鳴ったようであった。食べやすいように切ってあるとんかつを、早速、一口食べて、

「おいしいわ。」

「でしょう？」

と、いってから、宇野は、

「実は、あなたに聞いてみたいことがあるんですよ。」

と、真面目な顔になった。

無礼な質問

一

「どういうことですの？」

杏子《きょうこ》は、宇野の顔を見た。酔いの色が、ほんのりと現われていた。

「こんなことを聞いては、失礼にあたるかな。」

「だったら、お聞きにはならないで。」

「しかし、聞きたいのです。僕だけでなしに、さっき、野内からも頼まれたのです。ぜひ、聞いておいてくれ、と。」

「そんな難かしいことですの？」

「いや、簡単なことなんです。が、内容は、重大なんです。すくなくも、僕は、そう思っているし、そして、僕だけでなしに、社内でも、同じように考えている連中が、たくさん、いる筈なんです。」

「たかが、入社したばかりのあたしのことが、そんなに問題になっていますの？」

杏子には、思いがけないことだった。しかし、宇野は、冗談をいっているようではなかった。大真面目な顔をしているのである。その大真面目さが、却って、おかしいくらいだった。

「そうですよ。」

「どういうことか、早く、おっしゃって。あたし、気になって来ましたわ。」

「あなたの一身上に関することなんです。」

「一身上?」

「そうですよ。しかし、困ったなア。」

「何をそんなに困ってらっしゃいますの?」

「どうも、さてとなると、聞き憎い。」

「嫌だわ。宇野さんは、男でしょう?　男なら男らしく、何んでも聞きたいことを、堂々とお聞きになるものでしてよ。」

「わかりました。では、堂々と、男らしく、お聞きします。」

宇野は、アグラから正坐に戻って、

「あなたは、将来、社長の弟さんと、ご結婚なさるんですか。」

「いいえ。」

杏子は、即答した。

「ほんとうですか。」

宇野は、信じられぬようにいった。

「どうして、そんなことをおっしゃいますの?」

「二度あることは三度あると、社内では、専らの評判なんです。だからなんです。」

「嫌だわ、あたし。」

杏子は、眉を寄せていった。そして、更に、いわずにはいられなかった。

「あたし、そんなことを、すこしも考えていませんことよ。」

「今は、考えていなくとも、将来、その可能性は？」

「ありません。」

杏子は、いい切ってから、心の中で、

（これでいいのだ）

と、思っていた。

「しかし、あなたは、そのつもりでも、社長夫人に、そのお気持があるかもわかりませんね。われわれは、それを恐れているのです。」

「さっきもいったように、姉は姉、あたしはあたしです。そういう点、あたしは、自分の結婚ですし、あくまで、自分の意志を通しますわ。」

「もうすこし、この無礼な質問を続けてもいいですか。とにかく、サラリーマンというものは、気がちいさくて、万事に慎重にならざるを得ないのです。」

「どうぞ。あたしだって、同じサラリーガールですし、そして、あたしにとっても、極めて、重大なことのようですもの。それに、もし、そういう誤解のために、会社の人たち、殊に、独身の人たちから、あたしが、特別に敬遠されているのだとしたら、せっかく、三原商事へ入社した甲斐がありませんわ。」

「と、おっしゃると？」

宇野の頬に、安堵と喜びの色が現われかけているようだった。

「あたし、正直に告白しますが、姉からお勤めに出ないか、といわれたとき、これで、恋人が見つかるかも知れないと思いましたのよ。というのは、今までのように、家にばかりいたのでは、そういうチャンスは、全然といっていいほど、ありませんものね。」

「そうです、そうです。」

　宇野は、欣然としていった。

「それで、三原商事に、あたしの好きになれるような男性がいることを祈っていましたわ。」

「いますよ、きっと。だって、東京の本社にだけでも、僕を含めて三十五人の独身社員がいるんですからね。」

「そんなに?」

「僕の見るところでは、すくなくとも、その半数は、あなたに興味をいだいています。」

「もし、それが本当なら、あたし、嬉しいわ。それにしては、今まで、仕事以外のことで話しかけて来てくれた男性は、宇野さんひとりというのは、どういうことですの?」

「それは、さきほども、あなたがおっしゃったように、われわれは、あなたを誤解していたからです。近寄るべからざる高嶺の花だ、と思っていたのですよ。が、中には、あきらめきれないで、さっきの野内のように、ぜひ、本当のところを聞いておいてくれ、という、熱心な男もいるのです。勿論、僕は、野内にいわれなくとも、今夜は、お聞きしたい、と思っていました。僕は、明日、早速、社の若い連中に、あなたが、さっきからおっしゃったことを、即ち、全くフリーであることをいってやりましょう。きっと、社内は沸きますよ。」

「ところが、あたしは、それほど、うぬ惚れの強い女ではありませんのよ。」

「かりに、そうだとしたら、あなたは、ますます、われわれの人気の対象になるでしょう。もう一本、ビールを飲んでもいいですか。」

「宇野さんは、酒癖悪くありません？」

「いや、ご心配なく。三本までなら、善良そのものです。」

「三本を超すと？」

「ちょっと、乱れます。」

「どういう風に？」

「答えないといけませんか。」

「あなたのご意志にまかせますわ。でも、あたしって、若い男の人のこと、殆んど知りませんから、参考にしたかったのです。」

「では、参考までに申し上げます。三本を超すと、僕の場合、たとえば、女性が、非常に魅力的になり、何んとなく、そこらを触ってみたくなります。」

「わかりましたわ。今夜は、ビールを二本にしておいてください。」

宇野は、元気な声で、奥の方に向って、

「ビール。」

と、いっておいてから、

「僕は、今夜は、大変愉快ですよ。」

「あたしも。あたし、こんな風なお喋りをしたのは、はじめてのような気がするわ。」

それも、相手が宇野であったからであろうかと、杏子は、思っていた。宇野だと、思っていることが、何んでも、すらすらといえるのは、不思議なくらいであった。気楽であった。かりに、相手が、あの大島武久であったら、恐らく、この半分も喋れなかったであろう。いつも、心にヨロイを着ていなければならない。

ビールが来た。が、こんどは、杏子は、お酌をしてやらなかった。お喋りが過ぎた上に、そんなサービスまでするのは、今のところ、行き過ぎのように思われたからである。宇野も、お酌の請求をしなかった。

「さっき、もうすこし、無礼な質問を続けたい、といってらっしゃいましたが、もう、いいんですの?」

「そうそう。うっかり、忘れるところでした。かりに、あなたに、三郎氏と結婚する意志がなくても、三郎氏に、その意志があったらどうなりますか、ということです。」

「その質問には、あたし、こうお答えします。三郎さんは、近く、大島商事の社長のお嬢さんと結婚されることになっている筈です。」

「ほんとうですか。」

「だって、あたしは、三郎さんからも、そのお嬢さんからも、そのことをお聞きしたんですもの。」

「ああ、僕は、今夜ほど、ビールがうまいと思ったことはありません。これで、すべての暗雲は、払われました。やっぱり、この人生は、当って砕けろ、ですね。」

そういって、宇野は、うまそうに、ビールを飲んだ。あまり、うまそうなので、杏子も飲んでみたいくらいだった。

二

その夜、大島商事の招宴が終って、一郎が家へ帰ったのは、午後十時過ぎであった。

「お帰りなさい。」

桃子は、玄関に出迎えた。

「おい、えらいことになったぞ。」

いきなり、一郎がいった。

「えらいこと？」

桃子は、いってから、横に、女中がいることに気がつくと、

「その話、あとで、お聞きしますわ。」

今夜、大島社長に招かれたことは、桃子も知っていた。それで、昨夜、

「あなたから、直接、大島さんに、三郎さんを三原商事へ返して貰うようにお願いになってみたら？」

と、一郎に、すすめておいたのである。

一郎は、はじめ、難色を示した。そういうことは、先に、三郎に納得させてからの方が順当だろう、と思ったのである。いくら、こちらは兄であっても、三郎は、すでに一人前の男になっているのだ。やはり、先ず、本人の意志を尊重すべきだ、という意見だった。

「そんなことをいって、愚図愚図していたら、三郎さんは、本当に、大島商事の人間になってしまいますよ。それでも、いいんですの。」

「それは、困るのだ。」

「でしょう？　だったら、この際、あなたから、大島社長におっしゃるべきですわ。それに——。」

「それに、どうした？」

「もし、その前に、杏子に、悪い虫でもついたら、いよいよ、困りますわ。何んといっても、若い社員のたくさんいる中に、野放しにしてあるようなもんですからね。だから、一日も早く、三郎さんを三原商事へ戻すことです。それが、第一です。」

「しかし、杏子さんには、すでに、死ぬほど好きな恋人があるんだろう？」

「あんなこと、嘘にきまっていますよ。」

　桃子のいい方は、自信に満ちていた。

「どうして、嘘ということがわかるのだ。」

「あたしは、杏子の姉ですよ。ちいさいときからいっしょに暮していたのです。あの娘《こ》に、死ぬほど好きな恋人があるかないかぐらい、顔を見ればわかります。」

「しかし。」

「いいえ、そうですよ。第一、あの娘には、今までに、そういう恋人の出来るチャンスなんかありませんもの。」

　一郎には、桃子のいうことが、一方的な独断のように思われた。だいたい、桃子には、人はいいのだが、この独断が多すぎる。結婚前の桃子は、決して、そうではなかったのである。寧ろ、素直な女であった。一郎は、そう信じていた。が、結婚して、一年たち、二年たちするうちに、しかも、子供が生まれたりして、しだいにそういう傾向が強くなって来た。多少、思い上っているようだ。一郎は、そのつど、たしなめて来たつもりだったが、しかし、彼の力では、最早《もはや》、どうにもならなくなっていた。

「あの娘、ただ、ああいっているだけなのです。その証拠に、相手の人の名もいいませんでしたわ。」

「それなら、どうして、そんな嘘をつく必要があるのだろう？」

「おわかりになりません？」

桃子は、ちょっと、カンが、おにぶうございますね、というような顔をした。それが、一郎の癪《しゃく》にさわった。

「ああ、わかりませんね。」

「あの娘は、三郎さんと結婚させられる、と思って、わざと、そんな風にいっているのです。」

一郎は、ここだ、とばかりに、

「そんなに嫌がっているのなら、何も、無理に結婚させなくてもいいじゃァないか。第一、そんなこと、可哀いそうだよ。」

「いいえ、ちっとも、可哀いそうじゃァありませんわ。」

桃子は、いささかも動じないで、

「要するに、あの年頃のレジスタンスなのです。あたしには、わかっています。が、あの娘は、そのうちに、きっと、三郎さんが好きになります。それこそ、死ぬほど、好きになります。そして、三郎さんと結婚した方が、あの娘の幸せなのです。」

「しかし。」

「何んでございますの？」

「問題は、三郎の方にもある。」

「大島富士子さんとのこと？」

「そうだよ。」

「あたしは、三郎さんは、大島富士子さんを、ある程度、好きであることは認めます。しかし、百パーセントではありません。そのうちに、きっと、富士子さんよりも杏子を好きにしてみせます。」

「バカバカしい。もっと、人の気持を尊重することだ。」

「いいえ、現に、そういう傾向にあります。」

「どうして、わかる？」

「三郎さんは、今まで、杏子の存在を忘れていられたのです。が、梨子の結婚式のときから、はっきり、意識されたのです。」

「しかし、遅すぎた。」

「まだ、遅すぎはしません。見込みがあります。そして、三郎さんも、杏子と結婚なさった方が、幸せですわ。」

　一郎は、サジを投げたように笑い出した。独断もここまでくると、最早、神がかり的である。

「あら、お笑いになりましたのね。」

「だって、君は、この世の中のことを、すべて、自分の思う通りにしようとしている。そして、それが最善だ、と思い込んでいる。しかし、そうは、問屋が卸さんよ。」

桃子は、きっとなって、

「あたしは、これでも、三原家のためを思っているんですよ。」

「そうですかねえ。」

「では、お伺いしますが、三郎さんに、三原商事へ来てほしくはないのですか。この前、次郎さんとお話していらっしたのは、あれは、嘘ですか。」

「いや嘘ではない。是非、帰って来て貰いたい、と思っている。」

「でしょう？　が、もし、大島富士子さんと結婚なさったら、永遠に、その見込みはなくなりますよ。それでも、かまいませんの？　それでしたら、あたしは、一切、手を引きます。そして、杏子にも、三原商事を辞めさせます。」

こうなっては、一郎も、引っ込むより仕方がなかった。これ以上、桃子にさからっては、あとがうるさいのである。

「わかったよ。」

「どう、おわかりになりましたの？」

「君にまかせる。」

「ほんとうですね。」

「誓うよ。」

いいながら、一郎は、桃子の計画は、九分九厘まで、失敗に終るだろう、と思っていた。三郎を三原商事に取り戻せないのは残念至極《しごく》だが、しかし、それによって、桃子の独断癖と出しゃばり癖に、ガンと一発、くらわせてやることが出来たら、と思っていた。今や、桃子に対しては、その必要があるようだ。

しかし、まかせる、といわれると、桃子は、とたんに機嫌を直して、ニッコリと笑って、

「では、明日の夜、あなたの口から直接、三郎さんのことを、大島社長に頼んでみてくださいね。あなたからおっしゃれば、いくら大島さんでも、嫌とはおっしゃらないでしょう。」

と、いったのである。

一郎は、承諾した。させられたのだ。

三

茶の間で、二人っきりになると、早速、桃子がいった。

「えらいことになったというのは、どういうことですの？」

「はじめに、君からいわれた通り、大島社長に、三郎を、ぜひ、三原商事の方へ戻して貰いたい、といったんだ。」

「そうしたら？」

「とんでもない、というんだ。まだ、正式には、お話していないが、やがては、富士子さんと結婚して貰って、将来、息子の武久君の片腕となって頂きたい、と思っているというんだ。」

「それで、あなたは、どうおっしゃいましたの？」

「勿論、困る、といったよ。すると、大島さんは、笑いながら、三原さん、三郎君を大島商事に残しておかれた方が、今後、お互のために、却って、いいんじゃアありませんか、というんだよ。その意味は、大島商事と三原商事は、今以上に、密接な関係を結び、将来、共に発展していこうではありませんか、ということなんだ。それは、一つの理屈だし、僕も、ちょっと、参ったよ。」

「だって、商売上のことでしたら、お互に、その気があれば、そうよ、三郎さんが、三原商事に戻ってからも、いくらでも、密接な関係を結べるではありませんか。」

「そりゃアまア、そうだが。」

「あなたは、それで、引きさがっていらっしゃいましたの？」

「いや、よく、頼んでおいた。それよりも、杏子さんのことを、逆に、頼まれてしまったんだ。」

「杏子のこと？」

「武久君が、どうやら、杏子さんを気に入ったらしいのだ。」

「杏子を、武久さんがご存じの筈がないでしょう？」

「ところが、一度、会っている、というんだ。この間の晩、銀座で、就職祝をしようというので、みんなで、ご飯を食べたろう？　その帰りに、杏子さんは、三郎に会っているんだよ。」

「それ、ほんとですか。」

「ほんとうらしい。」

桃子は、柳眉を逆立てんばかりにして、

「杏子ったら、何んということをするんでしょう。あたしが、こんなに一所懸命になってやっているのに、裏で、こっそりそんな真似をするなんて。それに、三郎さんも三郎さんだわ。せっかく、お招きしているのに、来もしないでおいて。」

「おいおい、違うんだよ。三郎に会ったのは、偶然らしいんだ。で、誘われて、酒場《バア》へ入ったらしい。そこへ、武久君と富士子さんが来て、いっしょになり、お互に、友達になったんだそうだ。」

「わかるもんですか。」

「君は、何を憤《おこ》っているんだ。かりに、君の想像している通り、杏子さんと三郎が、裏で、こっそりと会っているのだとしたら、それだけ、二人の間に脈があるとして、喜ぶべきではないか。」

桃子は、返答に詰った。まさに、その通りであった。にもかかわらず、何か、釈然としないのである。面白くないのである。桃子の場合、自分が、あくまで、主導権を握っていないと、気にいらないのかもわからない。

「そうだろう?」

一郎は、ここぞと、念を押した。

「それで、大島さんは、どうだとおっしゃいますの?」

桃子は、不機嫌になっていった。

「武久君と杏子さんの交際を認めてやってほしい、というんだ。」

「まア。」

「と、いうことは、将来、二人は、結婚するかもわからない、という前提のもとになんだよ。」

「いけません。」

桃子は、きっぱりといった。一郎は、苦笑して、

「いけません、といったって、杏子さんに、その意志があったら、いくら姉でも、文句がいえないじゃアないか。」

「いいえ、杏子は、三郎さんと結婚すべきであり、した方が、幸せになるのです。」

「しかし、その三郎も、武久君と杏子さんの交際には、賛成している、というんだよ。」

桃子は、しばらく、何もいえなくなっていた。最早、自分の計画をあきらめねばならぬのかと、絶望的にすらなっていた。桃子の意志に反して、若い三郎と杏子は、勝手な方向に、どんどん動いている。今更、どうにもならぬようだ。

「どうだろう？」

「…………」

「僕は、趣旨《しゅし》としては賛成だが、杏子さんの意見を聞いてみないことには、といっておいた。次郎も、そういっていた。」

「…………」

「勿論、高円寺のお父さんのご諒解《りょうかい》も得なければならんが、明日にでも、僕から、取りあえ

ず、杏子さんに話してみよう。」

「いいえ、いけません。」

「何故?」

「杏子には、あたしから話します。それまで、この話は、伏せておいてください。」

「しかし。」

「いいえ。」

そのあと、桃子は、唇を嚙みしめるようにして、何か、考え込んでいた。

初一念

一

その翌日、桃子は、芝のNアパートの九階にある梨子の部屋を訪れた。絨毯《じゅうたん》を敷いた洋間に和室、その他、手洗所、炊事場、風呂場がついている。テレビ、電気冷蔵庫、電気洗濯機から電気掃除機まで揃っている。

桃子は、ここへくるたびに、梨子が、かりに、身分相応の安サラリーマンと結婚していたら、とうてい、こんな豪勢な生活が出来なかったのだ、ということを思うのであった。今更、恩に被《き》せるわけではないが、すべて、自分のお陰なのである。もし、自分のあとへ梨子を秘書としてすいせんしてやらなかったら、今頃、梨子は、せいぜい、四畳半一間の安アパートで暮していたに違いない。それを考えれば、梨子に対して、多少、威張ってやったところで、それは、当然のことなのである。

（それにつけても、杏子は、何んというバカなんだろう）

いっそ、何も彼《か》も、放り出して、知らん顔をしていてやろうか、とも思った。その方がラクなのである。気をもまなくてすむ。

しかし、桃子には、それが出来なかった。あくまで、初一念を貫かないことには、腹の虫がおさまらない。だけでなしに、一生、悔いを残さなければならないに違いない。それが、嫌だった。のみならず、桃子は、すでにして、一郎に対して、どんなことがあっても、杏子と三郎を結婚させるのだ、と宣言してしまっている。もし、その宣言通りにいかなかったら、一郎からどんな皮肉をいわれるかもわからない。ために、せっかく、今日まで、営々として築き上げた妻の権威が、台なしになってしまう恐れがある。そういうことは、桃子として、我慢が出来なかった。桃子は、せっかく、社長夫人になった以上、あくまで、現在の妻の権威をまもりたいのであった。

しかし、桃子と雖《いえど》も、ときには、反省するのである。

（あたしは、出しゃばり過ぎているだろうか）

殊に、昨夜は、一郎から、大島武久が杏子を見染めたらしい、と聞かされたときは、そのことを考えた。大島武久と結婚したら、それこそ、玉の輿《こし》である。あるいは、三郎と結婚するよりも、玉の輿の程度が高いかもわからない。自分の摑んだ最上の玉の輿に匹敵するともいえそうだった。

（だから、杏子に、三郎との結婚をやめさせて、大島武久さんと結婚するように、積極的にすすめてみようか）

しかし、そう思うだけで、桃子には、どうしても、それを実行する気になれなかった。第一、杏子が、大島武久と結婚したら、将来は、当然、社長夫人である。格としては、三原商事よりも、大島商事の方が上である。したがって、同じ社長夫人でも、杏子の方が、桃子よりも格が上ということになる。すくなくとも、世間は、そのように眺めて、そのように扱うだろう。桃子は、考えるだけでも面白くなかった。このことは、めったに口外出来ないことだ。が、そこに気がつくと、桃子は、

（いいえ）

と、あわてて、否定しておいて、

（要するに、杏子は、三郎さんと結婚した方が、いちばん、幸せになれるのです）

そのあと、こう断言し、更に、それでも足らず、

（あたしは、杏子の一生の幸せを考えてやっているのです）

ここにいたって、桃子は、やっと、安心出来るのであった。

「まア、お姉さん。」

梨子は、桃子の突然の訪問をいぶかりながらも、歓迎した。この姉には大恩があるのだと、胆に銘じているからでもある。

「お元気？」

桃子は、安楽椅子に腰を掛けながら、ゆったりとしていった。

「ええ。」

「そして、ご夫婦仲も円満？」

「そうよ。」

梨子は、何かを思い出したように、ふっと、顔をあからめた。

「じゃア、もう、この九階から飛び降りるなんていわない？」

「いいませんわ。」

「だけど、あんまり、次郎さんが増長するようだったら、たまには、脅かしてやることよ。でないと、男なんて、すぐ、増長しますからね。」

「お姉さんとこは、そうですの？」

「まアね。」

「じゃア、あたしも、お姉さんを見習うことにするわ。」

「そうよ。あたしの真似をしていれば、間違いないわ。」

桃子は、満足そうにいっておいて、

「ところで、あんたに、前から一度、聞いておこうと思っていたんだけど。」

「どういうこと？」

「まだ、お腹《なか》大きくならない？」

「嫌だわ、お姉さん。」

「いいえ、これは、真面目な話よ。」

「だって、結婚して、まだ、二カ月目じゃアありませんか。」

「二カ月もあれば、いくらでも、妊娠出来ます。」

「でも、あたしたち、相談しましたのよ。すくなくとも二年間は、妊娠しないようにして、大いに新婚生活をたのしもう、と。」

「それで、あんた、それを正直に実行しているの？」

桃子は、あきれたようにいった。

「そうよ。」

梨子は、心外そうにいった。

「バカねえ。」

「あら、どうしてですの？」

「結婚したら、とにかく、一日も早く、子供を産んでしまうものよ。」

「そんなことをしたら、せっかくの新婚生活が、めちゃめちゃになってしまうでしょう？」

「女にとって、新婚生活よりも、一生の夫婦生活の方が大事でしょう？」

「だけど、そのことと、一日も早く、子供を産むってこととは、関係がないと思うわ。」

「あんた、これだけいっても、まだ、わからないの？」

桃子は、いよいよ、あきれたように、そして、それだけ、得意にもなりながら、

「最初の子供だけは、早く、産んでおくものよ。二番目は、ちょっとぐらい遅れてもかまわないけど。そうすることによって、自分たちが年を取ってからでも、子供は、まだ、学生だというような困ったことにならないですむでしょう？」

「そりゃアそうだけど。」

しかし、梨子には、二十年か三十年後のことなんか、一向に、ピンとこないようであった。それよりも、せっかくの新婚気分の方が大切なのである。子供は、好きなのだ。しかし、やっぱり、ここ二年ぐらいは、お腹を大きくして、みっともない恰好《かっこう》になりたくなかった。

「もっと、大切なことがあるのよ。」

「……?」

「ここだけの話だけど、お姉さんが、三原家で、どうして、あんなに威張っていられるか、考えたことがありますか。」

「それは、きっと、お姉さんが偉いからでしょう?」

これは、梨子としては、せいいっぱいの皮肉のつもりであったが、桃子は、そうとは取らないで、

「それもあるけど、勝男を産んでいるからよ。わかった?」

その勝男には、専門の乳母がつけてあった。だから、勝男は、目下のところ、桃子によりも、乳母になついている。桃子の後を追うこともないので、桃子は、いつでも、自由に外出出来るのであった。

「あッ、そうなの。」

やっと、梨子にも、わかったようだ。そんな梨子を、桃子は、数段上から眺めるように、

「いいですか、妻の座というものは、子供が出来て、はじめて、磐石《ばんじゃく》となるのよ。子供が出来て、良人も、この妻といっしょに一生を送ろう、という神妙《しんみょう》な気持になるのよ。すこしぐ

らいの不満も、子供のために我慢してくれるわ。」

「でも、世間には、子供がありながら、夫婦別れをする例が、よくあるでしょう?」

「ああいうのは、例外。三原家の男性に、そんな例外なんて、あり得ません。」

桃子のいいかたは、自信に満ちていて、

「だから、あなたも、愚図愚図していないで、一日も早く、子供を産むように努力しなさい。」

「でも、あたしたち、約束してしまったのよ。二年間は……。」

「そんなこと、何んでもないわ、あたし、赤ちゃんが欲しくなった、といえばいいことよ。」

「すぐ、うんといってくれるか知ら?」

「毎晩、いうのよ。ねえ、あなたの赤ちゃんを産ませて、と。半カ月もいい続ければ、たいてい、うん、といってくれるわよ。」

「お姉さんとこも、そうでしたの?」

「あたしんとこは、一週間目に、うん、といってくれたわ。次郎さんだって、同じ血の流れている兄弟ですもの、大丈夫よ。」

「じゃア、あたし、今夜から、いってみるわ。」

梨子は、瞳に決意を込めていった。

「そうよ、そうしなさい。さっきもいったように、万事《ばんじ》、お姉さんのいう通りにしていれば、間違いないんですからね。」

そこまでいってから、桃子は口調《くちょう》を変えて、

「今日は、もう一つ、別の相談があってやって来たんだけど。」

二

「どういうことですの？」

「杏子のことよ。あんた、ゆうべ、次郎さんから杏子のことで、何か、聞かなかった？」

「聞いたわ。大島商事の社長の息子の武久さんが、杏子と交際したい、というんでしょう？」

「そうよ。で、次郎さんは、何んて、いってらした？」

「ちょうど、いいかも知れない、と。」

「やっぱり、うちの三原と同じことをいってるのね。実際、兄弟揃って、ダメねえ。だから、あたしなんか、苦労の絶え間がないんだわ。で、あんたは、何んと答えた？」

「そうねえ、といっておいたわ。」

「あんた、本当に、そうねえ、といったの？」

「いけなかったんですか。」

不安そうにいう梨子に、桃子は、ピシャッといった。

「あたりまえです。あんた、この前、うちへ来たとき、四人で、杏子は、三郎さんと結婚させること、といったのを忘れたんですか。」

そこで、桃子は、昨夜、一郎にいったと同じようなことを述べて、

「そんなことになったら、大変でしょう？」

梨子は、かならずしも、大変とは思っていなかった。彼女は、現在の自分の結婚生活に、

十分、満足していた。正直なところ、杏子のことなんか、どうでもいいのである。杏子が、三郎と結婚してもいいし、大島武久と結婚してもいい。そうでなく、そこらの安サラリーマンと結婚したとしても、一向にかまわないのである。しかし、それをいうと、桃子から、何をいわれるかも知れない。だから、いった。

「そうね、大変だわ。」

「ところが、それが、男たちには、わからないんですからね。それこそ、三原家だけでなしに、三原商事にとっても、大問題の筈よ。」

「そうよ、大問題だわ。」

「だったら、あんた、今夜、次郎さんに、赤ちゃんを産みたいわ、ということのほかに、杏子は、三郎さんと結婚さすべきだわ、とおっしゃい。とにかく、うちの三原には、あたし、うん、といわせたんですからね。」

「いうわ。」

「きっとよ。」

「はい。すると、大島武久さんの話は、杏子の耳に入れないの？」

「さて、そこが問題なのよ。あんた、どうしたらいい、と思う？」

「お姉さんのご意見は？」

「その前に、あんたの意見をおっしゃい。」

「あたしは、どんなことでも、お姉さんと同意見よ。そうね、死ぬまで。」

「あたしの考えはね、杏子に黙って、断わってしまおう、と思うのよ。」

「黙って？」

「勿論、先様へは、一応、杏子にいったことにしておくのよ。」

「だけど、そんなことをして、あとで、杏子にわかったら？」

「かまうもんですか。だって、杏子は、自分に死ぬほど好きな恋人がある、といってるんだもの。無論、あんなことは、嘘よ。嘘にきまっているわ。だけど、その口実を利用してやるのよ。杏子が文句をいったら、そういってやるわ。」

「誰が、大島さんへ断わりに行くの。」

「そりゃアあたしよ。」

桃子は、当然のようにいって、

「あたしのほかに、そんな大役をつとめられる人があって？」

「そりゃア絶対にないわ。」

「その筈よ。」

「わかったわ。」

そのあと、梨子は、気になるように、

「だけど、杏子と三郎さんは、本当に、相思相愛《そうしそうあい》になってくれるか知ら？」

「なりますとも。あたしが、ならせてみせるわ。」

「方法がありまして？」

「まア、あたしにまかせておきなさい。」

そういって、桃子は、胸をポンと叩いた。これは、桃子が社長夫人になって、特に、この一年間ほどに頻発するようになった癖であった。

桃子は、もっといて、晩御飯を食べて行ってくれという梨子の言葉をことわって、アパートを出た。

しばらく、どうしようか、と迷っていた。まっすぐに家へ帰るか、どこかで映画でも見て、そのあと、一郎を呼び出して、いっしょに御飯を食べるか。しかし、彼女は、それよりも、大島家へ、杏子のことを断わることこそ、先決問題であると解釈した。そういうときには、即刻、実行に移す桃子であった。愚図愚図していたら、万事、手遅れになりかねない。

（これから、大島さんとこへ行ってみよう）

大島夫人とは、梨子の結婚式の仲人を頼んだりして、顔見知りである。女は女同志で話し合えば、また、話が通じるであろう。

桃子は、折から来た空《から》のタクシーを停めた。

「銀座へやって頂戴。」

銀座で、何か、手土産を買って、そのあと、四谷《よつや》の大島邸へ向うつもりだった。桃子は、タクシーが動き出すと、クッションに深く腰を下した。一種の武者ぶるいを感じていた。今日は、杏子とのことを断わるだけでなしに、三郎を、三原商事に返して貰うことについても、それとなく、切り出してみるつもりであった。杏子と三郎を、梨子のいった相思相愛にするには、先ず、三郎を三原商事へ戻すことである。あとは、先例によって、しぜんに事が運ぶであろう。

（でも、三郎さんのことを、大島さんから断られたら？）

困るのである。しかし、そのとき、桃子の頭に、霊感《れいかん》の如く閃いた一策があった。

三

杏子が、会社の廊下を歩いていると、向うから、営業課の野内稔がやって来た。今までは、すれ違っても、ただ、他人行儀にせいぜい会釈をするだけであったのに、今日は、違っていた。ニコニコしながら、

「昨日、宇野君ととんかつを食べにいらっしたそうですね。」

と、話しかけて来た。

「そうですわ。」

「おいしかったですか。」

「とっても。」

「では、こんど、僕とつき合ってください。ラーメン、お嫌いですか。」

「いいえ、好きですわ。」

「しめた。凄くうまいラーメン屋を知ってるんです。しかも、七十円です。」

「ちょうど、頃合いのお値段ですのね。」

「今夜、如何《いかが》です？」

野内は、極めて、積極的であった。しかし、押しつけがましくはなく、杏子は、宇野とは違った意味で、好感の持てる青年だ、と思った。野内が、このように積極的なのは、恐らく、杏子が、昨夜、宇野に対して、自分は、結婚について、フリーな立場にあることを喋ったか

らであろう。そういえば、今日は、たとえば、秘書室へ書類を持ってくる若い社員たちは、たいてい、仕事のこと以外に、いいお天気ですね、とか、秘書の仕事に馴れましたか、というような、いわば、余分のことを喋って帰った。杏子は嬉しかった。やっと、世間並のサラリーガールになれたような気持だった。

「せっかくですけど、この次に誘ってくださいません？」

「どうしてですか。」

「昨日も遅く家へ帰りましたし、今日は早く、帰りたいんですの。」

「それはそうですな。では、そのうちに、きっとですよ。」

「ええ、きっと。」

それだけで、野内は、満足そうに去って行った。杏子は、何んとなく、微笑していた。書類を事務室へ届けて、その帰り、手洗所へ入った。

若い女が、鏡に向って、顔を直していた。杏子が、手洗所から出ようとすると、

「ちょっと、野々宮さん。」

と、鏡の中から呼びとめた。

「何んですの？」

「あたしたち、今日は、大恐慌なのよ。」

「何か、ありましたの？」

「あなたのことでよ。」

「まあ、あたしのことで？」

「だって、あなたは、社長の弟の三郎さんと結婚なさるのとは違うんでしょう？」

「そうですわ。」

「だからなのよ。そのため、独身社員のうちの、すくなくとも半数は、猛然として、あなたを狙いはじめたわよ。」

「まア、嫌だ。」

「それは、あたしたちのいうセリフだわ。考えてもみてよ。そうなったら、どうしても、独身社員のあたしたちへの配給率が悪くなるわ。被害甚大《ひがいじんだい》だわ。」

しかし、その娘のいい方には、すこしも厭味がなかった。顔を直しながら、喋っているのである。美人ではないが、愛嬌のある顔立ちであった。

「どうも、相すみません。」

杏子は、ペコンと頭を下げた。

「いいわよ、あやまらなくっても。だって、あんたは、そんなに美しいんですもの、仕方がないわ。これから、仲良くしない？」

「お願いします。」

「あたしは、総務課の岩崎豊子よ。では、指きり。」

岩崎豊子は、指を出して来た。杏子は、それに、自分の指をからませた。豊子となら、友達になれそうな気がした。そして、このことは、野内から、凄くうまいラーメンを食べに行こうと誘われたよりも何倍か嬉しかった。

杏子は、ホクホクとしながら、秘書室へ帰った。これからは、今までよりも愉しい気分で、毎日の勤めが出来そうである。

　秘書室の扉は、開いたままになっていた。

　杏子は、自分の机に向ったとき、社長室に、社長のほかに、誰か、もう一人いるらしいような気がした。いつも、秘書にことわってから社長室へ入ることになっているのだが、社内の者で、急ぎの用事の場合、しかも、秘書が席を立ったりしていると、勝手に入ってしまうこともある。今もそれかと、杏子は、たいして、気にとめないでいると、

「おい、よせよ。」

　と、一郎の忍ぶような声が聞えて来た。

「いいじゃアないの。意気地なし。」

　女の嬌声であった。しかも、その声は、桃子のそれではなかった。

芸者ぽん吉

一

　杏子《きょうこ》は、ドキッとなった。思わず、中腰になって、社長室の気配をうかがった。

「ねえ、キッスだけよ。」

「ここは、神聖なる社長室だぞ。しかも、壁の親父の写真が、いかんいかん、といって見て

いる。」

「そんなこと、あたし、ヘッちゃらよ。ねえ、早く。」

「秘書が帰って来たら、大変だぞ。」

「大丈夫よ。いなかったわ。だから、チャンスなのよ。スリルあるチャンスだわ。」

「……………」

「それとも、あたしが嫌いだ、というの？　この前、大好きだ、といったのは、あれ、嘘なの？」

「嘘じゃアないさ。」

「あんな威張り散らす女房よりも、お前の方が、余ッ程、好きだし可愛い、といったわね。」

「こんなところで、そんなことを復習するのはよせ。照れるではないか。」

「キッスしてくれないからよ。」

「キッスをしてやったら、おとなしく帰ってくれるな。」

「今日はね。」

そのあと、言葉が途絶えた。いやに、しいんとしている。杏子は、もう、胸をドキドキさせていた。やがて、女の、ふッふッふ、と満足そうに忍び笑う声が洩れて来た。キッスが終ったのであろう。

（何んという社長さんなのだろう）

杏子は、あきれていた。同時に、腹を立てていた。一郎が、桃子の良人でなかったら、杏子は、もっと、平静でいられたかもわからない。杏子の受けたショックは、あまりにも大きかった。

「ねえ、いつ、鬼怒川《きぬがわ》温泉へ連れて行ってくださるの？」

「そのうちに。」

「そんなの、嫌いよ。はっきり、約束してくださらなくっちゃア。」

「そうだなア。」

一郎は、気が動いているようだ。杏子は、耳をおおいたいくらいであった。が、その癖、一語をも聞き洩らすまいと、耳を傾けていた。

「来週の土曜日から日曜日にかけて、どうだろう？」

「いいわ、嬉しい。」

「ただし、これは、絶対、誰にも内証だぞ。次郎にもいうな。」

「まかせておいて。」

そろそろ、女は、社長室から出て来そうである。本来なら、杏子は、このままここにいて、澄まし込んでいればいいのである。何も彼も、聞かせて頂きました、という顔をしてやってもいい。女は、どんなに、おどろくだろうか。女よりも、一郎の方が、仰天《ぎょうてん》するだろう。顔面蒼白《そうはく》になるかもわからない。しかし、それにもまして、今後の杏子の立場が、辛いものになりそうだ。

杏子は、靴音を忍ばせて、秘書室から廊下へ出た。ホッと、大きな溜息を洩らした。しかし、杏子には、どうしていいか、わからなかった。何も聞かなかったことにしておいてもいいのである。だいたい、桃子が威張り過ぎるから、あんなことになるのだ、ともいえる。しかし、だからといって、放っておいていいものだろうか。

杏子の感じからいうと、一郎と女の関係は、まだ、他人のようである。キッスの程度であるらしい。しかし、いっしょに鬼怒川へ行くということは、大問題である。それは、二人が他人でなくなることであり、一郎に、その意志がある、ということだ。その結果は、どうなるか。

杏子は、放っとかれない、と思った。いっそ、桃子の耳に入れたら、とも考えた。しかし、それこそ、愚策中の愚策というべきであろう。

杏子は、そんなことを考えながら、廊下をウロウロしていた。そのとき、秘書室から、女が出て来た。洋装の、杏子と同じくらいの年頃の女であった。背がすらりとしていて、しかも、いい身体《からだ》をしていた。眼尻がちょっと吊り上っているが、それだけに、男好きのする美人のようだ。

女は、杏子を見ると、

「今日《こんにち》は。」

と、愛想のいい笑顔でいって、さっさと、帰って行った。

杏子は、しばらく、そのうしろ姿を見送っていた。

（バアの女給さんかしら？）

そんな気がした。しかし、もし、杏子が、さっきの対話を聞いていなかったら、素人《しろうと》の娘、と思ったであろう。尤も、近頃は、素人と玄人《くろうと》の区別がつかなくなっているというから、杏子なんかに、はっきりしたことが、わかる筈がなかった。

杏子は、秘書室へ帰った。こんどは、今、帰りました、というように、靴音を高くして、ついでに、机の上の帳簿を持ち上げて、わざと、ドシンと音が立つように下へおろした。

社長室から、呼鈴が鳴った。

杏子が、社長室へ入って行くと、一郎は、

「大沢商事へ出かけるから、自動車を頼む。」

「かしこまりました。」

いいながら、杏子は、それとなく、一郎の唇のあたりを注意してみた。もし、口紅でもついていたら、よそへ行って、いい恥さらしになる。しかし、大丈夫のようであった。が、澄まし込んでいる一郎を見ていると、面憎くなってくる。

「どうしたのだね。」

「いいえ。」

杏子が帰りかけると、一郎は、

「近頃、三郎に会ったの？」

「会いません。」

「あいつ、僕ンとこへも、寄りつかん。こんど会ったら、僕が心配していたといっといてくれたまえ。」

「しかし、いつ、お会いするかわかりませんけど。」

杏子は、自分でも、何んとなく、強情になっていることがわかっていた。しかし、さっきのことが、頭から離れず、どうにもならなかった。一郎は、そんな杏子を、気がかりらしく見ている。たしかに、杏子は、秘書室にいなかったのだし、女のことは、バレている筈がないのだ、と思いつつ、やっぱり、心配になるらしい。

一郎は、ポケットへ手をつっ込むと、

「これを。」

見ると、五千円サツであった。

「何んでしょうか。」

「秘書手当だよ。」

「そんなもの、あたし、いりませんわ。ちゃんと、月給を頂くことになっているんですもの。」

「いいんだ。月給とは、別だ。秘書には、社長から、プライベイトで、秘書手当を出すことになっているんだから、取っておきたまえ。」

「姉たちも、頂いていたのでしょうか。」

「そうだよ。というのは、秘書には、一般の社員たちにない、特別の苦労があるからね。」

「では、ありがたく頂戴します。」

「ただし、この五千円のことは、お姉さんたちには、内証にしとくこと。」

「内証にですか。」

「何故なら、お姉さんたちの秘書手当は、もっと、安かった。五千円も出した、とわかると面倒臭いからね。」

二

杏子は、机の上に、貰ったばかりの五千円サツを置いて、考え込んでいた。この五千円サツには、何かの意味が隠されているような気がしてならない。思うに、一郎の気の弱さを現わすものであろう。杏子は、初月給を貰う前に、秘書手当を貰ったのである。いわば、杏子が、生れてからはじめて、自分で働いて得た金であった。が、それにしては、何んとなく、後味が悪かった。

さっき、一郎は、

「その金で、三郎に、晩御飯でもおごってやるんですな。」

ともいった。

杏子は、三郎に、晩御飯をおごってやる必要を認めなかった。近く、大島富士子と結婚するような男に、そんなムダな真似はしたくなかった。それよりも、父親に、ネクタイでも買ってやることである。または、宇野や野内と、あるいは、岩崎豊子と交際を開始するために費《つか》った方が、余ッ程、有意義であろう。

（でも、あの女のことを、三郎さんに相談したら、どうか知ら？）

桃子には勿論のこと、梨子にもいえないような気がする。父親にもいいたくなかった。無用な心配をかけたくないからである。が、三郎なら、親身になって、相談に乗ってくれそうに思われた。この問題に関する限り、三郎以外に、相談すべき相手がなさそうだ。

（名案だわ）

杏子の表情が、にわかに、いきいきとして来た。

しかし、三郎に相談する前に、あの女の正体をつきとめておく必要がある。今となって、杏子は、宇野が、事務引継ぎの第一に、

「社長や専務は、仕事の関係で、仕方なく、待合や酒場へも出入されます。とすれば、しぜんそういう世界の女性たちから電話がかかって来ます。それを、いちいち、その夫人に報告してごらんなさい。どういうことになるか、おわかりでしょう?」

また、

「あなたが秘書として入社されるときまったとき、社長と専務から、何をおいても、このことだけは、念を押しておいてくれ、と頼まれたのです。」

と、いったが、今にして考えると、あれには、深い意味があったかも知れないのである。だから、宇野に聞けば、あの女の正体がわかるような気がする。杏子は、宇野に電話をした。

「宇野さん。秘書の野々宮です。」

「やア。ゆうべは、どうも、お陰で、大変、愉しかったですよ。」

「あたしも。ところで、仕事のことで、あたしにわからないことがあるんですが、今、お忙しいでしょうか。」

「いや、かまわんですよ。すぐ、そちらへ参りますから。」

「お願いします。」

杏子は、電話を切ると、すぐ、紅茶を淹《い》れにかかった。紅茶は、来客があるときに出すの

に与《あず》かる。

だが、今日は、宇野のために、特別に出してやろう、と思った。ついでに、自分も、お相伴《しょうばん》
　その紅茶を淹れ終ったところへ、宇野がやって来た。

「どうぞ。」

「やア、ご馳走ですな。僕は、もし、うまくいけば、こういうことになるだろう、と思って来たんですよ。」

「では、うまくいきましたのね。」

「そうです。僕は、今日、早速、みんなにいってやりましたよ。あなたが、結婚について、フリーの立場であることを。本当は、黙っていて、僕だけが知っていた方が、僕にとって、絶対、有利であるとわかっていたんですが、それでは、フェアプレイの精神に反しますからね。」

「あたし、そういう意味で、宇野さんを尊敬しますわ。」

「尊敬だけですか。」

「目下のところは。さっき、野内さんから、凄くうまいラーメンを食べに行かないか、と誘われました。」

「アッ、それは、僕が、あいつにおしえてやったんですよ。で、うん、とおっしゃったんですか。」

「いいえ、そのうちに、と。」

「安心しました。何故なら、野内は、あれで、いい男なんです。まア、三原商事の独身社員

のうちから二人を選ぶとなったら、野内と僕でしょうね。いってみれば、お互いにホープであり、同時に、ライバルです。」

「あたし、今のお話、覚えておきますわ。それから、岩崎豊子さんとも、お友達になることが出来ました。」

「ああ、岩崎豊子ね。」

「いいひとらしいわね。」

「そうですよ。」

が、宇野は、これ以上、豊子のことに触れたくないように、すぐ、話を仕事の方へ移した。

「わからないって、どういうことですか。」

「ちょっと、困ったことなのよ。でも、いつか、宇野さんは、秘書は、絶対に、秘密をまもるべきだ、とおっしゃったでしょう?」

「いいました。」

「だったら、前秘書として、秘密をまもってくださいますわね。」

「僕は、誓います。」

「社長さんのとこへ、女の人が来たのよ。」

「女がくることがあっても、別に、かまわないでしょう?　そんなこと、いちいち、気にしていたら、秘書は、務まりませんよ。」

「でも、その人は、バアの女らしいんです。」

「バアの?」

「あたし、その人の名を知りたいんです。あたしが、この部屋にいない間に、勝手に社長室へ入っていたので、名がわからないのです。」

「まさか、社長夫人に、その女の名をいうわけではないでしょうね。」

宇野は、警戒するようにいった。

「絶対にいいませんわ。」

「そうです。要するに、いつかもいったように、女房嫉《や》くほど、亭主持てもせず、ですからね。放っときなさい。」

「その人は、身体がすらりとしていて、あたしぐらいの年頃よ。眼尻がちょっと吊り上っていたけど、なかなか、美しい人だったわ。」

「では、ぽん吉でしょう。」

宇野は、即座にいった。しかし、いってしまってから、失敗した、と思っているようであった。あわてて、紅茶を飲んでいる。そうなると、杏子は、ますます、聞かずにはいられなくなった。

「ぽん吉？」

「だと思うんですが、しかし、僕は、実物を見ていないから、責任を持っての回答は、出来ません。」

「ぽん吉って、芸者さん？」

「そうです。ぽん吉なら、芸者です。」

「ちっとも、芸者さんらしくなかったわ。」

「近頃の若い芸者は、たいてい、そうです。お昼、洋服を着ていたら、芸者とは見えません。」

「どこの芸者さん?」

「もう、いいでしょう?」

「そこまでいって、あとをおっしゃらないのは、宇野さん、卑怯ですわ。」

「困ったなア。」

「何んにも、困ることなんか、ないでしょう? でも、どうしても、いうのが嫌だとおっしゃるのなら、あたしにも覚悟があります。」

「覚悟?」

「姉にいいます。」

「そ、それは、いけません。」

「今後、宇野さんと、一切、口を利きません。」

「困ります。」

「でも、おしえてくださったら、姉にもいいませんし、お礼に、あたし、とんかつとビールを二本、おごります。」

その代金は、さっきの秘書手当から払えばいいのである。

「本当ですか。」

「あたし、嘘をつきません。」

宇野は、やっと、決心がついたらしく、自分がいったとは、誰にも内証にしてほしい、と

念を押してから、

「向島《むこうじま》の芸者です。」

「社長さんとは、古くからの知り合いですの？」

「いや、僕が秘書になった直後のことですから。」

「社長さんが、ぽん吉さんを好きなのね。」

「いや、それは、違います。ぽん吉は、社長に惚れたのです。しかし、社長は、断乎として、拒絶《きょぜつ》しました。あれは、見事なものでした。僕は、流石《さすが》に、社長は立派だなア、と思いました。本当ですよ。」

「宇野さん、もう、それくらいでよろしいわ。」

「とんかつとビール二本は？」

「そのうちにね。」

「今夜では、なかったんですか。」

宇野はガッカリして帰って行った。

杏子は、すぐに、大島商事へ電話をかけた。

「総務課長代理の三原三郎さんにお願いします。」

「ご出張中ですが。」

「まア、どこへ？」

「大阪です。明後日にお帰りになります。」

杏子は、電話を切った。さっきの宇野以上に、ガッカリしているようであった。

三

桃子は、四谷《よつや》の大島家の応接室で、待たされていた。桃子と雖《いえど》も、この応接室の立派さを認めずにはいられなかった。三原家の応接室は、桃子が嫁に来てから、近代的な明るい部屋に変えた。椅子も、ソファも、テエブルも新調した。誰の眼にも、大金がかかっているとわかるのである。が、大島家の応接室には、そういう派手さがなかった。金がかかっていることがわからぬように、金がかけてあった。その奥床しさが、あるいは、大島家の家風のようなものであったろうか。極端にいえば、三原家の応接室は、戦後派の新興財閥《ざいばつ》に属し、大島家のそれは、戦前派の財閥に属している。

かりに、杏子が、大島武久《たけひさ》と結婚したら、この家の若夫人となることが出来るのである。それこそ、大玉の輿であることを、桃子は、ここへ来て、あらためて、認識させられていた。妙に、落ちつけなくなってくる。

扉の向うから、しとやかなスリッパの音が聞えて来た。大島夫人、千代子であるに違いない。桃子は、身構えるようにした。自分だって、三原商事の社長夫人なのである。貫禄負けしてはならぬと、自分にいい聞かせていた。

扉が開いた。千代子夫人は、にこやかに、

「まア、奥さま。ようこそ、いらしてくださいました。」

「突然に上りまして。」

桃子は、立ち上っていった。

「いいえ。さア、どうぞ、お掛けなさって。それから、只今は、結構な物を頂戴いたしまして、有難うございました。」

千代子夫人は、地味な着物を着ていた。もう、五十歳を超えている筈だが、それでいて四十代に見える。福々しい顔立ちだった。今でも、結構、綺麗であるが、昔は、さぞかし、と想われる。M銀行の頭取の娘だったのである。生れながらの育ちの良さが、身についていた。どこから眺めても、第一級の社長夫人である。

それに比べて、残念ながら、桃子の方は、三年前までは、完全なる庶民の家庭に育ったので、いくら上品ぶったところで、チグハグな面があった。それは、それでよろしいのである。こだわりさえしなければいいのだ。が、桃子は、こだわっていた。そして、こういう昔ながらの上流育ちの千代子夫人の前へ出ると、しぜんに、圧倒されるのであった。

「その後、梨子さまたち、ご円満でいらっしゃいますか。」

「はア、お陰さまで。」

「本当に、お似合いのご夫婦でいらっしゃいました。」

これは、千代子夫人の皮肉であったろうか。桃子は、そう勘ぐった。かりに、皮肉であるとすれば、自分たち夫婦についても、同じように考えていることになる。しかし、千代子夫人が、本当に、そう考えているとしたら、杏子を息子の嫁に、などという筈がないのだ。それを、一応、疑ぐってみるところに、桃子の無理な背延びがある、といえるかもわからない。

しかし、千代子夫人は、桃子の思惑《おもわく》など、別に気にとめないように、淡々として喋った。

「この間から、大島とも話しているんですよ。これで、三郎さんとうちの富士子に結婚していただき、杏子さんに武久と結婚していただいたら、本当にめでたしめでたしである、と。」

貫禄くらべ

一

桃子は、千代子夫人に、完全に先を越《こ》された形であった。

「はア。」

と、いっただけで、あとの言葉が出てこないのである。

「あたしは、ねえ、奥さま。近頃の若い人たちは、本当に、よくやっている、と思うんですよ。一部には、とんでもないことをしでかす者もいますよ。だけど、それは、あくまで、一部であって、大部分の若い人たちは、自分の将来のことを、しっかりと考えていますよ。そう、お思いになりませんか。」

「思いますわ。」

「うちの武久にしても、富士子にしても、親から見ると、理想的な人を選んでくるんですからね。」

「そうでしょうか。」

桃子としては、抗議したつもりであったが、千代子夫人は、

「さようでございますとも。」

　と、軽く受け流しておいて、

「三郎さんの方は、今までに何度もお目にかかっているし、申し分のないお方であることは、とうからわかっておりました。杏子さんには、梨子さんの結婚式のとき、はじめて、お目にかかったんですが、何んというういいお嬢さんだろう、と思いました。」

　してみると、千代子夫人は、杏子が、三郎に向って、いーとばかりに、ひょっとこ面《づら》をしたところを見なかったらしい。もし、見ていたら、何というういいお嬢さんでなしに、何んというあきれた娘だろう、と思ったかもわからない。

「杏子さんには、うちの富士子なんかにないよさがたくさんあります。いえ、それは、あたしだけの意見でなしに、いっしょにいた大島も、そう申しておりました。それで、あたし、そのときから、武久の嫁に、杏子さんのようなお嬢さんを、と思っていたんですよ。」

　このまま、千代子夫人に喋らせておいたら、それこそ、桃子は、ミイラ取りがミイラになってしまう恐れがあった。今こそ、自分の意見をいうべきだ、と思った。でなかったら、三原商事の社長夫人たるの看板が泣くかもわからない。そこで、桃子は、ぐっと下腹《したはら》に力をいれて、

「あの……。」

「何んでございましょうか。でもね、奥さま。杏子さんを気に入ったのは、武久だけでなしに、富士子もなんですよ。」

「あの……。」

「はい、富士子なんかは、兄には勿体ないくらいだけど、ぜひ、お嫁に貰いなさい、というんですからね。」

「あの……。」

「いえね、奥さま。今や、杏子さんは、家中で話題の中心でありまして、それで、昨夜、大島からご主人に、今後のご交際を許していただくようにお願いしたんですよ。」

桃子は、いらいらしていた。千代子夫人は、見かけの十倍ぐらい、ふてぶてしい女に思われて来た。ニコニコしながら、自分のいいたいことは、全部、いってのけている。

（負けるものか）

桃子は、闘志を感じた。といって、それをすぐ顔に現わすほど、桃子は、バカな女ではなかった。相手がニコニコ顔なら、こっちは、それ以上の、大ニコニコ顔をすべきであると知っていた。

「すると、ご主人が、早速、諒承《りようしよう》してくださいまして、本当に、有難く思っているんでございますよ。」

桃子は、一郎から、そのようには聞いていなかった。趣旨としては賛成だが、杏子の意見も聞いてみなければ、と答えたようにいっていた。しかし、気の弱い一郎のことだから、桃子の手前、もっともらしいことをいっているが、あるいは、千代子夫人のいっている通りかもわからない。桃子は、今夜、家へ帰ったら、そのことで、一郎をうんと叱りつけてやらねばならぬ、と思っていた。

しかし、当面の敵は、あくまで、千代子夫人である。

「それについて、あたくし、今日は、おことわりに上ったんでございますけど、奥さま。」

桃子は、大ニコニコ顔でいるが、瞳の方は、すこしも笑っていなかった。どうだ、とばかりに、千代子夫人を流し見た。

「あら、さようでございますか。」

しかし、千代子夫人は、すこしもおどろいていなかった。

「実は、杏子に、その話をしたんでございますよ。大変、いいお話だと、あたくしも思いましたので。」

「恐れ入ります。」

「ところが、杏子には、死ぬほど好きな恋人があるから、と申しております。」

「そのことでしたら、聞いております。」

「えッ？」

またしても、桃子は、千代子夫人に、してやられた恰好であった。しかし、死ぬほど好きな恋人のある杏子を、息子の嫁に、というのは、いったい、どういう料簡《りょうけん》なのであろうか。まるで、こちらは、からかわれているようである。しかし、千代子夫人は、笑っているが、大真面目でいるようであった。すくなくとも、からかっているようではなかった。

「三郎さんから、武久が聞いたそうでございます。」

「それでも、かまわないんでしょうか、お宅では。」

「勿論、そうでないに越したことはありません。でも、武久が申すには、あの人は、どう間違っても、結婚の前に、軽はずみな真似はするようなことはない。だから、目下は、精神的な面でのみであろう、と。」

「でも、時には、肉体よりも、精神の方が、大切なこともございますわ。」

「武久が申しますには、自分にだって、恋愛の経験がある。だから、アイコだ、というのです。今後、交際することによって、自分の方を好きになって貰うのだ、と、まことに割切ったことを申します。」

「それで、奥さまのご意見は？」

「あたしは、武久の説にも一理ある、と思いましてね。」

「ご主人のお考えも？」

「はい。大島は、武久を信じておりますから。それに、三郎さんも、武久と杏子さんの結婚には、大賛成なんですよ。」

「まア、三郎さんが？」

桃子は、これで、何も彼も、終りのような気がした。目の前が、真ッ暗になってくる。しかし、桃子は、かろうじて、踏みとどまった。

「実は、その三郎さんのことで、お願いがあるんですけど。」

「どういうことでしょうか。」

「いえね、あの人を、そろそろ、三原商事の方へ戻して頂きたいんでございます。」

「…………」

「三原商事としましては、どうしても、あの人にいていただかないと、困るんでございますよ。」

「…………」

「これだけは、ぜひ、お聞き入れ願いたいんでございますよ。」

「失礼ですけど、奥さま。そういうことは、ご主人から大島にいっていただかないと。」

「いえ、何度も申し上げているらしいんですが、お諾《き》き入れくださらないのだと、三原が愚痴をいっているんでございます。」

「それで、奥さまが、ご自分でご出馬になった、というわけでございますか。」

「何んと申しましても、三原家と三原商事にとっての大問題でございますから。」

「しかし、そんなことを、あたしにいっていただいても。」

「いえね、女は女同志といいますし、奥さまなら、あたくしの気持を察してくださるだろう、と思ったんでございますよ。」

「せっかくですけど、奥さま。あたし、会社のことには、一切、口出しをしないことにしておりますから。」

いいかたは、やさしいが、しかし、それは、情容赦《なさけようしゃ》のない拒絶であった。すくなくとも、桃子には、そのように感じられた。最早、談判決裂《だんぱんけつれつ》である。桃子は、憤然として、立ち上りたかった。が、それを我慢して、最後の切札ともいうべき、さっきの自動車の中で、霊感の如く頭に閃めいた一策を持ち出すことにした。

「奥さま、こんなことを申し上げては、何んでございますが、もし、奥さまのお口添えで、三郎さんを三原商事に戻してくださいましたら、あたし、杏子に思いなおすように、いい含めてやりますけど。」

「でも、問題は、あくまで別だ、と存じますが。」

千代子夫人の拒絶は、前にもまして、峻烈《しゅんれつ》を極めていた。

桃子は、どのようにして、大島家を出たか、よく、覚えていなかった。今日までに、こんな侮辱《ぶじょく》を受けたことはないような気がしていた。腸《はらわた》が煮えくり返るようであった。冷静になって考えれば、ことごとく、千代子夫人のいう通りであったろう。それが感じられるだけに、桃子は、よけい口惜《くや》しいのであった。しかも、年の功、貫禄の差、育ちの違い、というようなものを、嫌というほど、味わわせられた。今頃、千代子夫人が舌を出して笑っているだろうと思うと、そこらを走りまわりたいくらいだった。

しかし、桃子は、ここで反省するかわりに、こう誓ったのである。

（いいわ、どんなことがあっても、杏子を、大島家へお嫁になんかやらないから！）

二

大洋化学工業株式会社の経理課長、野々宮林太郎は、煙草を吹かしながら、間近に迫った停年後のことを考えていた。まだ、停年後の就職先が、見つからなかった。比較的有望と頼みにしていた口が、今日になって見込みがない、とわかった。

しかし、林太郎は、

（ひょっとしたら、この会社の嘱託として残れるかも知れない）

と、秘そかに思っているのであった。

めったにないことだが、そういう前例がないわけではなかった。二年前に停年退職になった鬼平運平《おにひらうんぺい》が、現に、嘱託として勤めている。月給は、三分の二程度に減らされ、ボーナスもなしだが、それでも、どんなに有難いかわからない。

林太郎は、この会社のために、その半生を、真面目に、一所懸命に働いた、と思っていた。そのことは、重役たちも、認めていてくれる筈だった。だからと、一縷《いちる》の望みをかけていた。が、もし、嘱託ということもダメとなり、どこにも就職先がなかったら、仕方がない、三原商事に頼んでみようか、と思わぬでもなかった。その方が、いちばん、無難なのである。そうとわかりつつ、林太郎は、嫌なのであった。娘を食物《くいもの》にしているように思われそうで、その気になれなかった。他人は、そんな林太郎を、愚《ぐ》の骨頂《こっちょう》のようにいうだろう。が、林太郎は、意地にでも、そうなりたくなかった。この意地は、近頃、はやらないのだ、とわかりつつ、持って生れた性分《しょうぶん》とでもいうべきか、どうしても、捨て切れないでいた。そして、捨て切れないところに、林太郎の懊悩《おうのう》があった。

給仕が、林太郎の前に来た。

「社長さんが、お呼びです。」

「よし。」

林太郎は、立ち上った。今頃、社長は、何んの用があるのだろうと、林太郎は、いぶかりながら、社長室に入って行った。

「やア、野々宮君。」

社長は、気持の悪いくらい、上機嫌であった。

「どうか、そこへ、お掛けください。」

と、前の椅子を指さしたが、これまた、異例のことであった。

林太郎は、いい話かも知れぬ、と思った。

「あなたの停年は、来年の二月でしたな。」

「はい。」

「すると、あと四カ月ですな。」

「さようでございます。」

「勤続何年になりますかな。」

「三十一年十カ月です。」

「なるほど。」

社長は、ちょっと、間をおいて、

「本当に、長い間、ご苦労さまでした。」

「いえ。一向に、いたりませんでした。」

「そんなことありませんよ。それでね、これからの四カ月間、一つ、ゆっくり骨休めをしていただこう、と思うんですよ。」

「と、おっしゃいますと？」

「明日から参事になって貰います。」

「参事に？」

「といっても、別に、仕事はありません。要するに、三十一年間の骨休めをしていただこうとの会社のお礼ごころなのです。」

嘱託として残してやろう、という話ではなかったのだ。林太郎の期待は、見事に裏切られてしまった。林太郎は、自分でも、顔面が蒼白《そうはく》になってゆくのが、わかるような気がしていた。

「せっかくですが。」

「何んですか。」

「私は、参事になりたくありません。停年の日まで、経理課長として、このまま働かせていただきたいと思います。」

「参事の方が、ラクですよ。」

「わかっています。しかし、私としては、やっぱり、経理課長のままの方が……。」

「そうですか。しかし、困ったなア。」

「どうしてでしょうか。」

「実をいうと、近々に、人事の大異動をやることになったのです。それで、この際、経理課長も新しい人にしておいた方が、万事に便利ですからね。」

会社のお礼ごころの正体は、結局、これであったのである。要するに、お前なんか、この会社ではいらなくなったのだ、といわれたも同然であった。林太郎は、下唇を嚙みしめた。

「承知しました。」

林太郎としては、そういうのほかはなかった。

社長は、ホッとしたように、

「そのかわり、停年の日の前にお辞めになっても、停年の日まで勤務されたものとして、それまでの月給と退職慰労金《いろうきん》を差し上げます。」

「有難うございます。」

しかし、林太郎は、寧《むし》ろ、屈辱《くつじょく》を感じているのであった。

「あなたは、停年後、どこへもお勤めにならなくていいんでしょう?」

「いいえ、勤めなければ困るんです。」

「しかし、お嬢さんが二人も、三原商事の三原家へお嫁に行っていられるんでしょう?」

社長まで、こんないい方をするのかと、林太郎は、腹が立つ前に、情なかった。

「娘は娘です。私は、あくまで、勤めたいと思っております。」

「すると、三原商事へ?」

「三原商事へは、勤めません。」

「どうしてですか?」

社長は、不思議そうにいった。林太郎は、今は、こんな社長なんか、すこしも恐れる必要はないのだとばかりに、ぐっと、見返しながらいった。

「どうしてもです。」

三

林太郎は、自分の席に戻った。この席も、今日限りだ、と思うと、胸に迫ってくるものがあった。課員たちは、熱心に、仕事をしている。電話をかけている者、帳簿を記入している者、計算機をまわしている者、客と応対している者、活気に満ちている。しかし、明日から、自分は、ここをはなれて、姥捨《うばすて》室ともいうべき、参事室へ行かなければならないのである。そして、自分がいなくても、会社の仕事は、何んの支障もなしに、続けられてゆくのだ。せめて、停年の日まで、この席にいたかった。しがみついてでも、いたかった。しかし、明日からこの席へくる者は、すでにきまっているのだ。誰であるかは、聞かないで来てしまった。しかし、その男は、すでに内示を受けていて、この席を、横眼で、ジロジロと見ているかもわからないのである。

「どうされたんですか。」

課員の一人がいった。

「うん？」

林太郎は、自分に還った。

「何か、用かね。」

「いいえ、お顔の色がよくないようですが。」

「何んでもないんだ。」

「社長の用事って、何んだったんですか。」

林太郎は、いおうか、いうまいか、と迷った。いいたくないのだった。いえば、屈辱の思いが、また、込み上げてくるだろう。しかし、明日になったら、どうせ、わかることなのだ。会社の通達によって、課員たちに知られるよりも、その前に、自分の口からいっておいた方が、多少とも救われるような気がした。

「僕は、明日から参事室へ行く。」

課員たちは、いっせいに、林太郎を見た。その視線に堪《た》えながら、林太郎は、言葉を続けた。

「近く、社内の大異動があるそうだ。」

課員たちの眼に、動揺が現われて来た。

「それで、新しい課長が、ここへくる。」

「誰ですか。」

「僕には、わからない。しかし、僕が、参事になることだけは、間違いない。」

「じゃア、早速、送別会をしなくっちゃアいけませんね。」

そうときまったら、すぐ、送別会の話を持ち込んでくる社員の心根が、この際、林太郎に怨めしかった。しかし、それを口に出していうことは、はばかられた。すっかり、気が弱くなっているのである。

「急ぐことはあるまい。新旧課長の歓送迎会ということでよかろう。」

「そうですな。しかし、盛大にやりましょうね。」

「頼むよ。」

そのときになって、林太郎は、課員たちの眼が、ひとしく、自分を哀《あわ》れんでいるように思われた。

(何故、わしは、哀れまれなければならないのだ)

林太郎は、そういいたかった。

(何《い》れ《ず》は、君たちにも、今日のわしと同じ運命がやってくるのだぞ)

また、そうもいいたかった。

しかし、かりに、そういってみたところで、若い社員たちには、観念的にわかっていても、実感には、程遠いに違いないのである。現に、課員たちは、林太郎のことを忘れて、次の課長のことを話題にしている。二、三の候補者の名をあげて、そうなったら、そのあとに誰がすわるかと、仕事をそっちのけにして、話し合っている。

（それでいいのだ）

林太郎は、そういう課員たちから視線をそらして、窓の方を見た。すでに、たそがれていた。黒い雲が、じいっと、動かないでいる。永遠に、そうしているのだというように。そういう雲の姿を、今日までに、この窓から、何十回、何百回と見たような気がした。しかし、今日で、それも見おさめなのである。

卓上電話のベルが鳴った。林太郎は、腕をのばして、送受器を取った。交換手の声が消えると、

「お父さん？　あたしよ、杏子。」

「おお。」

林太郎は、救われたような気がした。自分には、杏子がいたのだ。杏子なら、今の淋しい気持がわかってくれるに違いあるまい。林太郎は、杏子からの電話を、こんなに嬉しいと思ったことはなかった。

「どうしたのだ。」

「今日、お帰り遅くなります？」

「いや、五時になったら、すぐ、帰るつもりだ。」

「あたしね、お父さんに、昨日、お話しした銀座のとんかつをご馳走《ちそう》してあげよう、と思って。」

「ご馳走してくれるのか。」

「臨時収入が入りましたのよ、五千円、凄いでしょう?」

「そりゃア凄い。ぜひ、ご馳走して貰いたい。」

ネクタイ

一

林太郎は、五時半になるのを待っていた。五時が過ぎると、課員たちは、

「お先に。」

と、いいながら、次々に帰って行った。

今日は、残業をする者もないらしく、五時二十分頃には、林太郎ひとりだけになってしまった。天井燈を消して、林太郎の席の電気スタンドだけが点《つ》けられていた。煙草を吹かしながら、彼は、今日を最後の机を撫でていた。

よそ目には、そんな彼の姿は、感傷にひたっている、と見えたろう。たしかに、そうであ

った。同時に、林太郎は、杏子と会うまでの時間を、ここで、稼いでいるのでもあった。杏子とは、午後六時に、銀座四丁目の和光《わこう》の前で、落ち合うことになっていた。父親も娘も、こういうとき、待ち合わせるに便利な喫茶店の名を知らなかった。それで、無難な、四丁目の角で、ということになったのである。

林太郎は、こういう日に、夕食を誘ってくれた杏子を、どんなに有難く思ったかわからない。恐らく、偶然であろう。しかし、その偶然が、また、ことのほか嬉しいのであった。

林太郎は、妻の杉子と長男の楢雄《ならお》をも誘ったら、と思った。それで、そのことを杏子に提案してみた。もとより、杏子に異存はなかった。が、林太郎から杉子に電話をかけてみると、

「今からですか。」

と、杉子は、難色を示した。

「実は、わしは、明日から参事ということになったのだ。」

「参事といいますと？」

「要するに、姥捨《うばすて》室なのだ。停年の日まで、遊んでいてくれとの、会社の有難い親ごころなのだ。」

「そうでしたか。」

杉子は、溜息をつくようにいった。長年連れ添うて来た仲なのである。それだけで、良人が、今、どんな心境にあるか、わかるのであった。

「帰ったら、詳しく話すが。」

「それでしたら、今夜は、杏子と二人で、銀座で、御飯を食べていらっしゃい。ついでに、

ビールをお飲みになって。」

「そうだなア。」

林太郎は、ちょっと、間をおいて、

「では、そうさせて貰うよ。」

「どうぞ。」

杉子は、杏子が、父親好きだ、と知っているのだった。桃子や梨子にも、その傾向がないではなかったが、しかし、杏子ほどではなかった。だからといって、杉子は、そのことにこだわったりはしなかった。昔、自分も亦、そうであったのである。そのかわり、榴雄は、絶対といっていいほど、母親好きでいてくれた。

壁の電気時計が、五時半になった。林太郎は、一切の未練を振り捨てるように、頭を横に振って、立ち上った。

会社は、新橋にあった。外へ出ると、すこし、寒いくらいだった。四丁目までは、ゆっくり歩いて、三十分で足りる。刻々と深まってゆく夜の気配の中で、ネオンの色も、徐徐に冴えつつあるようだ。

林太郎は、四丁目の角へ来たときは、六時に五分前であった。見ると、車道をへだてた向うに、杏子が来ていた。交通信号は、赤だった。林太郎は、杏子の姿から眼をはなさなかった。

杏子は、そこらをゆっくりと見まわしていた。林太郎には、杏子を、こういう角度と距離から見るのは、はじめてであった。が、そこに同じく立っている何人かの娘にくらべて、杏子が、格段にいいように思われた。親の欲目でもあったろう。しかし、林太郎は、杏子が自分の娘であることに満足していた。

(自慢の娘なのだ)

そういいたいくらいだった。

信号が、青にかわった。林太郎は、歩きかけて、それを中止した。

(やがて、杏子を嫁にやらねばならぬのだ)

そう思ったからである。とすれば、今のうちに、杏子の姿を、しみじみと眺めておきたかった。

今は、あのように、父親を待っていてくれる。が、そのうちに、父親でなしに、若々しい青年を待つようになるだろう。当然なのである。それでこそ、いいのだ。が、そうとわかりつつ、林太郎には、淋しいのだ。せめて願うところは、どうか、その青年が、自分の気に入ってくれますように、ということだった。だけでなしに、自分と、気楽につき合って貰えることだった。一郎や次郎のようであっては困るのだ。

ふたたび、交通信号が青になった。林太郎は、歩みはじめた。車道の途中で、杏子と眼があった。杏子は、嬉しそうに、手を振った。林太郎も、片手を上げた。

「待ったかね。」

「いいえ。」

「杏子の方が早いとは、思わなかった。だから、わざと、ゆっくり、来たのだよ。」

「あたしは、お父さんを待たせてはいけないと思って、大急ぎで来たのよ。」

「そうか、有難とう。お母さんたち、これないそうだ。」

「あら、そうなの。」

杏子は、ガッカリしたようだったが、

「いいわ。お母さんのかわりに、あたしが、うんとサービスしてあげます。」

「頼む。」

二人は、ふたたび、車道を歩いて、向う側に出た。杏子は、林太郎に寄り添うように歩いている。林太郎といっしょに歩くことが、嬉しくてならぬようすだった。

「秘書手当を貰ったんだって？」

「そうよ、五千円も。だけど、このことは、お姉さんたちに内証にするんですって。」

「どうしてだろう？」

杏子は、芸者ぽん吉のことを思い出した。この五千円が、ぽん吉に無関係だとは考えられないのである。余ッ程、そのことを、父親にいってみようか、と思ったのだが、その前に、三郎に相談した方が、と思い直した。

しかし、その三郎は、明後日でないと、出張から帰ってこないのであった。

「お姉さんたちのときは、もっと、すくなかったらしいのよ。」

「しかし、わしは、桃子からも、梨子からも、秘書手当のことは、一度も聞いたことがない。」

林太郎は、苦笑しながらいった。

「お父さん、ちょっと。」

「何？」

「あの店で、ネクタイを見ましょう。」

「誰の？」

「お父さんのよ。」

「とんでもない。今更、わしに、新しいネクタイなんか、いるものか。」

「ダメよ。いつでも、そんな古ぼけたネクタイをしていたら、年よりも老けて見えるわよ。

それでは、お母さんが可哀いそうよ。」

「お母さんが？」

「でしょう？」

杏子は、林太郎に、ウインクをしてみせた。可愛いい、穢《けが》れのないウインクであった。

「よし、買って貰おうか。」

「まかせておいて。」

「ただし、あとで、却って、高いもんにつくんじゃアないかな。」

「大丈夫。」

二人は、ショウ・ウインドウの前に立った。

「あれ、どうか知ら？　ほら、左から二番目の。」

「派手過ぎる。」

「お父さんぐらいだと、派手過ぎるくらいの方が、ちょうど、似合うのよ。」

「しかし。」

「あたしは、あれがいいと思うんだけどなア。あのネクタイを、お父さんにしめて貰いたいわ。」

「そんなに杏子が、気に入ったのか。」

「そうよ。」

「では、仕方がない。お父さんは、杏子のために、清水《きよみず》の舞台から飛び降りることにしよう。」

「大袈裟なお父さん。」

二人は、その店の中へ入って行った。

二

「まア、そうだったの。」

林太郎の話を聞き終って、杏子は、痛ましそうに、父親を見た。

「嫌だったでしょう?」

「嫌というよりも、バカにされたようで、口惜しかったな。」

「わかるわ、お父さんの気持。だけど、元気を出してね。」

「ああ、もう、元気になった。杏子と話しているうちに、気分がよくなった。とにかく、今日は、ネクタイを買って貰った上に、こんなに安くてうまいとんかつとビールをご馳走になったんだからね。」

「安いだけは、よけいよ、お父さん。」

「そうだったな。」

「ビールをもう一本、どうお？」

「いいのかい？」

「だって、お飲みになりたいんでしょう？　お顔に、ちゃんと、そう書いてあります。」

「では、もう一本、飲ませて貰おうかね。」

「いいわ。」

ここは、昨日、宇野に連れられて来た銀座のとんかつ屋であった。相変らず、下が満員だったので、二階に上った。

新しいビールが来た。

「はい。」

杏子は、お酌をした。それを、林太郎は、うまそうに飲んだ。すこし、酔ったような顔になっていた。

「どうだ、杏子も、すこし、飲んでみるか。」

「そうねえ。」

「無理には、すすめないが。」

「では、すこしだけ。」

林太郎は、伏せたままになっていた杏子のコップに、半分ほど注いだ。杏子は、軽く、一口を飲んで、

「苦いけど、もっと、飲めそうだわ。」

「桃子も梨子も、あれで、ビールを一本ぐらい飲んだから、杏子だって、すこし練習すれば、そうなるだろう。」

「あたし、練習してみようか知ら？」

「まア、今日は、その程度にしておいて貰おう。杏子に酔っぱらわれると、こっちが安心して酔えなくなる。」

そのとき、元気な跫音《あしおと》をさせて、二人の客が、階段を上って来た。二人は、空席を探していたが、そのうちの一人が、

「ヤッ、野々宮さん。」

と、大声でいった。

ために、周囲の人々が、そっちを見たくらいであった。杏子も振り向いた。

それは、宇野と野内であったのである。

二人は、杏子の方へ近づいて来た。

「早速、ここを利用して頂いて、僕は、光栄ですよ。」

宇野がいってから、林太郎に、

「野々宮さんのお父さんですか。」

「さようです。」

「お父さん、会社の宇野さんと野内さんよ。宇野さんは、あたしの前に秘書をしていなさったんです。」

「それはそれは。娘が、大変、お世話になっております。」

二人は、それぞれ、名刺を出した。そして、きちんと座って、どうぞよろしく、と挨拶をした。

「よかったら、ここで、ごいっしょに、如何ですか。」

林太郎が、微笑みながらいった。彼は、永年、サラリーマンをして来た経験から、この二人に好感を持って間違いのないような気がしたのである。

「それは、有難いです。」

「実は、こちらから、そうお願いしてみよう、と思っていたところです。」

二人は、口々にいった。二人は、とんかつを注文してから、ビールを注文すべきかどうかについて、軽く、いい合った。宇野は、ビールを注文しようどいい、野内は、今日は飲まない約束であった、というのであった。

「だけど……。」

宇野は、横眼で、林太郎のビールを見ながら、残念そうである。が、野内は、譲らなかった。

「どうなさったの？」

「いやね、今日は、二人とも、残業をしたんです。それで、残業手当の範囲内で、とんかつを食べに行こう、と約束したのです。しかし、ここへくると、やっぱりビールが飲みたいですよ。ところが、野内という男は、いったん、いい出したら、なかなか、諾かないんです。」

「野内さんは、ビールがお嫌いですか。」

「いえ、強いんですよ。」

「乱れることは、ございません?」

「乱れる?」

「だって、昨日、宇野さんがおっしゃったでしょう? 三本を超すと、女性が、非常に魅力的になり、何んとなく、そこらを触《さわ》ってみたくなる、と。」

「しまった。覚えていたんですか。」

「だって、恐いんですもの。」

野内が、横からいった。

「その点でしたら、残念ながら、僕は、この宇野に劣りません。」

「杏子。」

林太郎は、笑いながら、

「もし、失礼にならなかったら、お二人に、ビールを二本ずつ、飲んでいただいたら。」

「いえ、そんなことをしていただいては。」

宇野がいった。

「どうも、有難うございます。」

野内がいった。

宇野は、あきれたように、

「お前、おかしな奴だなア。」

「まア、そういうな。実をいうと、もしかしたら、こういうことになるだろう、と思っていたんだ。」

「何んだって？」

「第一に、野々宮さんのお父さんの前で、われわれ若僧が、いきなり、ビールを飲むのは失礼にあたるような気がした。で、遠慮をしていれば、しぜんにこういう結果になるかも知れない、と。」

「野々宮さんのお父さん。野内って、こういう奴なんです。まア、正直にいっただけ、こんどは、許してやってください。」

「どうぞ、どうぞ。」

杏子は、ビールを注文しながら、父親が、愉しそうにしていることが、嬉しくてならなかった。あるいは、父親は、自分の結婚の相手として、この二人のような青年を、と考えているのではあるまいか。杏子には、そうも思われるのであった。

ビールが来た。

「いただきます。」

「いただきます。」

二人は、いっ気に、最初のコップを飲みあけた。如何にも、うまそうであった。

野内がいった。

「いいチャンスですから、野々宮さんのお父さんに申し上げておきたいことがあるんですが、かまいませんか。」

「どういうことでしょうか。」

「僕たちは、お嬢さんが、わが社の三代目の女性秘書として入社してこられたとき、これは、前例により、三原三郎氏とご結婚なさるものと、まア、色眼鏡で見ていたんです。したがって、君子《くんし》は、危きに近寄らず、と敬遠策を採っていました。ところが、そうでなく、結婚についで、全然、フリーな立場にいられるとわかって、俄然《がぜん》、社内は、色めき立ちました。」

林太郎にとっては、初耳であった。杏子を見ると、それを肯定しているように見返して来た。が、流石に、羞《はじ》らっていた。

「さっきも、社からここへくるまで、二人で、お嬢さんの話ばかりをして来ました。二人とも誓ったのは、あくまで、フェアプレイでゆこう、ということです。要するに、二人に立候補する意志があるわけです。どうぞ、よろしく、お願いいたします。」

野内が、頭を下げると、宇野も、

「同じく、よろしく、お願いいたします。」

と、負けずに、頭を下げた。

とんかつ屋は、ますます繁昌《はんじょう》していた。

三

三原三郎は、予定より一日遅れて、出張から帰って来た。

三郎は、出勤すると、出張の報告を終り、煙草を吹かしていると、大島武久が近寄って来た。

「やア、ご苦労。うまくいったらしいね。」

「ああ、何んとか。」

「今夜あたり、銀座で、慰労会をしようか。」

「いいねえ。一週間近くも東京をはなれていると、無性に銀座が恋しくなる。」

「わかる、その気持。しょっちゅう、銀座に出ていると、こんなところ、何処がいいのか、と思うけど、東京をはなれていると、やっぱり、銀座って、いいところだった、と思うな。第一、ネオンの色からして、よそとは違うから。」

「そうだよ。何んの彼んのというが、やっぱり、銀座は、銀座だけの値打ちがある。天下の銀座だな。」

「富士子も会いたがっていた。」

「そうか。」

　しかし、三郎は、いぜんほど、富士子に会いたくないのであった。会っていても、感情が昂ぶってこないのである。その原因は、自分にも、よく、わかっていなかった。しかし、この会社に勤めている限り、早晩、富士子と結婚することになるだろう、と思っていた。

「ところで、ちょっと、話があるんだ。」

　武久は、口調をあらためていった。

「何んだね。」

「ここでは……。」

「外へ出よう。」

「そうしてくれないか。」

　二人は、連れだって、外へ出た。三郎は、空を見上げて、

「秋も深くなったなア。もうすぐ、冬がくる。」

ふだんの武久なら、

「ガラにないことをいうな。」

ぐらいのことをいうところだが、今日は、黙り込んでいた。

(何か、あったのだな)

三郎は、そう思った。その内容は、見当がつかない。しかし、この武久が、こんなに黙り込んだりしているのは、よくよくのことであろう。しぜん、三郎も、黙り込んだ。

「ここへ入ろう。」

武久が先に立って、喫茶店の扉を押し開いた。かつて、この店から、杏子が、三郎に電話をかけて来たことがあった。三郎は、五分の一の昼食を食べたところであったが、すぐに、会社を飛び出してここへ来た。

そのとき、杏子が腰を掛けていた席に、別の娘が、人待ち顔でいる。杏子に比較したら、あらゆる点で、劣っていた。

「コーヒーでいいな。」

「結構。」

三郎は、煙草を出した。その一本を咥《くわ》えて、ピースの箱を、武久の前に出し、

「吸わないのか。」

「ありがとう。」

武久は、その一本を抜き取った。三郎は、それにもマッチの火を点けてやって、

「どうしたのだ。何んだか、変だぞ。」

「そうなんだ。」

武久は、やっと、顔を上げて、

「君の帰ってくるのを待っていたんだよ。」

「何か、あったのか。」

「こういうことは、いわない方がいいのかも知れないが、君と僕との仲だし、やっぱり、いっておいた方がいい、と思ったんだ。」

「それで？」

「実は、君のお嫂《ねえ》さんにあたる三原桃子夫人のことについてなんだ。」

「嫂《あね》が、どうかしたのか。」

三郎は、悪い予感を覚えていた。

いい話と悪い話

一

「四日ほど前に、僕の家へお見えになったんだ。」

「いったい、何んの用で。」

いいながら、三郎は、眉を寄せていた。

（またしても、出しゃばり癖を出したのではなかろうか）

そんな気がしていた。困るのである。桃子を悪い人だとは、思っていなかった。寧ろ、おだてておけば、骨身を惜しまずに人の世話をするタイプに属している。それだけに、一歩、自制の梶を誤まると、どうにも、始末に負えなくなるのだ。

「母が、お会いしたのだ。」

武久は、母から聞かされた通りを喋った。

三郎は、唸《うな》りたくなっていた。もし、目の前に、桃子がいたら、たとえ、嫂《あによめ》であったとしても、バカ野郎ッ、いい加減にしろ、と呶鳴りつけたかもわからない。

「それで、僕の家で問題になったのは、これは、前夜、僕の親爺から三原社長にお願いした件に対する正式の回答かどうか、ということなんだ。」

「恐らく、嫂の独断による回答だろうと、思うな。」

「僕の家でも、だいたい、そういう結論になったのだ。三原社長もご存じでないのではなかろうか、ということだ。」

武久は、はっきりとはいわぬが、そこに、桃子に対する大島一家の嘲笑がひそめられているような気がした。良人である一郎の顔をつぶしてしまったも同然であった。三郎は、三原一門の一人として、恥かしかった。

「で、このまま、放っておこう、ということになったのだよ。」

「結構だ。僕は、折を見て、兄にいっておこう。」

「いや、黙っておいて貰った方がいいのだ。何故なら、このことは、会社の仕事に関係のない桃子夫人と僕の母親だけの話、ということにしておいた方がよさそうだ。」

「………」

「が、そうするとして、問題の内容は、重大だと思うんだ。親爺も心配していたが、君は、いつまでも、大島商事にいてくれるだろうな。」

「そのつもりだ。」

「それから、富士子とも結婚してくれるだろうな。」

　これに対する答えは、先の場合のようには、すらすらと出てこなかった。武久は、不安そうに三郎を見て、

「富士子は、すっかり、その気持でいる。出来たら式を、来年の春に挙げたい、といっているのだ。」

「そのことだが。」

「どうしたのだ。」

「もう、しばらく、考えさせてくれないか。」

「と、いうと?」

「僕は、富士子さんを見ていると、あんまり立派すぎて、恐《こわ》くなることがあるんだ。」

「恐いとは?」

「富士子さんには、僕なんかよりもいい男がふさわしいような気がしている。」

「君よりもいい男なんか、めったにいるもんか。」

「君は、僕を買いかぶっているんだ。」

「僕は、買いかぶってなんかいない。本当に、心から、そう思っている。僕だけでなしに、僕の家中の者が、そう思っているんだよ。」

三郎は、冷汗をかく思いでいた。買いかぶられるよりも、かくまでに、富士子と結婚してくれ、といわれることが辛いのであった。以前は、結婚する気でいたのである。が、この心境の変化は、近頃のことなのである。三郎が、富士子と結婚する気のほとんどなくなっていることに気がついたのは、一カ月程前に、桃子が会社へやって来て、富士子との結婚について、しつっこく、追及したときであった。そして、そのときは、杏子と昼食を共にして帰ったばかりであった。してみると、富士子との結婚について、杏子が、何らかの影響をあたえたのでもあろうか。

（杏子……）

その名を思い出すと、いつでも、三郎の頭の中に、梨子の結婚披露宴の席上で見せつけられたひょっとこ顔が浮かんでくる。あのときは、憤慨してみせたけれども、本当は、寧ろ、

（可愛いい）

と、思ったのである。

新鮮な魅力に溢れていて、杏子を大いに見直した。見直したというよりも、はじめて、その価値に気がついた、といった方が当っているかもわからない。

（してみると……）

三郎は、急に、不安になって来た。識らず知らずのうちに、杏子を好きになっていたので

はあるまいか。冗談ではないのだ。それこそ、桃子の術中に陥入ることなのである。第一、二人で、絶対に結婚なんかしまいと、固く、約束しあっているのだ。

　黙り込んだ三郎に、武久が、気がかりらしく、

「どうしたのだ。」

「うん？」

　三郎は、夢から醒《さ》めたように、

「いや、失敬。要するに、僕は、富士子さんの一生を、果して、幸せにしてあげられるかどうか、自信がなくなったのだ。」

「そんなことをいい出したら、誰も、結婚なんか出来ないよ。」

「もう、しばらく、考えさせてくれないか。」

「そりゃアいいさ。が、さっきもいったように、富士子は、君と結婚する気でいる。僕は、兄として、妹に、失恋の苦しみと悲しみを味わわせたくないのだ。わかってくれるだろう？」

「わかった。」

　三郎は、コーヒーを飲みかけた。

「その次に、杏子さんのことだが。」

　杏子の名が出たとたんに、三郎は、せっかく、飲みかけたコーヒーにむせてしまった。が、如何にも、出かかった咳のせいのようにゴマ化して、

「杏子が、どうかしたのか。」

「僕は、やっぱり、杏子さんと、交際してみたいんだ。」

「死ぬほど好きな恋人があるとかいっているんだが。」

「かまわん。僕は、とにかく、杏子さんが好きになりそうなんだ。僕の理想とするタイプのように思える。交際しているうちに、うまくいけばよし、どうしても、杏子さんの心を僕の方に向けることが出来なかったら、そこは、男らしく、あっさりとあきらめる。」

「しかし、嫂を通じて、ことわったのだろう?」

「そうなのだ。が、話におかしいところがある。君を三原商事に戻したら、杏子さんと僕の交際に、積極的な応援をするというのだ。」

とすれば、桃子は、三郎と杏子を結婚させる世界制覇を断念して、専ら、三郎を三原商事に戻すことにのみ全力を傾注するよう、方針をあらためたのであろうか。

「ということは、まだ、脈がある、ということにもなりそうな気がする。」

「かも知れぬ。」

三郎は、重い口調でいった。

「しかし、桃子夫人とあんなになってしまっては、これ以上、頼むわけにいかぬ。こんどは、こっちが、逆に、あしらわれるだろう。そこで、君に頼みたいのだ。」

「何を?」

「杏子さんを連れ出して、一度、僕に会わせてくれないか。僕は、その前に、杏子さんのお父さんにお会いしてもいい、とさえ思っているんだ。」

「そんなに、杏子が気に入ったのか。」

「君が悪いのだよ。」

「僕が、何故、悪いのだ。」

「いいか、バア『湖』で、杏子さんに、はじめてお会いしたあとで、君が僕に、杏子さんと結婚しないか、といったろう?」

「ああ、思い出した。」

しかし、三郎は、今にして、どうして、あんなことをいったのだろうか、と思っているのであった。

「だからなんだよ。妹も賛成するし、家へ帰って、親爺とおふくろに話したら、二人とも、すでに、杏子さんを知っていて、これまた、大賛成なのだ。ところが、桃子夫人の思いがけぬ冷めたい返辞なので、僕は、大きなショックを受けてしまった。」

「すこし、大袈裟に過ぎないか。」

「いいや、本音なのだ。ひとつ、頼む。」

こうまでいわれると、三郎は、嫌とはいえなかった。自分にも責任がある。

「わかった。今夜にでも、杏子に会って、君の意志を伝えてみよう。」

「僕も行こうか。何んだったら、富士子も連れ出して、四人で、食事をしてもいい。たしか、この前、そのように約束した筈だ。」

「まア、待て。今夜は、僕がひとりで行ってみるから。」

二人は、立ち上った。

三郎は、武久のために、努力してやろう、と決心していた。どうしても、杏子が嫌だ、といったら仕方がない。しかし、武久は、信頼出来る男なのである。それに、武久と結婚することは、やがて、大島商事の社長夫人になることを意味する。それこそ、三原商事の社長夫人より、数段、格が上なのである。世界制覇を狙っている桃子の鼻をあかしてやるだけでも痛快なのである。

（もし、杏子が、武久氏と結婚したら……）

そうなったら、自分も、富士子と結婚しよう。その結果は、杏子を、「お姉さん」と呼ばなければならなくなる。

（お姉さんか）

それでもいい。杏子を、どこの馬の骨かわからぬ男にやるよりも、親友ともいうべき武久の妻にした方が、却って、あきらめがつくに違いない。

三郎は、事務室に戻った。ほとんど同時に、卓上電話のベルが鳴った。

「三原商事からです。」

しばらくたって、

「三原三郎さんにお願いします。」

杏子の声だった。電話を通じて聞く杏子の声は、いつでも、可憐を極めていた。

「何んだ、君か。」

「そうよ。」

「今、こちらから、電話をかけようか、と思っていたんだ。」

「まア。あたし、ご相談したいことがあって、昨日も、お電話をしたんです。」

「僕の方にも、君に、話があったんだ。」

「いいお話？」

「そうさ。君の方の話は？」

「悪いお話。」

二

二人は、午後六時に、例の銀座のとんかつ屋の前で会う約束をした。三郎の方は、酒場《バア》「湖」をいったのだが、杏子は、それよりも、安くうまいとんかつを食べましょう、といった。その店の名を、三郎は、知っていたが、入ったことがなかった。

「あたしが、おごってあげます。」

「おごってくれるのか。」

「そうなのよ。」

「よし、おごって貰おう。」

「ただし、ビール代は、そちら持ちよ。」

「何んだ。いったい、そこのとんかつは、いくらなのだ。」

「二百円よ、御飯もついて。」

「すると、君は、僕に、二百円だけ、おごってくれるのか。」

「悪いお話を聞かせるのだから、特別よ。」

「そうか。どうも、ありがとう。」

杏子は、その電話を思い出しながら、とんかつ屋の前で立っていた。六時に十分前なのである。すこし、早く、来過ぎてしまった。とんかつ屋には、たくさんの人が出入していた。おいしそうな油のにおいが流れて来て、杏子の腹の虫を騒がせていた。

この一週間ほどで、この店へ、三回もくる計算になる。

(あたしって、この頃、とんかつづいているらしいわ)

杏子は、自分でも、おかしがっていた。それに、不満はなかった。一回目も、二回目も、愉しかったのである。が、今日の三回目は、果して、どういう結果になるか。三郎は、いい話を聞かせるといっていた。しかし、自分の方のは、悪い話なのである。

うしろから、ポンと肩を叩かれた。振り向くと、三郎の眼が笑っていた。

「待ったか。」

「待ったわ。」

「しかし、約束の時刻に、まだ、五分ある。」

「じゃア、五分だけ、早く、来てくださったのね。」

「感心、感心。」

「あら、何が？」

「桃子嫂さんなら、そういう場合、先ず、自分の待った時間をいって、五分だけ早く来たことには、感謝しないだろう。あのひとは、そういう女だ。」

「あんまり、お姉さんの悪口をいわないでよ。」

「いや、君のような考え方をする女性は、きっと、幸せになれるだろう、と思ったのだ。入ろう。」

三郎は、先に、入った。今日は、下に席があった。が、杏子は、二階の追い込みの日本間の方が気に入っていた。

「二階、空いてます？」

「どうぞ。」

「君は、なかなか、この店に詳しいんだなア。」

「そうよ。これでも、とんかつに関しては、ちょっとした通ですからね。」

「恐れ入ったよ。」

しかし、二階へ上ってみて、三郎も、ここの方が落ちつけていい、といった。

「とんかつ二つと、それから、おビールね。」

杏子がいうと、三郎は、ますます、感心したように、

「ほう、馴れたもんだね。」

「でしょう?」

「やっぱり、勤めに出て、よかったんだな。言語行動が、はきはきして来た。」

が、三郎の本当にいいたかったことは、杏子が勤めに出てから、まだ、一カ月にもならないのに、表情に、いきいきとしたものが加わって来ていることだった。いちだんと美しくなった。しかも、その清楚さを、すこしも失っていないのである。

（こんな娘を、武久氏にやるのか！）

三郎の胸底から、ぐっと、込み上げてくるものがあった。

（いかん、いかん。そんな風に思っては、いかんのだ）

彼は、桃子の顔を思い出すことによって、自制していた。

先ず、ビールが来た。杏子は、ビール瓶を当然の如く持って、

「はい。」

三郎は、そのお酌を受けてから、

「君は？」

「そうね、半分ぐらいなら。」

「よかろう。」

二人は、最初のコップを、カチンと触れさせた。

「ねえ、いいお話というのは？」

「それより、君の方の悪い話を、先に、聞こうではないか。」

「嫌ッ。いいお話を、先にして。」

「では、いおう。君は、社長夫人から、大島武久君の話を聞いたんだろう？」

「いいえ。何んのこと？」

「本当に、聞かなかったのか。」

「そうよ。桃子姉さんとは、就職祝のときに会ったきりだわ。」

杏子は、怪訝《けげん》そうに、三郎を見た。三郎は、しばらく、黙っていたが、

「僕は、君のお姉さんだし、悪口をいいたくないが、いわずにはいられないよ。」

「桃子姉さん、何かしましたの？」

三郎は、ビールを飲みながら、今日、武久から聞いた桃子の大島家訪問のことを話した。杏子も、流石《さすが》に、あきれていた。そこまで、出しゃばる桃子だとは、思っていなかったのである。かりに、それが、三郎のいうように、一郎に無断の行動であったら、それこそ、一郎の顔に泥を塗ったようなものである。わが姉ながら、浅ましいと思った。恥かしくって、三郎の顔が見られぬくらいであった。

そこへ、とんかつが運ばれて来た。

三

早速、それを食べて、

「うむ、こりゃアうまいよ。」

と、三郎がいった。

「でしょう。」

杏子は、いったけれども、打ちしおれた花のように、しょんぼりとしていた。

「おごって貰うんだと思うと、なお、うまいよ。」

「そう。」

杏子は、笑った。が、まるで、半ベソをかいたようになっていた。

「おい、元気を出せよ。」

「だって……。」

「君には、関係のないことじゃアないか。」

「あたしの姉ですもの。それに、このことを父が聞いたら、きっと、悲しがるわ。いいえ、憤《おこ》るわ。父は、そういうこと、大嫌いな性分《しょうぶん》なんです。」

「だから、お父さんには話す必要がない。」

「でも、やっぱり、一応、耳に入れておいた方が。」

「まア、待ちたまえ。いずれはいうにしても、当分の間、黙っていることにしよう。」

「ええ。」

「ところで、さっきの話に戻るが、武久君は、君が好きになったらしいのだ。それで、どうしても、今後、交際したい、というんだ。」

「…………」

「僕は、武久君なら、申し分がない、と思うんだよ。」

「…………」

「どうしたのだ。僕の顔を、そんなにじいっと見つめて。」

「何んでもありません。」

「武久君には、君に、死ぬほど好きな恋人がある、ということはいってある。でも、かまわない、というのだ。」

「あの話……。」

そこまでいってから、杏子は、あらぬ方を向いて、

「嘘だったのです。」

「嘘ッ?」

三郎は、思わず、大声で聞き返した。

杏子は、コクンと頷いた。まるで、子供のようなしぐさになっていた。

「そうだったのか。」

三郎は、ビールをぐっと飲んで、もう一度、唸るように、

「そうだったのか。」

と、いっておいてから、

「そんなら、どうして、そんな嘘をついたのだ。」

「わからないわ、自分でも。でも、三郎さんだって、嘘をおつきになったでしょう?」

「僕が?」

「恋人が一ダースもある、と。だったら、あたしだって、一人ぐらいいないと、口惜しいような気がして。」

「バカだな、君は。君ぐらいの年頃で、恋人がないというのは、却って、いいんだ。」

三郎は、わッと、叫びたくなっていた。

「でも……。」

「でも、どうしたのだ。」

「やっと、恋人が、見つかりそうなの。」

「何?」

いってから、三郎は、更に、せき込むようにいった。

「誰だ?」

「ただし、二人よ。」

「二人も？」

「おかしいでしょう、二人だなんて。でも、どっちも、いい人なのよ。あたしだけでなしに、父も、その人たちを気に入っているんです。」

「もう、その二人は、お父さんと会っているのか。」

「ええ、ここで。そう、この席であったわ。」

三郎は、今まで、手を出せば、すぐ届くような位置にいた筈の杏子が、遥《はる》か遠くへ行ってしまったような気がしていた。

理想の娘婿

一

この瞬間において、三郎は、はっきりと、自分が杏子《きょうこ》を愛していたのだ、と自覚した。同時に、遅過ぎたのだ、ということも。

たしかに、遅過ぎた。しかし、遅過ぎなかったとしても、杏子にその意志がなければ、どうにもしようがないのである。さよう、どうにもしようがないのだと、三郎は、胸の中で、自問自答を繰返しながら、結局、自分の結婚する相手は、富士子以外にないのだ、と思いはじめていた。

　しかし、富士子と結婚したところで、杏子のことは、一生、忘れることが出来ないような気がしていた。富士子には悪いが、それでもいいではないか。この人生には、そういう悲しい秘密を胸に蔵しながら死んで行く人間は、たくさんいるに違いない。敢て、自分も、その一人になろう。

　三郎は、さっぱりとした顔に戻って、

「その二人って、どういう人？」

「三原商事の社員よ。」

「ああ、そうか。名は？」

「宇野さんと野内さん。」

「しかし、二人というのは、どうも、慾張り過ぎているな。」

　ふだんの三郎なら、

（恋人というのは、一人でいいもんだ。それを二人というのは、恋人が一ダースあるというのとおんなじで、要するにないということだ）

　ぐらいの毒舌を吐くところだろう。が、今は、あくまで、神妙であった。

「そのうちに、どっちか一人にきめるわ。」

「きめられる？」

「きめられるわ。だって、今は、あたし、眼うつりがしているのよ。そういうことに馴れていないから。でも、もうしばらく、おつきあいをしているうちに、しぜんに、心の方向がきまってくる、と思うの。」

しかし、そういう杏子の口調に、それほどの熱がこもっているわけでなかった。

ふいに、三郎は、

(僕では、ダメか)

といいたくなった。

しかし、かりに、それをいったら、杏子は、声を立てて、笑い出すだろう。

(ちっとも、愛していないのに?)

ぐらいの憎まれ口を利くだろう。ばかりか、

(いつか、二人で、お姉さんの権謀術数《けんぼうじゅつすう》に乗るまい、と誓ったことを、お忘れになったの?)

と、いうかも知れないし、更に、

(あたしは、世間から、わざと、三代目の玉の輿を狙ったようにいわれたくありません)

と、ピシャッというだろう。

杏子としては、いちいち、もっともないいぶんというべきである。そして、三郎も、かつて、その点に、同調していたのだった。

「父が、この前、ここで、その二人に会ったあとで、どちらも、いい青年だ、といったのよ。だって、その二人、父の前で、はっきりと、あたしに対して立候補する、と宣言なさったのよ。」

「二人が?」

「そうよ。」

「いい度胸だね。」

「あくまで、フェアプレイでいこうと。」

「結構なことだ。」

「父が、あとで、いいましたわ。自分は、杏子の結婚の相手として、ああいう庶民的な青年がいい、と思っていたんですって。この意味、おわかりになります?」

「さア……。」

「あたし、悪いけど、いうわ。二人の姉は、三原家へお嫁に行って、たしかに幸福である、ということは、わかっているの。だから、父だって、よろこんでいるんだわ。だけど、本当は、淋しいのよ。あんまり、身分が違うでしょう?」

「違うもんか。ちっとも、違わない。」

三郎は、声に力を込めていったが、杏子は、あっさりと、

「三郎さんには、おわかりにならないのよ。」

と、きめつけておいて、

「だって、一郎さんも次郎さんも、いいんだけど、父に対しては、あくまで、他人行儀だわ。」

「そうかなア」

「そうよ。そうなれば、しぜん、父にしても、娘婿でありながら、他人行儀にならざるを得ないわ。そこが、父の不満、といって悪ければ、悲しいのよ。だから、あたしの結婚の相手として、肩を張らず、気楽に、ざっくばらんにつきあえる人を夢見ているのよ。いっしょに

映画を見たり、散歩をしたり、お酒を飲んだり、または、相談相手になって貰える人よ。」

杏子のいう通りだった。一郎や次郎では、林太郎のいう理想の娘婿を標準にして採点すれば、零点に近いのだ。だから、いっそう、杏子の婿として、そういう理想の型を求めるのであろう。

（しかし、俺なら……）

三郎には、その自信があった。しかし、林太郎は、梨子と次郎の結婚のときですら、計画的に、連続玉の輿を狙ったように世間からいわれることを恐れて、反対したのだった。とすれば、桃子が、何んと画策《かくさく》しようが、こんどこそ、強く反対するだろう。しかも、杏子の気持が、全く、父親に同調している。形勢は、ことごとく、三郎に、不利であった。そう認めざるを得なかった。

「君って、親孝行なんだなア。」

「そうよ。いけない？」

「いけないもんか。感心しているんだ。」

「今日のビール、あたし、おごってもいいけど。」

「まア、無理をするな。」

「月給を貰ったのよ。八千円！」

「案外、安いんだな。」

「いいえ、上等よ。もっと、ビール、お飲みになる？」

「こうなったら、飲んで、酔ってやる。」

「そうよ。酔ってもいいわ。」

「僕は、酔うと、ちょっと、うるさいんだぞ。」

「そうしたら、あたし、逃げて帰る。」

「不人情な娘だな。」

「あたしって、そうでもないのよ。」

「わかるもんか。」

「だったら、ためしてごらんなさい、というのは、嘘だけど。」

　そのあと、杏子は、ビールの追加を頼んでおいて、

「こんどは、あたしの悪い方の話を聞いて。」

「まア、待て。僕の方の話は、まだ、終っていないんだ。」

「どういうこと？」

「大島武久《たけひさ》君のことだよ。はじめに、聞くが、君は、貧乏人と、金持と、どっちが好きだ。」

「そりゃアお金持の方がいいわ。」

「よろしい。次に、武久君は、金持の息子だが、僕の兄貴たちとは、ちょっと、出来が違う。ざっくばらんで、いい男だ。金持ち振ることはない。君のお父さんの理想とする娘婿型であることは、僕が、保証する。勿論、宇野君や野内君もいいだろう。が、結婚となると、いろいろの人間を見ておいて、その上できめた方が、間違いがすくない。そういう意味で、しばらく、つきあってみないか。」

　新しいビールが来た。それを、三郎は、飲んで、言葉を続けた。

「富士子さんも、それを希望しているんだ。そして、君とお友達になりたいんだそうだ。」

「富士子さん、お元気？」

「らしい。」

「らしいとは？」

「出張していたりして、そう、この前、バアで会ったろう？　あれ以来、会っていないんだ。」

「いつ、結婚なさるの？」

「まだ、きめとらん。しかし、かりに、君が、武久君と結婚してくれることになったら、いっしょに、式を挙げようか、と思っているんだ。が、そうなると、ちょっと困ったことが起る。」

「どういうこと？」

「僕が、君を、お姉さんと呼ばなければならなくなる。」

「あたしが、三郎さんのお姉さんになるんですの？」

「そして、君は、やがて、大島商事の社長夫人で、恐らく、その頃には、僕も、部長ぐらいにはなっているだろう。お姉さんであり、社長夫人となると、僕は、一生、君に頭が上らぬことになる。」

「面白そうね。」

「面白いかね。」

「だって、これ、三郎と呼びつけてやれるんですもの。」

「僕は、面白くない。」

「そんなに面白くないことを、どうして、あたしにすすめるのよ。」

「これでも、君のためを思っているからなんだ。それから……。」

「それから、どうしましたの？」

「桃子夫人の世界制覇の野望を粉砕《ふんさい》してやることが出来る、ということだ。」

「そういう約束をしたこともあったわね。」

「忘れていたのか。」

「いいえ。忘れないわ。一日だって、あたし、忘れたことないわ。」

「どうだろう、武久君のこと？」

「三郎ッ。」

「おどかすなよ、いきなり、呼びつけたりして。」

「ちょっと、練習をしてみたのよ。ここを出ない？　だって、いつまでもねばっていると、ここに悪いわ。」

「ああ、出よう。」

二

　二人は、外へ出た。今や、銀座は、人の出ざかりであった。三郎は、今夜は、無性に酔ってみたかった。まだ、杏子の返答も聞いていないし、悪い話というのも、聞かされていない。何か、奥歯に物のはさまったような感じであった。こんな夜は、思い切り酔っぱらって、杏子に、うんと、迷惑をかけてやりたいのである。どういう結果になるか。

気がつくと、二人は、「湖」の前に来ていた。

「ちょっと、寄らないか。」

「いいわ。」

杏子は、即答した。三郎とだと、どういうところへでも入っていけそうだった。あるいは、この中に、武久や富士子がいるのではないか、とも思ったが、それならそれでかまわないような気がしていた。

しかし、中には、武久も富士子もいなかった。

この前、店の前で、杏子を呼びとめた女給が、

「いらっしゃいまし。」

と、笑顔でいってから、

「さっきまで、大島さんが、ひょっとしたら、あなたがいらっしゃるかも知れない、と待っていなさったんですよ。」

「一人で？」

「そうよ。あと、『コルト』に行っているから、もし、いらっしゃたら、お電話をくださいって。」

三郎は、杏子を見て、

「行くか。」

「今夜は、嫌です。」

「じゃア、そのうちに、会ってくれるな。」

「そうねえ。もし、その気になったら。ただし、お会いしたからって、結果は、わかりませんことよ。」

「勿論、それでいいんだ。しかし、会っているうちに、きっと、好きになる。」

「もし、好きにならなかったら？」

「いや、好きになる。」

三郎は、そういい切っておいて、

「僕にハイボウル。今夜は、ダブルにしてくれ。」

「たいした元気ね、三原さん。」

「そうなんだ。それから、このお嬢さんには、あんまりアルコールの入っていない、何か、軽い飲み物を。」

「かしこまりました。」

杏子が、いきなり、いった。

「向島の芸者さんで、ぽん吉という人をご存じ？」

「ぽん吉？」

三郎は、眼をまるくして、

「知らんねえ。そのぽん吉が、どうかしたのか。」

「社長さんと、こんどの土曜日から日曜日にかけて、鬼怒川《きぬがわ》温泉へ行く約束をなさったのよ。」

「兄貴が？」

「そうよ。」

「すると、あの兄貴が、芸者と浮気をする、というのか。」

「らしいわ。」

三郎は、突然に、笑い出した。

「そいつは、愉快だよ。こりゃア愉快だ。僕は、この際、あの兄貴を、大いに見直してやりたくなったよ。」

そういって、三郎は、またしても、笑い出した。

「ちっとも、おかしくないわ。」

杏子は、憤然としていった。

「いや、おかしい。僕は、あの兄貴って、桃子夫人のお尻に敷かれて、手も足も出ない意気地なしだ、と思っていたんだが、やっぱり、あれで、男だったんだな。」

杏子は、ますます、腹が立つように、

「そんなの、男の屑よ。あたし、軽蔑《けいべつ》するわ。」

「君は、そういうけど。」

そこへ、ハイボウルと、何か、赤い飲物が、二人の前に置かれた。杏子は、ためしに、口をつけてみると、舌ざわりがよかった。三郎は、三分の一ぐらいを飲んで、

「君は、そういうけど。」

と、同じ言葉を繰返しておいて、

「だいたい、桃子夫人がいけないんだ。また、君のお姉さんの悪口をいうようだけど、さっきの話だって、そうだろう。ありゃア、亭主の顔に泥を塗るしぐさだ。しかも、家においては、威張り散らしている。そうなったら、男は、たいてい、復讐《ふくしゅう》を考えるものだ。」

「復讐？」

「そう。浮気をすることによって、横暴なる細君に対して、復讐するのだ。」

「そんなの卑怯よ。奥さんが威張り散らして困るんなら、堂堂とおっしゃるべきよ。」

「君は、あの兄貴が、桃子夫人に対して、堂堂といえると思うかね。絶対にいえないね。もし、いったとしたら、その二倍、ボロカスにやられるにきまっている。」

「だから、浮気をなさるの？」

「そうさ。この人生、どこかで、平均を取っておかないと、とても、生きていけない。」

「すると、三郎さんは、社長さんの浮気を、このまま認める、とおっしゃるの？」

「認める、とはいわぬ。しかし、あの兄貴を見ていると、それくらいのことをさせてやりたい。」

「あたしは、反対よ。」

「いくら反対する、といったところで、兄貴は、芸者ぽん吉と鬼怒川温泉へ行く約束してしまったんだろう？」

「そこを、三郎さんの手で、何んとかとめられませんか、といっているのよ。」

「僕が？」

「あたし、このことを、桃子姉さんにいうことだって知ってるのよ。だけど、そういうことは、いいたくないの。何も知らないで、その浮気を未然に防ぐことが、いちばんいい方法のように思うのよ。」

「すると、君は、誰にも、喋っていないのだな。」

杏子は、頷いてから、社長室での一郎とぽん吉との対話のやりとり、そして、キッスをしたらしいことを話した。

「そうか、社長室でキッスをしたのか。それだと、兄貴も、ちょっと、どうかしているな。完全に、いかれている。」

「ちょっとどころでないと思ったわ、あたし。ねえ、何んとかならない？」

「しかし、僕は、あの兄貴に、いっぺんぐらい、内証の浮気をさせてやりたいな。」

「いっぺんでおさまらないかも知れないわ。」

「元はといえば、桃子夫人が悪いのだ。」

「それは、あたしがお詫びします。」

「そんなに、お姉さんが大事か。」

「あたし、そういうことから問題が起ったら、子供の勝男ちゃんが可哀いそうだ、と思うのよ。」

「それは、わかるが。」

「ねえ、三郎さんの力で、何んとかならない？」

「君が、そんなにいうんなら、僕から兄貴にいおうか。しかし、それも、まずいな。」

「どうして？」

「君から、この話を聞いたといえば、君だって、このあと、困るだろうし、兄貴だって、辛いだろう。」

「そうよ、そうだわ。」

三郎は、考え込んだ。その間に、すでに、ハイボウルのお代りをしていた。酔いが、急速にまわってゆくようであった。酔った頭の中で、三郎は、あれこれと考えていた。しかし、いい案が浮かんでこなかった。いい案が浮かんでこないままに、彼は、この杏子を、ますます、好きになっている自分を感じていた。もし、杏子が、こんなに熱心に頼むのでなかったら、彼は、一郎の浮気問題なんか、放っておいたろう。三郎は、杏子を完全に失ったときの悲しみを、今から想像していた。その三郎の横顔を、杏子も亦、悲しそうに見ているのであった。

三

土曜日。

一郎は、浅草を午後一時四十分発の特急に乗った。一人である。にもかかわらず、彼は、それとなく車内に、知った顔がないかと、そこらを見まわしていた。満員だったが、しかし、知った顔がないようであった。

ロマンスカーは、快速急で、関東平野を走っている。一郎は、窓の外を眺めながら、夢のような気がしていた。

（俺が、浮気をする！）

信じられないことであった。自分でないようだ。しかし、現に、浮気の目的で、鬼怒川温泉に向っているのである。旅館には、ぽん吉が、先に行って、待っている筈なのである。

桃子には、同窓会が、鬼怒川温泉であるのだ、といってある。桃子は、そのことを、すこしも疑がっていないようだった。恐らく、彼女にとって、自分に惚れ抜いている一郎が浮気をするなど、夢想だに出来ないことであったろう。

要慎《ようじん》深い一郎は、次郎にも、本当のことをいわなかった。やはり、同窓会ということにしておいた。秘書の杏子にも、同じ名目で、切符の手配をさせた。万事に、うまく運んだのである。幸先《さいさき》がいいようだった。

にもかかわらず、一郎は、何んとなく、この結果を恐れていた。

(いや、どんな男でも、はじめて浮気をするときには、たいてい、こういう、武者ぶるいをするような気分になるに違いない)

そうときめて、

(この次からは、もっと、落ちついていられるだろう)

一郎は、ぽん吉と二人で、家族風呂に入ることを考えていた。あいつめ、きっと、いい身体をしているに違いない。どんな風なサービスをしてくれるかな。しぜんに、一郎の唇許《くちもと》がとろけてくる。が、そのとろけた唇許が、急に、引き緊ったのは、桃子を思い出したからであった。もし、このことがバレたら、烈火の如く、憤るだろう。いや、憤るだけではすまず、首をしめられるかも知れない。

しかし、一郎は、そういう恐怖感に反撥《はんぱつ》するように、思いなおした。

（俺だって、一人前の男で、しかも、社長なのだ。浮気ぐらい、何んだ。だいたい、桃子は、俺に対して、平常から、威張り過ぎる。この間の晩にしても、大島氏の宴会から帰ったとき、俺を、頭からボロクソに叱りつけた。あれが、女房の亭主に対する態度か。してみれば、俺には、浮気によって息抜きの必要があるのだ）

浮気への最後の決心がついたとき、電車は、終点の、鬼怒川温泉駅へ滑り込んだ。

鬼怒川

一

一郎は、たくさんの人にまじって、改札口を出た。旅館は、鬼怒川《きぬがわ》ホテル、ということになっていた。これは、ぽん吉が手配をしてくれたのである。

一郎は、四年前に、鬼怒川へ一度来ているだけだった。それは、会社の一泊旅行であり、完全な清遊であった。しかし、清遊であったが、当時、社長秘書をしていた桃子の心を、確実に知り得たのは、そのときであったのである。

宴会が終って、社員たちは、それぞれ、散歩に出かけた。一郎は、社員たちから酒をすすめられて、いつになく、酔っていた。たしか、桃子も、何人かの女事務員たちといっしょに、お酌に来てくれた筈である。

一郎は、いったん、部屋に引きあげたのだが、寝るには早いし、酔った頰を、涼しい風にあてようと、外に出た。町をすこし歩いてから、鬼怒川にかけられた黒鉄橋の上に出た。川の両側の断崖の上に、旅館が並んでいた。その窓々の灯が、如何にも、華やかに見えた。あちらこちらで、まだ、宴会が続いているらしく、笛や太鼓をまじえて賑やかな和楽踊りの音が聞えたりしていた。見おろすと、眼のくらむような深い底に、黒々と川が流れていた。すこし上流から、岩を嚙む流れの音が聞えていた。

一郎は、そこに、三十分ぐらいいたであろうか。帰りかけて、ふと見ると、ほんの三メートルほど先に、桃子がいたのである。彼女は、美しい横顔を見せながら、ランカンにもたれて、じいっと川上の方を眺めていた。

桃子は、秘書になって、五カ月目ぐらいであった。先代社長は、まだ、生きていて、一郎は、営業部長をしていたのである。

桃子は、いつから、そこにいたのであろうか。しかも、彼女は、ひとりでいる。

「野々宮さん。」

「はい。」

桃子は、一郎の方を向いて、羞《はに》かんだように微笑した。

「さっきから、そこにいたんですか。」

桃子は、頷《うなず》いてみせた。さっきから、そこにいて、声もかけぬ桃子を、一郎は、奥床しい、と思った。ほかの女事務員たちなら、

「部長さん、どっかへ、連れて行って。」

ぐらいのことをいいかねない。

現に、一郎は、さっき、町を歩いていて、そういわれたのである。しかし、彼は、軽く、逃げて来た。

一郎は、桃子のそばへ寄って行って、

「どうして、声をかけてくれなかったんだ。」

「だって、部長さんが、静かにしていらっしゃるのに、声をかけたりして、お邪魔をしては悪いと思いましたの。」

一郎は、感動したのである。何んという女らしい、思いやりの深い心の持主であることか。素直で、柔順なのだ。こういう女を妻にしたら、一生、幸せでいられるに違いない。

かねてから、桃子に対して、好意を寄せていた。だからこそ、日に、二度も三度も、社長室へ出かけて、ついでに、秘書室で、紅茶のご馳走になったりしていたのである。

一郎は、この瞬間において、自分の心を、告白すべきである、と思った。あるいは、桃子以外に、終生をともにすべき女性はないと決心した、といっていいかもわからない。

二人は、並んだ。桃子は、黙っている。一郎は、自分の心をいおうとして、いいかねていた。時がたつばかりである。そのうちに、桃子が、帰りましょう、というのでないかと、冷や冷やしていた。今こそ、千載一遇のチャンスなのである。このチャンスを逃がすことは、即ち、自分の一生の幸運を逃がすことになるような気がしていた。これほどの娘なのである。社内だけでも、桃子を狙っている男が、何人かいるに違いない。いくら、社長の長男で、しかも、営業部長であっても、女の心を自由にするには、手遅れになってからでは、万事休す、である。

一郎は、自分ながら、だらしがない、と思った。どうしても、あなたを愛しています、といえないのであった。そのうちに、一郎は、桃子が、秘そかに、溜息を洩らしたような気がした。その溜息は、何を意味するものであったかは、一郎に、不明であった。しかし、彼は、あくまで、桃子をやさしい女である、と信じた。

どこかの旅館から、またしても、和楽の踊りの賑やかな囃子《はやし》の音が聞えてくる。

一郎は、煙草を取り出した。マッチをすったが、橋の上なので風が強く、何度も失敗した。見かねたように、桃子は、寄り添うて来て、風上に両掌をひろげた。こんどは、マッチが点《つ》いた。一郎は、

「ありがとう。」

と、いいながら、ふと見ると、焔のゆらめく明りの中で、桃子の顔が、まるで、天女のように優しく、そして、美しかった。

咄嗟《とっさ》に、一郎は、いうことが出来た。

「僕は、君が、好きだよ。」

その直後に、マッチの火が消えて、天女の顔が、元の薄闇の中に消えた。

桃子は、何も、いわなかった。

「どうしたの？」

一郎は、桃子の顔を覗き込むようにしていった。いったん、いい出したからには、後へ引けないのである。それに、自分の言葉には、あくまで、責任を持つ決心でいた。

桃子は、それでも、答えなかった。

「ねえ、おこったの？」

一郎は、おろおろしながらいった。桃子は、おこっているのではないしるしに、頭を横に振った。それから、白いハンカチを取り出して、眼頭をおさえた。

「君は、泣いているのか。」

一郎は、仰天しながらいった。

「だって、嬉しいんですもの。」

「えッ、君は、嬉しくて、泣いているのか。」

「はい。」

「そうか！」

一郎は、ここで、もう一度、感動してしまったのである。

「あたしね……。」

「うん。」

「前から、部長さんが……。」

「好きになっていてくれたのか。」

桃子は、頷いた。

「それなら、どうして、早く、いってくれなかったんだ。」

「そんなこと、羞《はず》かしくって、いえませんわ。」

「じゃア、僕からいい出すのを、待っていてくれたんだね。」

「でも……。」

「でも、どうしたんだ。」

「あんまり、身分が違い過ぎるんですもの。」

「身分なんか、何んだ。」

一郎は、昂然としていった。そして、つけ加えたのである。

「問題は、二人の愛情だよ。愛情が、すべてである!」

いってみれば、以上が、鬼怒川の誓いのあらましなのであった。

それにしても、天女のように奥床しく、優しい筈の桃子の、その後の変りようは、いったい、何んと説明していいのだろうか。女とは、本来、そういうものだ、ということかも知れない。しかし、一郎は、今にして、まるで、計画的に、桃子にしてやられたような一抹《いちまつ》の疑念を禁じ得ないのである。だからといって、一郎が、桃子を嫌っていることにはならない。不満はあるが、別れようなどとは、夢にも思っていない。第一、そんなことをしたら、勝男が可哀いそうである。

一郎が、芸者ぽん吉と浮気をするのに、この鬼怒川を選んだのは、大いに、批判されてよさそうだ。勿論、鬼怒川を、といい出したのは、ぽん吉である。しかし、一郎が、それを承諾したのである。とすれば、やっぱり、一郎に、その責任があるということになりそうだ。が、すこしうがっていえば、一郎が、敢て、鬼怒川行に反対しなかったのは、心の底に、鬼怒川の誓いに対する反撥するものが潜《ひそ》んでいた、ということになるかもわからない。

二

芸者ぽん吉は、ホテルのではなく、自分の浴衣を、わざわざ、持参していた。今夜は、一郎に対して、大いにサービスをし、魅惑的に振る舞う必要があるのだ。それには、宿の浴衣では、月並に過ぎて、お色気にとぼしい。自分の浴衣を、わざわざ、持参したところに、ぽん吉の心意気があるのだ、ということを認めて貰いたいのであった。

ぽん吉には、二カ月前まで、旦那があったのである。が、その旦那は、不景気のために、手を上げてしまった。したがって、ぽん吉は、目下のところ、空家《あきや》であった。眼の色を変えて、次の旦那を物色中に、一郎が現われたのである。ぽん吉は、一目で、これだ、ときめてしまった。

第一に、三原商事の社長さんである。性格も、ぼんぼん的で、嫌味がない。女ずれがしていない。旦那としては、理想的である。が、玉に傷は、極端な恐妻家らしい、ということだが、しかし、世の中には、そう満点の男なんて、めったにいるものではないし、ぽん吉は、あくまで、一郎に、ときめていた。前の旦那は、恐妻家でなかったが、ケチン棒で、ヤキモチ焼きであった。ために、ぽん吉は、旦那を持ちながら、金の苦労をしたし、浮気が出来なくて、大いに、不自由をした。

そろそろ、鴨が現われる頃である。

ぽん吉は、もう一度、鏡の前に坐って、お化粧をなおした。ついでに、香水を振りかけた。自分ながら、魅惑的である。ぽん吉は、成算ありげに、鏡の中で、ニヤリとした。

十畳の和室とそれを窓側に二方に囲んだ洋間。そのほかに、ベランダがついている。テレビと風呂場と手洗所がついているから、一歩も、この部屋から出ないで、すべての用が足りるのだった。

一郎が来たら、すぐ、風呂に入れるように、その用意が出来ていた。ぽん吉は、昼過ぎに着いて、一度、風呂に入ったのだが、もう一度、一郎といっしょに入るつもりにしていた。ぽん吉は、洋間の安楽椅子に腰を下して、旦那料をいくらにすべきか、と考えていた。十万円は、貰いたいところだった。しかし、十万円は、どうしても無理なら、最低、五万円まで譲歩してもいい。前の旦那は、三万円であった。とにかく、早く、旦那が出来ないと、困るのである。

扉が開いた。続いて、

「ごめんください。」と、いう女中の声がしてから、襖《ふすま》が開いた。

「お連れさまが、いらっしゃいました。」

女中のうしろから、一郎が、てれくさそうに顔を出した。

「よう。」

何も、女中の前で、殊更に、よう、などという必要がないのである。そういうのは、素人の証拠だ。黙って、ぬうっと入ってくれれば、貫禄がそなわって見える。しかし、ぽん吉にとって、その素人らしさが、つけ目なのでもあった。

女中が出て行くと、ぽん吉は、いきなり、一郎に、しがみついた。

「会いたかったわア。」

そういっておいて、チュッと、一郎の頰を吸った。

「よせよ。」

「だって、好きなんですもの。」

「わかっているよ。」

「ほんとうに?」

「そうさ。」

「じゃア、いっぺん、ぐっと、抱きしめて。」

一郎は、いわれた通りに、抱きしめてやった。そして、ぽん吉の身体が、予想以上にいいらしいことを確認した。何んとなく、よーし、と思っていた。

女中が、お茶とお菓子を持って入って来た。二人は、何食わぬ顔をしてはなれたが、一郎の頰に、口紅がついていた。

女中が出て行くと、これで、あとは、二人だけの世界であった。ぽん吉は、一郎に手伝って、着換えをさせた。甲斐甲斐しいサービス振りであり、一郎は、ぽん吉を見直していた。

「すぐ、お風呂へお入りになるでしょう?」

「うん。」

「いっしょに入らないといけない?」

「あたりまえじゃアないか。」

「だって、羞かしいもの。」

「何をいってるんだ、この場に及んで。」

「でも、やっぱり……。いいわ、入るわ。」

「いい旅館だな。君は、何度も、ここへ来ているのか。」

「そうね。二、三回。」

勿論、嘘だった。前の旦那と、この部屋で泊ったことも、数回あった。しかし、ぽん吉は、そういうことには、一切、こだわらない主義にしていた。昔は昔、今は今、なのである。

「お風呂加減、見て来ますから。」

「ああ。」

その間に、一郎は、煙草を吹かしながら、ベランダに出て外を眺めた。それから、何気なく川下の方を見て、ギョッとなった。桃子と、鬼怒川の誓いをかわした黒鉄橋が、すぐ、そこに見えたからである。一郎は、桃子を思い出した。胸底が騒いだ。いったん、そらした視線を、もう一度、黒鉄橋の方へ戻した。

（俺は、悪い奴なのだ）

しかし、ここまで来てしまったからには、今や、引っ込みがつかないのである。

（桃子よ、許せ。たった、一回だけの浮気なのだから）

たった一回と雖《いえど》も、浮気は浮気である。以後、桃子に対して、顔向けがならないような気がしていた。

（今夜は、ぽん吉に金だけをやって、何もなしに過そうか）

しかし、同じ部屋に寝て、そういうことが、果して、可能であろうか。かりに、一郎がその気でいても、ぽん吉は、承知しまい。何故なら、彼女は、俺に惚れているから。

こうなれば、結論は、すでに明白であった。浮気を実行するほかはないのである。

「あなた、どうぞ。」

はしゃいだようなぽん吉の声が、風呂場の方から聞えて来た。一郎は、煙草を力いっぱいに投げた。吸殻は、弧を描きながら、鬼怒川へ深く落ちて行った。

三

「ねえ、もっと、飲みましょうよ。」

「いや、もう、だいぶん、飲んだよ。」

「嘘よ。あたしの方が、よけいに飲んでいるくらいだわ。」

「君は、強いんだ。」

「そんなことないわ。今夜は、無理をして飲んでいるのよ。」

「何を無理しているんだ。」

「おわかりにならない？」

「ああ、わからないね。」

「意地悪。」

そういって睨《にら》みつけるぽん吉の瞳は、一郎に、ぞくっとするほど、色っぽかった。まだ、年を聞いていないからわからないが、恐らく、二十四、五歳であろう。二十四、五歳にして、こういう色っぽい瞳《め》が出来るとは、天性にもよろうが、相当の訓練の賜物《たまもの》であることに間違いあるまい。とすれば、その訓練が問題になるのだが、一郎は、ただただ、陶然《とうぜん》となっていた。また、一度きりの浮気の相手の素姓なんか、どうでもいいのでもあった。

「ねえ、そっちへ行ってもいい？」

「どうして？」

「だって、ここだと、遠過ぎるんですもの。いいでしょう？」

ぽん吉は、横すべりに、一郎の横へいざり寄って来た。ために、その裾が乱れた。が、ぽん吉は、その裾の乱れをそのままにしておいて、一郎の膝の上に、やんわりと手を置いた。

「ねえ、おわかりにならない？」

ぽん吉は、下から、一郎の顔を見上げた。一郎は、苦笑しながら、

「だから、わからない、といってるじゃアないか。」

「では、わかるようにしてあげましょうか。」

「どうぞ。」

「お酒を飲ませて。」

一郎が、ぽん吉の唇許へ盃を持って行ってやると、

「そんな冷めたいの、嫌だわ。口うつしで飲ませて。」

「口うつしに？」

「嫌なの？」

「嫌じゃアないさ。」

またしても、ぽん吉は、下から、一郎の顔を色っぽく覗《のぞ》き込む。

「そんなら……。」

ぽん吉は、うっとりと両眼を閉じて、一郎の口うつしを待つように、口をすこし開いている。形のいい眉、通った鼻筋。しかも、皮膚が、艶々《つやつや》している。彼女の肉体の素晴らしさは、さっき、風呂場ですでに拝見ずみである。

一郎は、これほどの女に、これほど惚れられた自分を、大いに再認識しているのであった。

(俺だって、これで、相当のもんらしい)

浮気の一夜とは、こんなに素晴らしいものだとは、想ってもみないことだった。しかも、これからが、いよいよ、クライマックスに入るのである。

「ねえ、よう、早くウ。」

ぽん吉は、鼻を鳴らした。

一郎は、酒を口に含むと、その口を、ぽん吉の口へ持って行った。ぽん吉は、咽喉に可愛いい音をさせて、それを飲んだ。が、口はそのままはなさないで、両手で一郎の肩を抱きかかえるようにした。

やっと、その抱擁《ほうよう》が終った。

「おいしかったわ。」

ぽん吉は、まるで、夢心地の口調でいってから、ふところからハンカチを取出して、一郎の唇のまわりににじんでいる口紅を、何度も何度も、丁寧に拭いた。優しく、しかも、自分で、そのことを愉しんでいるように。

「あたし、ミーさん、大好きよ。」

「そうかね。」

「ミーさんは？」

「好きだよ。」

「ほんとうに？」

「ほんとうさ。」

「じゃア、指きりして。」

「いいとも。」

ぽん吉のしなやかな小指が、一郎のそれにからんで来た。しかも、ぽん吉は、一郎の肩に、しなだれかかったままでいる。香水の匂いが、さっきから、一郎の心を、ますます、陶然たらしめているのであった。

「ねえ、あたしの旦那になって。」

「旦那？」

一郎の身体が、ピクッと動いた。しかし、ぽん吉は、何んにも気づかぬように、相変らず、指をからませ、しなだれかかった姿勢のままで、

「だって、あたし、こんなに好きになってしまったんですもの。ねえ、いいでしょう？」

「しかし、旦那となると……。」

「いいわ、あたしにまかせておいて。」

「旦那か……。」

「旦那になって。そのかわり、無理をいわないわ。一所懸命にサービスしてあげる。ほんとうよ。あたし、こんな商売をしているけれども、嘘をいうの嫌いよ。」

こんな筈ではなかったのである。一郎は、とんでもない窮地《きゅうち》に追い詰められたような気がしていた。せっかくの酔いも、醒めかけて来たようだ。しかし、この場に及んで、どうして、嫌といえようか。こんな状態では、鬼神と雖《いえど》も、何んとも、致し難いのではあるまいか。

「あたし、割合に、お金を費《つか》わない方よ。だから、そんなに頂かなくてもいいのよ。」

「…………」

「十万円もあったらいい、と思うわ。」

「十万円！」

一郎は、おどろいた。いったい、その十万円を、毎月、桃子に内証で、どうして、捻出すればいいのだ。しかし、ぽん吉は、いうのである。

「そうよ、たったの十万円。すくないでしょう?」

そのとき、入口の扉が開かれたようであった。女中であろう。ぽん吉は、何という気の利かない女中なのだ、と思い、一郎は、とにかく、しばらく、冷静になることが出来ると、ほッとしていた。

襖の外に、たしかに、誰かいるらしいのである。が、何んにも、いわなかった。

完全なる清遊

一

一郎は、薄気味悪くなった。ぽん吉を押しのけようとした。が、ぽん吉は、それにさからって、なおも、しなだれかかりながら、

「誰？」

返辞のかわりに、えっへん、というわざとらしい男の咳払いの声が聞えた。

「いったい、誰よ。」

ぽん吉は、いらだたしげに、鋭どくいった。こんどは、おかしくてたまらぬように、はッはッは、と笑う声が聞えた。一郎は、ギョッとなった。どこかで、聞いたような声である。しかし、笑い声は、まだ、続いている。その頃には、ぽん吉も、気味悪くなったらしく、坐り直していた。

「誰だ。」

こんどは、一郎がいった。

「僕ですよ。」

「あッ、お前は？」

「そう、三郎です。この襖《ふすま》、開いてもいいですか。」

一郎は、ぽん吉を見た。ぽん吉は、不安そうに、

「三郎って？」

「弟だよ。」

「弟さんに、ここへくること、いってあったの？」

「いうもんか。しかし、あいつ、どうして、僕がここにいることを知ったんだろう。」

「せっかくのところを、あたし、面白くない気分よ。このまま、帰って貰って。」

「まア、そういうな。女房が現われたのであったら、もっと、大変だからな。」

「それは、そうだけど。何んとか、買収してしまいなさい。」

「無論、そのつもりだが。」

しかし、一郎は、内心、三郎が現われたことを、よろこんでいるのであった。これで、どうやら、ぽん吉の旦那になる約束をしないですむかも知れない。

外から、三郎がいった。

「いいですか。襖を開きますよ。」

ぽん吉は、急いで、元の席に帰った。

「いいよ。」

三郎は、襖を開いた。

「今晩は。」

「何が、今晩は、だ。」

一郎は、しかし、大いにてれていた。ぽん吉は、ぷっと、ふくれている。三郎は、二人の前に来て、どっかと胡坐《あぐら》をかくと、ぽん吉に、

「すみません、お邪魔をして。」

「そうよ、気の利かない弟さんね。」

「何、すぐ、退散しますよ。」

「ほんとうに？」

「どうぞ、ご心配なく。」

「そんなら、お酌をしてあげるわ。」

ぽん吉は、たちまち、機嫌を直して、お銚子を取り上げた。

「ヤッ、どうも。」

三郎は、それを飲んで、

「この部屋の酒は、特別にうまいや。一つ、ゆっくり、飲まして貰おうかな。」

と、一郎の方を見て、ニヤリと笑った。

「ダメよ。」

「ねえ、兄上、いけませんか。」

一郎は、苦笑しながら、三郎が、自分と同じ浴衣《ゆかた》を着ているのを見て、

「お前も、ここに泊っているのか。」

「そうですよ。」

「誰と来ているんだ。」

「いえません。」

「どうしてだ。」

「いうと、兄さんは、びっくりして、腰を抜かすか、そのベランダから、鬼怒川へ飛び込んでしまうでしょう。」

「おい、桃子が来ているのか。」

一郎は、さっと、顔色を変えて、腰を浮かしかけている。

「もし、そうだったら?」

「俺は、やっぱり、鬼怒川へ飛び込む。」

「では、どうぞ。」

一郎は、本当に、立ち上った。が、流石《さすが》にベランダから飛び出さなかったが、もう、おろしていた。そんな一郎を、ぽん吉は、不愉快げに見ている。三郎は、うまそうに、手酌で、酒を飲んでいた。

「三郎、何んとか、ゴマ化す法がないか。おい、頼む。恩に着るよ。」

「ほんとですね。」

「約束する。」

「では、買収されましょう。十万円。」

「高い。」

「高い? それなら、おことわりだ。これから、すぐ、お嫂《ねえ》さんを、ここへ連れて来ますよ。」

「出すよ、十万円。」

「ありがたい。さア、こうなったら、落ちつきなさいよ。」

「バカバカしい。」

ぽん吉は、吐き出すようにいった。三郎は、ニコニコしながら、

「どうして？」

「だって、そんなこと、嘘にきまっているわ。そうでしょう？」

三郎は、イエスともノウとも、いわなかった。しかし、彼は、ぽん吉を、ちょっと、いい女だ、と思っていた。兄貴が、浮気をする気になったのも無理でないようだ。それにしても、一郎が、これほどまでに桃子を恐れているとは、思わなかった。醜態《しゅうたい》を超えて哀れである。三郎は、一郎に、一夜だけの浮気をさせてやりたくなって来た。あんな出しゃばりの桃子に、それほど、遠慮をする必要はないのである。そして、東京へ帰ったら、杏子《きょうこ》に、浮気は未然に防げた、といっておけばよかろう。

「兄さん、ちょっと、廊下へ出てくれませんか。」

「どうするのだ。」

「話があるんです。」

「大丈夫だろうな。」

「いや、十万円を貰えるんだから、僕だって、下手な真似はしませんよ。」

三郎は、立ち上ると、ぽん吉に、

「しばらく、兄貴を借ります。」

「どうぞ。」

　ぽん吉は、ふてくされたようにいって、

「でも、あんまり時間がかかるようだったら、あたし、帰ってしまいますからね。」

「何、ほんの十分ぐらいですむ。」

　三郎は、先に立って、廊下へ出た。一郎は、心配そうに、そのあとにしたがった。が、絶えず、周囲に眼をくばっていた。

「何処へ行くのだ。」

「僕の部屋へ行きましょう。」

　一郎は、またしても、顔色を変えて、

「桃子は？」

「あんなこと、嘘ですよ。」

「嘘？」

「だから、ご安心なさい。」

「こらッ。」

　一郎は、三郎の頭を、コツンと叩いた。が、そのあとで、さもおかしそうに、笑い出した。

「そんなことだろう、と思っていた。」

「さア、どうだか。」

「お前、怪《け》しからん奴だ。」

「しかし、十万円は、貰いますよ。」

「バカをいえ。こうなったら、千円だって、出すもんか。」

「いやいや、絶対に貰いますよ。頭の叩かれ賃としても、十万円の値打ちがあります。」

「しかし、お前は、どうして、ここにいたんだ。」

「一晩の清遊に来たんです。」

二

三郎は、昨日のうちに、杏子から一郎が、午後一時四十分発の特急に乗ることを知らされていた。しかし、旅館の名は、わからなかった。三郎は、仕方がないので、今日は会社を休んで、午前中に鬼怒川へ来た。鬼怒川には、凡そ、四十軒の旅館がある。そのうち、だいたいの見当をつけて、ここへ泊ったのであった。もし、一郎が、別の旅館へ泊ったら、そのときは、訪問客として乗り込むことに腹を決めていた。


三郎は、特急が到着する前に、鬼怒川温泉駅の前へ出向いた。そこで、物陰《ものかげ》に隠れて、一郎を待ったのである。果して、一郎が、姿を現わした。三郎は、そのあとを尾行した。そして、同じ旅館であることを知ると、

「しめしめ。」

と、会心の笑みを禁じ得なかった。

あとは、女中に案内されて一郎が、この部屋へ入ったのをたしかめて、自分の部屋へ戻ったのであった。

もし、三郎が目的のために、百パーセント忠実である気だったら、もっと早く、一郎の前

へ姿を現わすべきであったろう。しかし、それでは、せっかく、鬼怒川まで来た一郎が可哀いそうである。すこしは、いい目にあわせてやりたかった。それが、嫌な役を引受けた三郎の、せめてもの思いやりであった。

一郎は、三郎の部屋へ入ると、桃子がいないのをたしかめてから、

「やっぱり、一人らしいな。」

「そうですよ。さっき、旅館の玄関で、兄さんの姿を見たんです。」

「ちっとも、気がつかなかった。」

「だから、油断大敵ですよ。」

「わかったよ。」

「しかし、僕は、兄さんに、あんな度胸があるとは、思わなかったな。」

「これでも、お前の兄貴だぞ。」

「それにしては、さっきは、ご立派でした。」

「もう一つ、殴られたいのか。」

「いや、結構。しかし、なかなか、いい女じゃァないですか。」

「そして、身体《からだ》もいいんだ。」

「すると、もう、終ったんですか。」

「いや、お風呂へいっしょに入っただけだ。これからというところへ、お前が邪魔しに来たんだ。覚えていろ。」

「だったら、兄さん、今夜だけ、見逃してあげます。」

「十万円か。」

「あれは、冗談。だけど、いっぺんきりにしなさいよ。でなかったら、僕は、断然、桃子夫人に告訴します。」

「お前は、いつから、桃子の味方になったんだ。」

「そんなことは、どうでもいいでしょう。それより、兄さんなんか、どうしても、女に狙われます。社長で、お金があって、風采も悪くなく、しかも、恐妻家ですからね。」

「恐妻家だけは、よけいだ。」

「いや、近頃、女に持てる条件として、恐妻家が入っているんですよ。」

「嘘をつけ。」

「それだけ、スリルがあって、いいんだそうです。で、芸者なんかから見ると、理想的の旦那タイプです。うっかりしていると、あの女から、旦那になってくれ、といわれますよ。」

「お前、聞いていたのか?」

「何を?」

「実は、あの女から、毎月十万円の旦那になってくれ、と詰め寄られて、困っていたところだ。」

「何も、困ることはないでしょう。なっておやりなさい。」

「バカをいえ。」

「でしょうね。昔から、自家用車と二号ほど、持って見て、あんな面倒臭いものはない、といいます。」

「だから、俺は、あの女が、恐くなって、持て余していたところだ。」

「そこへ、僕が行った、というわけですね。だったら、十万円の値打ちがある。ところで、今夜、あの女、どうします?」

「どうしよう?」

「兄さんの問題です。僕は、今夜だけなら、見逃してあげます。しかし、旦那になるのは、およしなさい。兄さんには、芸者の旦那になるなんて、どだい、無理ですよ。」

「俺も、そう思っている。」

「では、あの女、あきらめますか。」

「しかし、女の方で、あきらめてくれるだろうか。」

三郎は、あきれたように一郎を見て、

「そんなに惚《ほ》れられているんですか。」

「と、あの女がいうんだ。」

「僕は、もう、知りませんよ。」

一郎は、しばらく、考えていてから、

「三郎、今夜、俺をこの部屋で寝かせてくれ。そして、お前、悪いけど、あの女の部屋へ行って、俺をあきらめるようにいって来てくれ。」

「バカバカしい。自分で行って、堂々といいなさい。俺は、旦那にはなりたくない。しかし、今夜だけの浮気ならする、と。」

「それがいえないから、頼んでいるのだ。俺だと、ミイラ取りがミイラになってしまう恐れがある。」

「しかし。」

「お前は、兄貴の命令にしたがわないのか。」

「わかりましたよ。」

三郎は、わざと、ふてくされたようにいって、

「僕は、次に生れてくるときには、絶対に長男に生れてくる。」

三郎は、部屋から出て行ったが、十分もたたないうちに、ニヤニヤしながら戻って来た。

「どうだった？」

「どうぞ。」

三郎が、紙きれを出した。

「あたし、帰ります。バカバカしい。意気地なし。何さ。イーだわよ。そのうちに、遠出料をうんと請求してあげる。覚悟をしていなさい。　ぽん吉」

恐妻家のミーさま
それを読んでいる一郎に、三郎は、

「どうです。立派なもんじゃァありませんか。今夜の記念に、取って置いたら？」

一郎は、苦笑しながら、それを、こなごなに裂いた。

その夜、一郎とぽん吉が寝る筈だった部屋に、兄弟が枕を並べて寝た。

「お前とこうしていっしょに寝るのも、久し振りだなア。」

「僕で、悪かったですな。」

「もう、それをいうな。今は、よかったような、残念であったような、複雑な心境にあるんだからな。」

「明日になったら、却って、よかったと思いますよ。」

「かも知れぬ。」

夜中に、雨が降っていたようであった。しかし、あるいは、鬼怒川の流れの音であったかもわからない。翌朝は、快晴であった。

「兄さん、完全なる清遊でしたな。」

「そう、完全なる清遊であった。」

一郎は、桃子と鬼怒川の誓いをかわした黒鉄橋の方を眺めていた。

三

ある日、杏子は、昼の休憩時間に、会社の屋上に上っていた。

昨夜、久し振りで、桃子がやって来たのである。彼女は、近頃、すこし、肥って来たようであった。彼女自身、それを嫌がっているようだが、しかし、そのために、ますます、社長夫人らしくなったといえそうであった。

杏子は、桃子を見ると、神聖なる社長室でのキッス事件を思い出さずにいられない。あのことは、三郎の活躍によって、無事に解決した。三郎から、電話で、その報告があったのである。詳しいことは、知らされなかったが、完全なる清遊に終ったからと、三郎は、いっていた。

杏子は、桃子に知らせなくてよかった、と思っていた。それだけに、社長夫人顔をしている桃子を見ていると、何か、皮肉の一言もいってやりたくなってくるのであった。

（もっと、御主人を大事にしてあげなさい）

その杏子の視線に気がついて、桃子は、

「何？」

と、杏子を見返した。

「いいえ、何んでもないわ。」

「おかしな杏子ね。」

「おかしな妹で、相すみません。」

「また、そういう憎まれ口を利く。」

桃子は、叱りつけるようにいっておいてから、口調《くちよう》を変えて、

「あんた、その後、三郎さんとお会いした？」

「いいえ。」

杏子は、さりげなくいった。会った、といえば、どういう理由でか、と聞かれるだろう。とすれば、芸者ぽん吉のことをいわなければならなくなる。だから、否定しておいた方が、無難なのである。

桃子は、林太郎の方を向いて、

「杏子の結婚、どうするつもりですの？」

「どうするって、そのうちに、いい人が見つかったら、結婚させる。」

「あたしに、まかせておいてね。」

「あら。あたしは、自分の相手は、自分で探してくるわ。」

「まア、生意気をいって。」

「だって、あたしにだって、好きな人があるかも知れないわ。」

「死ぬほど好きな人、というんでしょう？　嘘ばっかりいって。」

「いいえ、死ぬほど好きではないけど、ちょっと、好きになりかけているのよ。ねえ、お父さん。」

「ああ、宇野君と野内君のことか。」

「それは、いったい、誰のことよ。」

桃子は、眼を光らせた。

「誰でもいいわ。」

「誰でもよくないわ。おっしゃいよ。だって、姉として、あたし、気になるもの。」

林太郎がいった。

「会社の人だよ。」

「まア、杏子は、三原商事の社員を好きになりかけているの？」

「しかし、わしの見るところでは、二人とも、なかなかの好青年であった。」

「いくら好青年でも、社員は社員でしょう。」

「桃子、すこし、口が過ぎないかね。」

「だって、あたしの立場も考えてみて頂戴。あたしは、社長夫人ですよ。梨子は、専務夫人ですよ。そこへ、杏子が平社員と結婚されたら、あたしたちの面目は、まるつぶれになるわ。」

「わしは、そうは思わぬ。姉は姉、妹は妹、だ。」

「いいえ、そうよ。杏子は、いったい、どう思っているの？」

「あたしは、お父さんとおんなじ考えだわ。」

「すると、あんたは、平社員と結婚する気なの？」

「結婚するかどうかは、わからないわ。だけど、今のところ、好きになれそうだ、と思っているのよ。」

「あきれた。」

「何も、あきれることはないだろう。もし、桃子が、どうしてもいけない、というのなら、杏子を三原商事から辞めさせる。それだったら、文句はあるまい？」

いつにない林太郎の強い口調に、桃子は、口惜しそうに、下唇を噛んでいた。そして、そのあと、不機嫌になって、帰って行ってしまったのである。

杏子は、そのときのことを思い出していた。そして、彼女は、三郎から、大島武久と交際してみないか、といわれたことを、まだ、父に話していないのであった。いう気になれなかったのである。富士子のことを思うと、大島武久と交際する気が失せてくる。それに、身分が違いすぎる。自分の結婚の相手として、野内とか宇野が、いちばんいいのであって、そして、そのことが、父を満足させるのだ。杏子は、停年が近づいて、参事室に追いやられてから、殊に淋しそうにしている父が、哀れで仕方がなかった。そういう父の心に反するような結婚だけはしたくない、と思っているのであった。

「野々宮さーん。」

振り向くと、岩崎豊子であった。

「あら。」

杏子は、笑顔で、豊子を迎えた。今のところ、三原商事で最も親しくしている女友達である。豊子は、杏子と並ぶと、空を見上げて、

「いいお天気ねえ。」

と、いってから、ふと、真面目な口調になって、

「あたし、あなたにご相談したいことがあるんだけど。」

心の重荷

一

「どういうこと？」

杏子《きょうこ》は、豊子を見返しながらいった。

「ちょっと、いい憎いなア。」

「おっしゃいよ。」

「じゃア、いうわ。あんた、やっぱり、三原三郎さんと結婚してくれない？」

「三郎さんと？」

杏子は、わざと、いぶかるようにいったが、胸の中を、ドキドキさせていた。それにしても、今頃、豊子からこのようなことをいわれなければならぬ理由が、わからなかった。わからなかったけれども、しかし、すこしも、不愉快ではなかった。

「そうよ。」

「どうして？」

「要するに、三原商事の女子職員たちの総意なのよ。」

「ちょっと、そのいいかた、オーバーね。」

「ところが、そうではないのよ。あたし、この前、あなたにいったでしょう？　あなたが、三原三郎さんと結婚なさるのではない、とわかって、そのため、独身社員のうちの、すくなくとも、その半数は、猛然として、あなたを狙いはじめた、と。」

「覚えているわ。だけど、一向に、その気配がなくて、あたしは、ガッカリしているくらいなのよ。」

「そんなこと、あるもんですか。現に、宇野さんと野内さんが、そうでしょう？」

「それなら、あたし、認めてもいいわ。」

「それ、ごらんなさい。」

豊子は、勝ち誇ったようにいった。しかし、そのいい方には、嫌味がなくて、寧《むし》ろ、悲しげですらあった。

「でも、今のところ、その二人だけよ。」

「まア、あきれた。あの二人は、社内でも、最も優秀なのよ。その二人に狙われたら、それこそ、女性の本望なんだわ。冥利《みょうり》につきるわ。だって、あの二人をのぞいたら、あとは、二束三文のような男ばっかりなんですもの。」

「そんなことが、ほかの男のひとに聞えたら、憤慨するわよ。」

「平気よ、いくら、憤慨したって。だって、その通りなんですもの。それより、問題は、その二人を独占しているあなたにあるのよ。みんな、あなたを怨《うら》んでいるわ。」

「嘘ッ。」

「嘘なもんですか。だから、これから、暗がりを歩いているときには、気をつけなさい。」

「わかったわ。」

　杏子は、大声でいって、更に、豊子の顔を覗き込むようにして、わざと、意味ありげにつけ加えた。

「まア、そうだったの！」

「あら、何がよ。」

「岩崎さんは、宇野さんか野内さんかを好きなんでしょう？」

「ち、違うわよ。」

　豊子は、顔をあかくして、狼狽《ろうばい》していた。最早《もはや》、杏子の想像に狂いがないようであった。そうなると、杏子は、せっかく、二人を好きになりかけていたやさきであっただけに、冷静でいられなくなってくる。しかし、もともと、二人もいらないのである。結婚の相手としての恋人は、一人でたくさんなのである。それなら、二人のうちのどっちか一人を、先に、豊子が選んでくれたら、却って、好都合かも知れない。

杏子は、野内を失った場合を考えた。次に、宇野を失った場合を考えた。二人には、それぞれ、いいところがある。だから、今日まで、その選定に迷っていたのであった。が、今は、たとえ、どちらを失っても、そのために、たいして大きな心の打撃を受けないでいられるような気がしていた。

ということは、杏子の心は、二人に対して、それほど、深い関心を寄せていなかったことを意味していたかもわからない。一応、理論的に、父の希望していた理想の娘婿型というところに焦点をあわせて、それに合格ときめていただけなのである。その程度であった。愛情とは、違っていたのだ。愛情とは、こんなになまやさしいものではないのである。

しかし、杏子は、それでもいい、と思っていた。そういうおだやかな形式から結婚の相手を選んで、幸福な結婚生活を築き上げてゆくことは、決して、非難するに当らない筈である。

ふいに、杏子は、三郎を思い出した。そして、近く、三郎と結婚する富士子のことを。杏子の胸に、緊めつけられるような痛みが襲って来た。

野内と宇野のどちらかを失おうとして、あんなにも平静でいられたのに、三郎の結婚のことを思うと、こんなにも、絶望的になってくる。

この瞬間において、杏子は、はっきりと自覚した。

（この胸の痛みこそ、愛情というものなんだわ）

そして、更に、強く思った。

（あたしは、三郎さんを愛している！）

杏子は、泣きたくなっていた。

（でも、いけないんだわ）

何故なら、三郎は、富士子と結婚するときまったひとなのだ。三郎も、その気でいる。のみならず、二人は、先に桃子の権謀術数《けんぼうじゅつすう》に乗るまいと誓い合っている。父親だって、反対するだろうし、世間の眼が……。

ことごとく、杏子にとって、不利であった。希望のいだけるところは、すこしもなかった。とすれば、杏子は、野内と宇野のうちのどっちかを、先に豊子に選ばせておいて、その残された男性と結婚するほかはないのである。

（仕方がないわ。だって、そのことが、あたしの運命なら……）

杏子は、そこまで考えて来て、やっと、気持を取りなおした。

「本当に違うの？」

豊子は、頭を横に振った。

「それ、ごらんなさい。」

「だって……。」

「ねえ、どっちの人を好きなの？」

「いってもいい？」

「かまわないわ。」

「いったら、譲ってくれる？」

「ええ、譲ってあげますとも。」

杏子は、まるで、品物でも譲るようないいかたをした。そういう心境であったのである。どうでもよくなっていた。

「じゃア、いうわ。」

「どうぞ。」

「でも、ちょっと、羞《はず》かしいなア。眼をつむっていて。」

「いいわ。」

杏子は、瞳を閉じた。が、その瞼の裏に現われたのは、これから、豊子が選ぶであろう宇野でも野内でもなく、三郎の顔であった。

「宇野さんよ。」

豊子は、杏子の耳許に唇を寄せていった。

「ああ、そうでしたの。」

「かまわない？」

「ええ、かまいませんわ。」

いいながら、杏子は、いつか、宇野に、豊子と友達になったといって、更に、いいひとらしいわね、というと、宇野は、そうですよ、と答えたが、それ以上、豊子のことに触れたくないように、すぐ、仕事のことに話を移していったことを思い出していた。

「本当に、かまわないの？」

豊子は、まだ、心配そうであった。

「あたしは、平気。だけど、宇野さんは、あんたの気持を知ってるの？」

「多分……。だって、あなたがこの会社へ入社なさる前までは、あたしたち、よく、いっしょに映画を見に行ったり、それから、銀座のとんかつ屋へ行ったり、していたんですもの。」

「銀座のとんかつ屋へなら、あたしも、宇野さんといっしょに行ったことがあるわ。」

「でしょう？　だから、あたし、心配していたのよ。」

「ごめんなさい。あたし、そういうこと、ちっとも、知らなかったのよ。では、念のために、そして、ついでに、お聞きしておくけど、野内さんには、誰か、そういうひと、いなかったの？　もし、いたのなら、あたし、悪いもの。」

「いいえ、野内さんなら、大丈夫よ。」

「じゃア、あたし、野内さんに関する限り、安心していていいのね。」

「その点、あたし、保証するわ。」

豊子は、すっかり、元気になって、

「ねえ、ついでに、頼まれてくれない？」

「どういうこと？」

「あなたから、宇野さんに、あたしのことをいってほしいのよ。勿論、あたしからいってもいいのよ。だけど、その前に、あなたの気持が、宇野さんから遠のいたことをいっておいて貰わないと、ちょっと、具合が悪いでしょう？」

「いいわ。」

そのあと、杏子は、しばらく、考えていてから、

「それなら、いっそ、今夜、四人で、銀座のとんかつ屋へ行かない？」

豊子は、不安そうに、杏子を見た。杏子は、微笑《ほほえ》みながら、

「あたしにまかせておいて。きっと、うまく、してあげます。」

二

銀座のとんかつ屋は、今夜も満員であった。四人は、いつものように、二階へ上った。

杏子は、会社で、先ず、野内に電話をした。

「今夜、銀座のとんかつ屋へいらっしゃいません？」

「よろこんで。」

「では、あなたから、宇野さんにも、そうおっしゃって。」

「いいですよ。」

「それから、あたし、岩崎豊子さんをお誘いしたいんですけど、いいでしょう？」

「僕は、かまいませんよ。だけど、宇野は、何んというかなア。」

野内は、宇野と豊子のことを知っているらしい口吻《こうふん》だった。

「だって、四人の方が、たのしいわ。」

「僕は、あなたと二人っきりの方が、もっと、たのしいですよ。」

「まだ、いけません。」

「まだ、ですか。」

「そうよ。でも、今夜、もしかしたら、そのあと、二人っきりになれるかもわかりません

わ。」

「ほんとですか。」

「でも、それは、そのときになってみないと、わかりませんことよ。」

「よろしい。僕は、こうなったら、万難《ばんなん》を排して、宇野を誘い出しますよ。」

野内は、杏子が、何をたくらんでいるか、察したようであった。すくなくとも、自分にとって、不利ではないようだ。そのことが、彼を元気づけたに違いない。

そして、今、ここに、四人の顔が揃ったのである。

豊子は、上機嫌であった。それにくらべて、宇野は、何んとなく、不安そうにしていた。いつもほど、気軽に、口が利けないらしいのである。

宇野と野内は、各自ビール二本以内ということにして、飲んでいた。豊子は、グラスに二杯ぐらいなら、飲めるのである。すでに、一杯を空けていた。杏子は、ほとんど、飲んでいなかった。

何気ない話が続けられていた。しかし、どこか、奥歯に物のはさまったような重苦しさが漂《ただよ》うていた。この場の空気から、杏子は、自分が、間違っていたかも知れない、と反省していた。そして、それは、ある空しさにも通じていた。心が、一向に、浮いてこないのである。しかし、そのことは、宇野を失うことには、何んの関係もないことも、わかり過ぎるほど、わかっていた。

「宇野さん。」

杏子がいった。

「あたしたち、これからも、ときどき、四人で、こういう会を開きません？」

宇野は、苦笑した。

「お嫌？」

「嫌ではありません。しかし。」

「しかし？」

「どうして、今夜は、急に、岩崎君が加わることになったんですか。」

豊子が横から、

「失礼ね。まるで、あたしを邪魔者みたいにいって。そんなことをおっしゃると、あたし、泣きたくなるわ。泣いてもいいの？」

「泣かれるのは、困るよ。」

「だったら、泣かないわ。そのかわり、邪魔者扱いにしないでね。」

「わかったよ。」

こんどは、野内が、嬉しそうに、

「おい、宇野。そろそろ、察したら、どうだね。」

「こいつめ。」

「では、もう、察したんだな。」

「僕は、こうなったら、野々宮さんから、今夜の会の趣旨について、はっきり、お聞きしたいですよ。」

「申し上げますわ。あたし、岩崎さんと宇野さんが、大変、お似合いのような気がしたんですのよ。」

「そうよそうよ。」

豊子がいった。宇野は、その豊子を睨みつけて、

「君は、しばらく、黙っていたまえ。」

「はい。」

豊子は、素直に答えて、

「では、お酌をしてあげるわ。」

「うん。」

宇野は、豊子のお酌を受けて、

「ということは。」

と、杏子を見て、

「先日の僕の立候補を取り消せ、ということになるんですか。」

「そうなんですの。」

「しかし、僕としては。」

「では、あたしから、ご辞退申し上げます。」

「残念だなア。」

「おい、宇野。それで、話は、きまった。男らしく、立候補を取り消せ。なア、その方が、結局、君のためだ。」

「すると、君は？」

「僕は、勿論、立候補を続ける。しかも、競争相手がいなくなって、条件が有利になったのだ。」

「野々宮さん。野内の奴め、いい気になって、あんなことをいっていますが、かまわないんですか。」

「条件が有利になったかどうか、あたしには、いえませんわ。だって、競争者があった方が、却って、いい場合と、競争者がいなくなって、却って、ダメになる場合と、両方があるでしょう？　こんどのことは、選挙とは違うんですものね。」

「おい、野内、聞いたか。」

「聞いた。しかし、僕の気持に変りがないことを、ここで、はっきり、宣言しておく。」

「そうか。」

宇野は、溜息を吐くようにいってから、豊子の方を見た。豊子は、それを待っていたようにいった。

「もう、あたし、喋ってもいい？」

「いいさ。」

「あたし、宇野さんに立候補するわ。」

「そうか。君は、僕に、立候補してくれるのか。」

「そうよ。いけない？」

「いけなくはないさ。しかし。」

「何？」

「要するに、今の心境は、しかし、なのだ。」

「大丈夫よ。そのうちに、しかし、でなくなるわ。ねえ、野々宮さん。」

「そうよ。あたし、そう思ったから、出しゃばるようだけど、ここへ、四人で来たのよ。」

宇野は、坐り直した。そして、三人の見ている前で、グラス一杯のビールを、一息に飲んで、

「これは、ヤケ酒です。」

そういって、次の一杯を、

「これは、単独候補になった野内の幸運を祈ってのカンパイです。」

といって、飲みほした。

「ありがとう。」

野内は、答えて、

「では、僕は、君と岩崎豊子さんの仲が、円満なる実を結び、見事な花を開くように祈って、カンパイする。」

と、これまた、一息に飲みほした。

三

四人は、とんかつ屋を出た。八時に近くなっていた。

万事、うまくいった。杏子は、そのように思っていた。

野内がいった。

「おい、君と岩崎君は、早く、どっかへ消えてなくなれよ。」

「いいだろう。」

宇野も、今は、あっさりと承諾して、

「では、野々宮さん。」

「失礼します。」

宇野と豊子は、肩を並べて、向うの方へ去って行った。が、十メートルと行かないうちに、豊子だけが、駈け足で戻って来て、

「野々宮さん、あたし、今夜は、大感謝よ。」

「よかったわね。」

「そうなのよ。でも、これからが、たいへんだわ。だから、うんと、サービスをしてやらなくっちゃアね。でしょう？」

豊子は、いい捨ててふたたび、駈け足で、宇野の方へ戻って行った。

「さア、僕たちも、どこかで、お茶でも飲みましょう。」

「ええ。」

杏子は、そのように答えたけれども、ひとりになりたくなっていた。野内といっしょに歩くよりも、ひとりになって、夜の銀座を歩いてみたくなっていた。そういう思いの底には、あるいは、三郎に会えるかも知れない、という考えが潜《ひそ》んでいたかもわからない。

「あたし、ここで、失礼しますわ。」

「どうしてですか。」

「さっきまで、あんまり気をつかったので、何んだか、頭が痛いようで。」

「そりゃアいけない。何んでしたら、僕は、お宅まで、お送りしますよ。」

「いいえ。そんなにしていただかなくとも。」

「でも、心配だなア。」

野内は、本当に、心配してくれているようであった。杏子にとって、野内のそういう親切が嬉しかった。たしかに、いいひとなのである。しかし、杏子の心の一隅に、野内の親切を重荷に感じているものがないとは、いえないようであった。

「大丈夫ですわ。」

「だったら、駅まで、ごいっしょに参りましょうか。」

「途中で、ちょっと、買物がありますから。それに、今日は、急にあんなことになって、あたし、ひとりになって、自分の気持を整理してみたいんです。そのかわり、近いうちに、いつかおっしゃった、安くておいしいラーメン屋へ連れて行ってください。」

「ええ、いいですとも。」

野内は、すっかり、機嫌をなおした。

「さようなら。」

「さようなら。」

杏子は、野内に背を向けて、歩きはじめた。野内が、いつまでも、自分の方を見ているような気がしていた。しかし、杏子は、振り向いてみる気持にはなれなかった。そして、いつか、野内のことを忘れた。

杏子は、銀座の人混みの中を歩きながら、完全にひとりぼっちであった。そのことは、自分から求めた結果なのである。にもかかわらず、何か、淋しくてならなかった。淋しいよりも、悲しいといった方が当っていたろうか。

杏子は、気がついたとき、酒場「湖」の前へ来ていた。あるいは、この中に、三郎がいるかも知れないのである。そして、もし、運がよければ、この前のように、客を送り出した女給に呼びとめられて、ということにならんとも限らない。

杏子は、目立たぬように、そこらを行ったり来たりしていた。が、酒場の扉は、一向に開かなかった。杏子には、自分から、そこへ入って行って、三郎の在否をたしかめる勇気も大胆さもなかった。また、思えば、その必要もない筈であった。

杏子は、あきらめて、歩きはじめた。向うから、笑いかけるようにしてくる男があった。たしかに、前に見た顔なのである。が、思い出せないうちに、その男が、杏子の前へ来ていった。

「やア、しばらくでしたね。」

人生憂鬱

一

その男は、なつかしそうに笑っているのである。しかし、杏子《きょうこ》には、まだ、思い出せなかった。

「はア……。」

杏子は、アイマイにいって、頭を下げた。

「お忘れになったんですか。」

「ごめんなさい。」

「ほら。」

いうと、男は、唇をとんがらせて、ひょっとこ顔をしてみせた。

「まッ。」

杏子は、真ッ赤になった。そのひょっとこ顔から、この男が、風間圭吉であることを思い出した。梨子の結婚式のとき、杏子は、自分に笑いかける三郎に、いーとばかりに、そんな顔をしてみせたのである。そのとき、三郎の横にいたのが、この風間であった。三郎のいう紳士の中の紳士なのである。

「思い出してくださいましたか。」

「はい、その節は。」

杏子は、もう一度、頭を下げながら、そもそも、自分の人生に、波乱が起りかけて来たのは、あのひょっとこ顔からであったようだ、と思い出していた。もし、あのとき、あんな顔をしなかったら、今頃、杏子は、もっと、別の人生を歩いていたかもわからないのである。

杏子は、そのことを後悔したいような気持になっていた。

「おひとりですか。」

「はい。」

「その後、三郎君とは、ときどき、お会いになっていますか。」

「いいえ。」

「しかし、あれは、いい男ですよ。そうだなア、僕の観るところでは、三原家の三人の兄弟の中で、いちばん、出来がいい。」

「そうでしょうか。」

「そうですよ。それだけに、あれは、要注意人物です。」

「こんど、お会いしたら、そういっておきます。」

「どうぞ。」

風間は、次郎とは、クラスメートであるが、その次郎よりも、三郎の方が好きだとは、前にもいっていた。今でも、その思いには変りがないらしく、悪口をいっているようで、底に好意がこもっていて、そのことが、杏子に嬉しかった。

「どうです、そこらで、お茶でも飲みませんか。」

今、野内の誘いを断わって来たばかりである。杏子は、そのことを思い出して、ためらっていると、風間は、

「そして、一つ、三郎の人物評を二人でやりませんか。」

杏子は、こんどは、即答した。

「お供しますわ。」

杏子は、風間と並んで歩きながら、三郎のことを、もっともっと知りたがっている自分を、嫌というほど感じていた。

（でも、いくら知ったところで、何んにもならないのだわ）

まさに、その通りなのである。やがて、大島富士子と結婚するような男のことなんか、どうでもいいのだ。放っとけばいいのである。勿論、その結婚式には、たとえ、招かれても出席してやらない。その決心でいる。にもかかわらず、杏子は、やっぱり、三郎のことを、もっと知っておきたいのであった。そして、この心の動きは、自分でも、どうにも出来ないでいた。

二人は、近くの喫茶店に入った。

「コーヒーでいいですか。」

「はい。」

コーヒーを注文してから、風間は、煙草を取り出して、

「この前、結婚なさったお姉さんは、ご円満ですか。」

「ええ。」

「すると、次は、三郎君の番だし、お宅では、あなたの番ですね。」

「あたしは、当分の間……。」

「どうしてですか。今が、いちばんの適齢期ですよ。早からず、遅からず、ちょうどいいお

年頃です。」

「ありがとうございます。」

杏子は、わざと、おどけたようにいってから、

「あたし、今、三原商事に勤めていますのよ。そして、姉と同じに秘書。三人の姉妹が、同じ会社の秘書なんて、ちょっと、おかしいでしょう?」

「いや、すこしも、おかしくはない。しかし、道理で……。」

「何んでございますの?」

「美しくおなりになった。」

「まア、嫌だ。」

「嫌だなんていったら、罰があたりますよ。あなたの場合、お勤めに出て、その美しさに張りが出て来ましたよ。これは、僕が保証してもいい。」

コーヒーが来た。

「ほめていただいたお礼に、お砂糖のサービスをいたします。二ついいですの?」

「それで、結構。」

そういってから、風間は、

「そうなると、あなたは、いよいよ、あの三郎君と結婚なさるんでしょう?」

「いいえ。」

「何故?」

「何故って、姉が二人とも、三原家へ嫁いだことと、あたしとは、何んの関係もありません

もの。」

「さよう。だけど、三郎君は、いい男ですよ。すこし、不良がかっているけれども、この人生を真面目に送ろう、と考えています。それだけに、彼には、僕は、いいお嫁さんを持たしてやりたい。」

「三郎さんには、すでに、婚約者がありますのよ。」

「誰ですか。」

「大島商事の社長のお嬢さん。」

「すると、あの男は、思っていたよりもバカだったんだな。」

「いいえ。」

「いや、バカですよ。僕なら、絶対にあなたを選ぶ。」

「そのお嬢さんは、とっても、お美しくいらっしゃるんです。」

「そんなに？」

「はい。」

「そうなると、あの男は、ますます、バカである、ということになる。いいですか、美人にも限度があるべきもんですよ。すくなくとも、妻にする場合にはね。あなたぐらいの美人が限度で、それ以上の美人というのは、すぐに飽きがくるもんです。」

「でも、お互に愛し合ってらっしゃいますのよ。」

「いよいよ、あきれるな。だいたい、僕の見聞の範囲によると、飛び抜けた美人と結婚して、うまくいった例は、殆んど、ありませんよ。それがわからんようでは、あの男も、たいしたことはない。しかも、あなたのようなひとを身近に眺めながらですからね。メクラも同然だ。」

そういってから、風間は、コーヒーを一口飲んで、

「しかし、あなたは、あの三郎が好きなんでしょう？」

「いいえ。」

「どうして、好きにならないいんですか。」

「だって、あのひと、バカなんですもの。」

「バカ？」

「今、風間さんが、そうおっしゃったでしょう？」

「なるほど。」

風間は、わかったような顔をして頷《うなず》いた。

「あたしは、婚約者のあるような男は、絶対に好きにはなりません。」

「もし、なかったら？」

「三郎さんの場合には、どっちにしても、おんなじですわ。」

いいながら、杏子は、自分が、心にもないことをいっているのだ、ということをしきりに思っていた。しかし、それで、いいのである。自分には、野内が、ちょうど、お似合いなのだ。もう、迷うのはよして、野内を、もっと好きになろう。その方が、八方円満におさまるのだ。

しかし、そういうことを考えている杏子の顔には、仄《ほの》かな哀愁《あいしゅう》の翳《かげ》が漂っているようであ

った。それを見ながら、風間は、

「よろしい。」

と、すこし、大声でいった。

何んのことかわからず、杏子が、顔を上げると、

「僕は、たった今、あなたに結婚の申し込みをしますよ。」

「まア、ご冗談ばっかり。」

「いや、冗談ではありません。本気です。」

「だって、結婚の申し込みなんて、そんなに簡単になさるものでしょうか。」

「ちっとも、簡単ではありません。僕は、お姉さんの結婚式のとき、それから、もう一度、八重洲口の近くでお会いしているし、今夜で、三度目です。そのつど、なかなかいい、と思っていたんですが、三郎君がいるので、どうにもなるまい、とあきらめていたんです。しかし、三郎君が、世にも大バカであることがわかって、しめた、と思ったんです。いいでしょう?」

「ちっとも、よくはありません。あたし、風間さんと結婚しようなどと、今までに、考えたこともありませんもの。」

「当然です。しかし、今夜からは、大いに考えてください。そう、僕のことは、三郎君に聞いてくださったら、どの程度の男か、たいてい、わかります。」

「三郎さんは、紳士の中の紳士といってらっしゃいましたけど。」

「あいつめ。」

「いけませんの？」

「そうですよ。紳士の中の紳士なんて、凡そ、自慢になりません。要するに、嫌味たっぷりです。僕が、そういう男に見えますか。」

杏子は、しばらく、考えていてから、

「そうね。紳士の中の紳士なら、さっきのような結婚の申し込み方をなさらない、と思いますわ。」

「さよう。」

風間は、わが意を得たというように、

「やっぱり、あなたは、頭がいい。こう見えても、僕は、不良的紳士をモットウにしているんですよ。」

杏子は、思わず、笑い出した。

「何が、おかしいんですか。」

「だって、あたしは、三郎さんこそ、不良的紳士だ、と思っていましたのよ。三郎さんに比較したら、やっぱり、風間さんの方が、紳士の中の紳士ですわ。」

二

「どうなさったの？」

女給がいった。

「どうもしないさ。」

三郎が答えた。

「おかしいわよ。今夜の三原さん。まるで、元気がないんですもの。」

「あたりまえさ。いくら俺だって、時には、人生憂鬱《ゆううつ》になることがあるさ。」

「だから、その憂鬱な原因をおっしゃいよ。」

「いったところで、どうにもなるものか。おかわりだ。」

三郎は、カラになったグラスを指さした。

「はい。」

女給は、バーテンダーに、ハイボウルのおかわりを頼んでから、

「その後、あのお嬢さんとは、いらっしゃいませんのね。」

「誰のこと。」

「いつか、ここの前から、あたしが連れて来てあげたお方よ。」

「ああ、杏子か。」

三郎は、何んでもないようにいったが、さっきから、その杏子のことばかりを考えていたのであった。

三郎は、今日から、総務部次長ということになった。この年齢で、総務課長というのでさえ、社内でも、いちばんの出世頭であったのである。それが、総務部次長というのだから、抜群の出世というべきであろう。尤も、営業課長をしていた大島武久《たけひさ》も亦《また》、同時に、営業部次長に昇進したのである。しかし、武久の方は、そのうちに、父親の後を継いで、社長になる、ときまっている人物なのだ。だから、当然なのである。が、三郎の方は、今のところ、

一般社員と同じなのだから、この抜擢《ばってき》には、大いに喜んでいい筈だった。にもかかわらず、彼は、それほど、嬉しくなかった。それどころか、重荷にすら感じていた。何故なら、この抜擢には、富士子との結婚という前提が含まれているに違いないからである。そして、他の社員たちも、そのように眺めているのだ。このことは、かねて、男一匹をモットウとしている三郎にとって、まことに心外であり、辛いことであった。

三郎は、武久に対して、富士子との結婚について、もうしばらく、考えさせてくれ、といってある。が、大島家では、そのつもりで、準備をすすめているようだ。三郎に対して、正式の相談がないのだから、彼としても、それについて、積極的な発言をすることは出来なかった。が、そのように、彼の発言を封じておいて、一方で着々と準備をすすめられていると、まるで、眼に見えぬ糸で、自分が、がんじがらめにされてゆくような気がしてくるのであった。

近頃の三郎は、日に何度か、杏子のことを考えていた。杏子とは、一郎の浮気封じの相談のために会ったきりである。会いたいのだ。無性に会いたくなることもあった。しかし、三郎は、自制していた。杏子をこれ以上、好きになってはならないからである。

が、時には、たとえば、今夜のように酔っていると、

（杏子を引っさらって、どっかへ逃げて行ってやろうか）

と、いう気になってくる。

たとえ、杏子に、好きな男が出来ていてもかまうものか、と思うのである。強引に、やっつけてしまいたくなってくる。ウムをいわさないで、自分の方へ、杏子の心をねじ向けてし

まうのである。

しかし、一方で、三郎は、知っていた。自分には、とうてい、そんな真似が出来ないであろうことも。

第一、あの桃子のことを考えると、そんな気も失せてくるのである。

入口の扉が開いた。

「いらっしゃいまし。」

女給がいってから、三郎に、

「風間さんよ。」

と、おしえた。

三郎は、風間の方を見た。

「やア、風間さん。」

「おッ、いいとこで会った。」

風間は、笑顔で近寄って来て、

「ちょうど、会いたいと思っていたところなんだ。」

「いっしょに飲みましょう。」

横から女給が、

「よかったわ。さっきから、三原さんたら、すっかり、憂鬱になってらっしたのよ。」

「憂鬱に?」

「そうなのよ。」

「おい、あんまり、ガラでない真似をするな。人騒《さわ》がせになる。」

「僕だって、時には、憂鬱になることがありますよ。」

「しかし、君は、バカだよ。」

「バカ?」

「そう、大バカであることがわかった。」

「いったい、何んのことですか。」

「野々宮杏子さんのことだよ。」

「杏子さんが、どうかしたんですか。」

「さっき、そこで、会ったんだ。」

「どこで?」

三郎は、もう、眼を光らせていた。

「何んだい、急に、ソワソワして。バカならバカらしく、もっと、落ちついていろ。」

「しかし。」

「とにかく、僕は、今夜は、愉快だよ。そうだ、僕にビールを。」

「はい。」

「ねえ、どこで、彼女に会ったんですか。」

「すぐそこの喫茶店でさ。そして、彼女と二人で、大いに君の人物評をやったんだ。結論は、バカ者ということだ。」

「杏子が、僕のことを、そういったのですか。」

「そして、僕も、全く、同感だ、といっておいた。」

「そりゃアひどいですよ。」

「ひどいもんか。しかし、僕は、君がバカであってくれてよかった、と思っている。何故なら、僕は、そのお陰で、彼女と結婚出来るかも知れない。」

「結婚？」

「そうさ。披露宴《ひろうえん》には呼んでやるから、どっさり、お祝を持ってくるんだよ。」

「そんなこと、僕は、許しませんよ。」

三郎は、叫ぶようにいった。

三

三郎は、キョロキョロしながら、銀座の人混みの中を、有楽町駅に向って歩いていた。彼は、風間の制止を振り切って、バア「湖」を飛び出して来たのである。

急げば、まだ、杏子を、掴まえられるかも知れない。が、それにしても、銀座には、人が多過ぎた。この中から、杏子の姿を探し出すことは、殆んど、不可能である。それに、杏子は、もう、電車に乗ってしまったかも知れないのだ。それなら、自分も電車に乗って、その後を追って、杏子の家へ行けばいいのである。いや、タクシーで、先まわりして、彼女を高円寺駅の改札口で待ち伏せしてもいいのである。

（しかし、何のために？）

そこに思いがいたると、せっかく、気負い立っていた三郎の気持も、くじけてくるのであった。

（バカな真似をしてはいけないのだ）

三郎は、反省した。

こうなったら、もう一度、「湖」へ引っ返して、風間を相手に、ぐでんぐでんになるまで酔ってやろう。風間の話を半分しか、聞かずに飛び出して来たけれども、こんどは、ゆっくりと聞いて、いったい、杏子がどういう気持でいるのか、たしかめてみたかった。

（しかし、それだって、所詮《しょせん》、ムダなことではなかろうか）

要するに、杏子をあきらめて、富士子と結婚したら、何も彼も、円満にゆくのである。ばかりか、物の見事に、桃子に打ちゃりを食わせてやることが出来るのだ。

三郎は、踵《きびす》を返した。しばらく行って、向うから、物思いに耽るようにして、こっちへ近づいてくる杏子の父親の林太郎に気がついた。昔は、もっと、元気な人であった筈なのに、今夜の林太郎は、別人のように沈んでいた。

三郎は、近寄って行っていった。

「しばらくでした。」

林太郎は、顔を上げて、

「ああ、君か。」

と、笑顔でいった。

「今時分に、お珍らしいんじゃアありませんか、こんなところをひとりで歩いてなさるなんて。」

「そう。今夜は、送別会があってね。」

「どなたか、転勤なさったんですか。」

「いや、わしのだよ。」

「あなたの？」

　三郎は、信じられぬようにいった。

「わしは、もう、停年が近いので、参事室勤務ということになったのだ。それで、前の課の連中が、新旧課長の歓送迎会をしてくれたんだよ。」

「そうでしたか。停年って、いつなんですか。」

「来年の二月。」

「すると、あと三カ月ですね。」

「そうなんだ。あと、三カ月で停年になるのだ。」

　そのいいかたは、まるで、自分の胸にいい聞かせているようであった。しかし、三郎は、たいして、気にもとめず、

「停年って、嫌なもんらしいですね。」

「実に……。」

「しかし、一方、ほっともされるでしょう?」

「そんなことはないよ。」

「でも、すまじき宮仕えから解放されるんですから。」

　林太郎は、苦笑しながら、

「三郎君。そういうことは、あとを遊んでいても暮せる君のような人間の考えることだよ。」

訣別の酒

一

「ひどいなア。」

「ちっとも、ひどくはないつもりだが。」

「おっしゃる意味は、よくわかるんですよ。しかし、これでも、僕は、僕なりに、一所懸命に働いているつもりですよ。」

「それは、認める。」

林太郎は、素直にいって、

「いい過ぎたかも知れぬ。気を悪くしないで貰いたい。」

と、詫びるようにいった。

そんな風にいわれると、却って、三郎の方が恐縮するのだった。彼は、さっきから、実は、杏子《きょうこ》を追ってここまで来たのだ、といおうとして、ためらっているのであった。しかし、それをいって、

「何んのために？」

と、聞かれたら困るのである。

「失敬。」

林太郎は、行きかけた。

「ちょっと。」

三郎は、呼びとめた。もっと、林太郎と話したくなったのである。思えば、この人とは、ゆっくり話したことが、殆んどないのだ。しかし、三郎は、林太郎が好きなのである。どこかに、風雪に堪《た》えて来たような風格がにじみ出ていて、惹《ひ》かれるものを感じていた。それに、今夜の林太郎は、送別会をして貰って来たせいか、何んとなく、淋しそうだ。それを、慰めてやりたかった。

かつて、三郎は、杏子から、一郎も、次郎も、娘婿でありながら、まるで、他人のような気がすると、林太郎がいっていると聞いた。もし、一郎や、次郎が、林太郎の理想とする庶民的なタイプの男であったら、こんな夜こそ、二人を訪ねて、心の淋しさを癒そうとしたかもわからない。

が、こうも、考えられる。林太郎は、人間とは、結局、孤独である、と割り切って、誰にもたよらずに、やっぱり、わが家へ足を向けたかも知れない、と。そして、そのわが家には、妻子が待っているのだ。

しかし、三郎は、林太郎のためによりも、自分のために、もっと、彼と話したくなっていた。

「何んだね。」

林太郎は、振り返った。

「今夜は、お急ぎですか。」

「いや。」

否定しておいてから、林太郎は、怪訝《けげん》そうに、

「どうしてだね。」

「もし、お差し支えなかったら、そこらで、ごいっしょにお酒でも飲みたい、と思ったんです。」

林太郎は、思いがけない顔をした。一郎も、次郎も、今までに、一度だって、こういうことをいってくれたことはないのだ。しかも、この三郎となら、気楽に飲めそうだ。

「いいね。」

林太郎の顔は、ほころんでいた。

「ぜひ。」

「行こう、三郎君。」

「ありがたい。」

これは、お世辞でなく、三郎の実感であった。

三郎は、バア「湖」に引っ返すことも考えた。しかし、あそこには、まだ、風間がいるかもわからないのである。そして、風間は、林太郎が杏子の父親だと知ったら、

「僕は、あなたのお嬢さんと結婚したい、と思っています。」

と、いうような、とんでもないことを口走らないとも限らない。

三郎は、あれこれと考えてから、そこから近い、腰掛の小料理屋を選んだ。

お酒がくると、

「どうぞ。」

三郎は、林太郎にお酌をして、

「さっきの停年のことなんですが、そのあと、遊んでいられないようにいっていられましたが。」

「そうなんだよ。」

林太郎は、ほろ苦く笑って、

「杏子をお嫁にやらねばならないし、楢雄《ならお》だって、まだ、高校生だ。とても、遊んでなんかいられないんだ。」

「で、そのアテがあるんですか。」

「ないんだよ。それで、実は、困っているんだ。」

林太郎は、会社で、経理課長から参事にされた経緯を話しておいて、

「会社では、いつ辞めても、停年までの月給をくれる、といってくれているんだが、肝腎の次の就職先が見つからないんだ。」

そういう林太郎を、三郎は、寧ろ、不思議そうに眺めて、

「そんなこと、ワケはないでしょう？　三原商事なら、いくらでも、お世話をする、と思うんですが。」

「君まで、そんなことをいうのか。」

林太郎は、口調を強くして、三郎を睨《にら》みつけた。何故、そういう目で見られねばならぬのかわからぬ三郎は、

「いけないんですか。」

「いけないにきまっている。」

「どうしてですか。」

「わしは、桃子の結婚のときにも、世間から、とやかく、いわれた。それが、梨子の結婚のときには、はじめから二度目の玉の輿を計画的に狙っていたように、しかも、もっと、露骨にいわれた。そのため、わしは、どんな嫌な思いをしたかわからない。」

「世間なんて、勝手なことをいうもんですよ。」

「そうなんだ。恐らく、わしだって、過去において、人のことでは、そういう無責任な放言をして来たかもわからない。だからといって、わしは、これ以上、世間から、とやかくいわれたくないのだ。」

「………」

「娘二人を、三原家に嫁《とつ》がせて、その上、わしまで、三原商事の世話になったら、それこそ、世間は、何んというかわからない。会社の社長からもそれをいわれて、わしは、絶対にそんなことはいたしませんと、はっきり、答えておいた。」

この林太郎なら、恐らく、それくらいのことはいうだろう。三郎は、林太郎の考え方が、偏狭に過ぎるように思わぬでもなかった。そのために、無用に苦しんでいるのだ。しかし、そこがまた、この林太郎のいいところでもあるのだ。

「さっきも、送別会の席上でいわれて、わしは、憤慨したのだよ。」

「何をですか。」

「玉の輿三重奏は、まだですか、とだ。」

いうまでもなく、それは、三郎と杏子の結婚を意味している。三郎は、飲みかけた酒をやめて、林太郎を見た。

「酒の上の冗談だとわかっていたが、わしは、つい、大声を出してしまったよ。」

「何んと？」

「わしは、そんなことを考えていないし、娘の杏子も、考えていない。現に、娘には、別に、好きな人が出来つつあるのだ。いらぬお節介は、やめて貰いたい、と。」

「そうですとも。」

いいながら、三郎は、絶望的になっていた。林太郎がこんなことを考えたり、いったりするようでは、自分と杏子の結婚は、とうてい、見込みがないのだ。

三郎は、桃子を思い出していた。かつては、出しゃばりめ、と憎んだのである。そう簡単に、世界制覇が出来るものか、とせせら笑いもした。が、その桃子は、近頃、すっかり、鳴りをひそめているようだ。すでにして、世界制覇をあきらめたのであろうか。とすれば、三郎として、残念の極み、ということになる。

（意気地なしめ）

桃子に、そういってやりたいくらいだった。

（もっと、世界制覇のために、頑張ってくれなくては困るじゃないか）

そうもいいたいのだ。

しかし、その言葉は、そのまま、彼自身へ投げる言葉でもあったろう。

「杏子は、君とは、結婚しない、といっている。」

「そうでしょうねえ。」

三郎の口調は、弱々しかった。

「君だって、勿論、そんな気はないね。」

「ありませんとも。」

「これで、わしも安心した。」

林太郎は、うまそうに酒を飲んだ。三郎も飲んだ。しかし、彼の酒は、いわば、杏子への訣別《けつべつ》の酒であった。

二

一時間ほどして、三郎は、林太郎と別れて、ひとりになった。

（よーし、こうなったら、今夜は、ヤケ酒を飲んでやるぞ）

三郎は、そう決心していた。

それにしても、さっき、林太郎が何んといおうが、その言葉を押し返して、

（僕に杏子さんをください）

と、いえばよかったのだ。

いや、男なら、いうべきであった。

（ああ、俺の男一匹も、ついに、どじょう一匹同然になってしまった）

泣きたくなっていた。男泣きとは、こういうときにこそ、なすべきでなかろうか。銀座八丁を、わアわアと泣きながら往復したいような、世にも哀れな心境になっていた。

いつか、また、バア「湖」の前へ来ていた。三郎は、引き入れられるように、中へ入って行った。

風間がまだいて、悠々と飲んでいた。

「よう、帰って来たか。」

「帰って来ました。悪かったですか。」

三郎は、ふてくされたようにいった。

「別に、悪くはないさ。」

「ウイスキイだ。ストレイトのダブルだ。」

「まア、どうなさったのよ。」

女給が、三郎の権幕《けんまく》に、心配そうに顔を寄せて来た。

「うるさい、黙れ。」

「おかしいわ、三原さん。」

「おかしかったら、笑いたまえ。」

「あッはッはッ。」

笑ったのは、女給ではなく、風間であった。腹をかかえて、笑っている。

「何が、おかしいんですか、風間さん。」

三郎は、つっかかるようにいった。

「別に、おかしくはないさ。」

「だったら、どうして、笑ったんですか。」

「君が、笑え、といったからさ。」

「僕はね、風間さん。」

「何んだね。」

「あんたに笑えとはいってませんよ。このひと。」

三郎は、女給の芳子を指さして、

「このひとに、おかしかったら笑え、といってるんですよ。」

「そうか、失敬。」

「そうですよ。」

が、その三郎の言葉の終り切らぬうちに、また、風間は、大声で笑い出した。芳子は、ハラハラしていた。三郎のようすからして、男同志の喧嘩になるのではないか、と恐れていたのである。

しかし、三郎は、もう、憤ろうとはしなかった。ウイスキイをストレイトで、ぐっと、咽喉へ流し込むと、

「おかわりだ。」

「大丈夫?」

「大丈夫だ。今夜は、思い切り、飲んでやる。そのかわり、勘定は、そこにいる風間さんに

つけとけ。」

「よろしい、引受けた。」

「ちぇッ。」

三郎は、舌打ちをして、

「やっぱり、俺の勘定にしておいてくれ。」

「その方が、たすかる。」

三郎は、次のウイスキイも、いっきに飲みほした。酔いが、急速に、まわってゆくようであった。酔った眼に、目の前で、心配そうに見ている芳子の顔が、杏子に見えて来た。ハッとして、まばたくと、元の芳子に戻った。しかし、どこか、杏子に似ているのである。今まで、どうして、それに気がつかなかったのだろうか。

「おかわりだ。」

「もう、いけません。」

「何を。」

三郎は、芳子を睨みつけておいて、

「この家は、酒を売るのが商売だろう?」

「その通り。」

横から風間がいって、

「芳ちゃん、もう一杯、飲ましてやりなよ。三原三郎は、今夜、失恋したらしいんだ。」

「まア、失恋を?」

「そうだ、俺は、失恋したんだ。」

「泣くのか。」

「泣きませんよ。泣いたって、どうにもなるものでなし。芳ちゃん。」

「はい。」

「今夜、俺と浮気をしないか。」

「本気？」

芳子は、三郎の顔を覗き込むようにした。前から、この三郎が好きだったのである。今までに、それとなく、その素振りを見せたりして来たのだが、一向に察してくれなかったのである。結婚しようなどとは、すこしも、思っていなかった。しかし、せっかく、女給商売をしているのである。そういうチャンスに恵まれたい、と思っていた。

「勿論、本気だ。」

「嬉しい。」

そういう芳子の顔が、ますます、杏子に似てくるのである。

「誰に、失恋なさったの？」

「そんなこと、君に、関係のないことだ。」

「でも、大島富士子さんに叱られるんじゃない？」

「叱られたっていいじゃないか。」

三郎は、本当に、そういう気持になっていた。杏子と結婚出来るのなら、あくまで、品行方正を通す。しかし、大島富士子と結婚するのなら、そんな必要がないのである。

（いや、俺は、富士子さんとも、結婚なんかしない）

三郎は、酔った頭の中で、そうと決めていた。そして、今夜は、この杏子に似た芳子と一夜を過すのだ。その結果は、どうなるか。どうなったって、かまうものか。要するに、杏子とは、結婚出来ないのだから。

「じゃあ、今夜、いっしょに帰ってくれる？」

芳子は、声をひそめるようにしていった。本気になって来たのだ。

「いいとも。」

とたんに、また、風間は、大声で笑い出した。

三

三郎は、きっとなっていった。

「いったい、どうして、そう笑うのですか。」

「憤ったのか。」

「憤ってもいいですよ。」

「まア、よしておけ。こう見えても、俺は、紳士の中の紳士だ。」

「紳士の中の紳士？」

三郎は、どこかで、聞いたような言葉だ、と思った。

「そうさ。昔、君が、僕のことを、杏子さんにいったんだろ？　紳士の中の紳士だ、と。」

「思い出しました。しかし、彼女が、あなたに、そんなことまで、いったんですか。」

「いったね。そして、君のことを不良的紳士だ、とも。」

三郎は、黙り込んだ。杏子が、そんなことをいうようでは、いよいよ、見込みがない、とあきらめるべきであろう。

「そう、僕は、不良ですよ。ただし、紳士ではありません、今夜から。」

「すると、今夜は、不良の開店日か。おめでとう。」

風間は、そういうと、ビールのグラスを眼の高さにあげた。

「よろしい、乾盃しましょう。」

三郎は、またしても、ウイスキイを飲んだ。もう、無茶苦茶であった。

「しかし、風間さん。」

「何んだね。」

「いっときますが、彼女には、会社に恋人があるんですよ。」

「ほほう、そうかね。」

「それも、二人。」

「かまわぬ。」

「それから、大島武久も、彼女が好きなんです。」

「あれほどの女性なら、当然だろうな。そして、君は？」

「僕ですか？」

「そう、三原三郎は？」

「三原三郎は、今夜、あきらめました。」

「すると、さっき、彼女に会って、引導をわたされて来たのか。」

「違います。彼女のお父さんに会っただけです。」

「それで?」

「脈がない、とわかったのです。」

「グッド・ニュウスだ。」

「だから、風間さん、しっかりしてくださいよ。」

「まかせておいて貰おうじゃないか。」

そういって、風間は、また、うまそうに、ビールを飲んだ。

「そうだ。」

三郎は、思い出したように、

「風間さんに、お願いがあるんです。」

「彼女を譲《ゆず》れ、ということでなかったら、引受けていい。」

「風間さんの会社に、嘱託がいりませんか。」

「嘱託?」

「そう、五十五歳で、会社を停年で辞める人です。経理事務に精通していて、人物は、僕が百パーセント保証します。」

「そんな人は、いらんなア。」

「そこを何んとか。」

「いったい、それは、誰だ。」

「彼女のお父さんなんです。」

「彼女の？」

風間は、すこし、真面目な顔になった。

「彼女のお父さんなら、三原商事で世話をすればいいじゃないか。」

「僕も、そういったんですが、三原商事では、娘が二人も、三原家に嫁いでいるから、男子の面目にかけても嫌だ、というんです。」

「だったら、大島商事でお世話してあげろよ。」

「僕も、それを考えたんです。が、僕は、これ以上、大島商事の恩を受けたくないんです。もっとも、他になければ、考えてみますが。」

「そうか。」

風間は、考え込んだ。

「お願いします。」

「しかし、君は、どうして、そんなに一所懸命になるのだ。彼女のお父さんから、彼女のことについて、脈がない、といわれて来たんだろう？」

「いわれたのではなく、そうと感じたんです。」

「何れにしても、いっしょだ。」

「しかし、僕は、あのひとが好きなんです。ちょっとした古武士の面影があるんです。」

「………」

「もし、彼女のお父さんを、風間さんの会社の嘱託として世話してあげたら、あなたの条件が、絶対に有利になりますよ。」

「何、もう一度、いってみろ。」

「だって、そうでしょう?」

その言葉の終り切らぬうちに、風間は、

「バカ野郎ッ。」

と、大声でいって、グラスのビールを、三郎の頭からぶっかけた。

酔い過ぎている三郎には、それが避けられなかった。ビールびたしになって、

「何をするんですか。」

と、立ち上っていた。

風間も立ち上っていた。芳子が、狼狽《ろうばい》しながら、

「ダメよ。いけないわ、喧嘩なんかしては。」

その声に、客も女給も、二人の方を見た。しかし、二人は、向い合ったまま、取っ組み合おうとはしなかった。

「俺を、そんなケチな男だ、と思っているのか。」

「…………」

「これでも、紳士の中の紳士だぞ。」

いうと、風間は、くるりと踵《きびす》を返して、しっかりした足どりで出て行った。

花を売る男

一

完全に、三郎の敗北であった。彼は、自分でそれを認めた。同時に、風間を見直していたのである。

(風間さんなら、杏子《きようこ》をやってもいい)

三郎は、酔いのために、モウロウとする頭の中で、それを思っていた。しかし、そう思うすぐあとから、杏子への未練が、むくむくと頭を持ちあげてくるのであった。

芳子は、タオルで、三郎の濡れた顔や洋服を、甲斐甲斐しく拭いている。三郎は、されるにまかせながら、目前の芳子のことよりも、遠い杏子のことを切なく思っていた。

「はい。もう、いいわ。」

「ありがとう。」

「今夜の風間さん、どうか、していらっしゃったのね。」

「いや、どうかしていたのは、俺の方だ。帰るよ。」

「あら。」

「何?」

「だって……。」

芳子は、怨めしそうに三郎を見て、

「いっしょに帰るのではなかったの？」

「ああ、そうだったな。」

三郎は、あらためて、芳子を見た。彼女の顔には、羞じらいと不安が現われていた。すっかり、三郎といっしょに帰る気になっていて、そのための羞じらいであり、不安であるに違いなかった。

（今夜、この女といっしょに過したら、俺は、杏子と結婚する資格を失うことになるのだ）

それでもいいではないか。すでに、杏子との結婚は、あきらめた筈である。その未練を断ち切るためにも、このどこか杏子の面影をうつしている芳子と一夜を過してしまえばいいのだ。それが、どんなに辛く悲しいことであっても……。

「いっしょに帰ろう。」

「嬉しいわ。」

「すぐ、出れるのか。」

「あと、十五分ぐらいしないと。」

「待っている。」

「ここで？」

「いや、外で。そこの角にいる。」

「きっとよ。気が変ったりしたら嫌よ。」

「変るもんか。」

いい捨てて、三郎は、外へ出た。

そこらに、バア帰りの客や女たちが、いっぱい、歩いていた。その人波の中に立ちながら、三郎は、何んともいえないような空《むな》しさを感じていた。冬の夜空には、星がいっぱい出ていた。その星の一つ一つが、彼の方を見つめているようであった。

「おじさん、花を買って。」

花売娘が寄って来ていった。

「よし、買ってやろう。」

花売娘は、セロファンに包んだ一束の花を差し出した。

「一つではなく、みんな、買ってやる。」

「まア、みんな？」

花売娘は、信じられぬように三郎を見た。

「そうだ。みんなだ。いくつある？」

「五つよ。」

「さア、五百円。」

三郎は、花売娘から、色とりどりの五束の花を受取った。それを見て、別の花売娘が二人、近寄って来た。

「おじさん、あたしのも買ってよ。」

「いくつあるんだ。」

「四つ。」

「あたしは、六つ。」

「両方で千円だな。買ってやろう。」

「わア、嬉しいわ。」

三郎は、十五の花束を、両腕で抱くようにして持った。花の匂いがしてくる。彼は、花の中に、顔を埋めるようにして、そのむせるような匂いを嗅ぎ取っていた。泣きたくなっていた。そんな彼の姿は、誰の眼にも異常だった。酔っぱらっているのだと、笑って行く人もあった。たしかに、三郎は、酔いすぎていた。しかし、すこしも酔っていないのだともいえそうであった。

「おい、どうしたのだ。」

見ると、大島武久《たけひさ》であった。

「花を売っているのだ。」

「おかしいぞ。」

「ちっとも、おかしくはない。一つ、百円だ。買ってくれ。」

三郎は、武久の方へ、花を出した。

「花は、いらん。」

「ケチケチするなよ。」

「ケチケチなんかしていない。」

「だったら買えよ。友達甲斐に買え。俺は、今夜、この花を全部売るまでは、ここから動かないのだ。」

「では、全部、買う。」

「全部は売らぬ。一人に一つだ。」

「帰ろう。」

「嫌だ。」

「何か、あったのか。」

「あった。」

「それを聞こう。」

「君にいっとく。杏子に強敵があらわれた。」

「強敵？」

「知ってるだろう、次郎兄貴のクラスメートの風間さん。」

「あの風間さんが、杏子さんを好きになったのか。」

「そうだ。結婚の申し込みをしたらしい。」

「それで？」

「それだけだ。杏子は、何んと答えたか、俺は、知らぬ。」

「ふーむ。」

武久は、じいっと、三郎の顔を見つめながら、

「君は、俺のことを、杏子さんにいってくれたのか。」

「いった。」

「で？」

「好きになれるかどうかわからない、だと。だから、あとは、君の腕次第だよ。」

「すると、俺は、どうしたらいいのだ。」

「だから、君の腕次第だよ。呼び出して、話してみるんだな。」

「そのとき、君は、いっしょに行ってくれるのか。」

「もう、僕の出る幕ではないのだ。」

「前から、君に聞いておこう、と思っていたのだが。」

「何んのことだ。」

「君は、杏子さんを好きなんだろう？」

三郎は、ギョッとしたらしいのだが、否定も肯定もしなかった。

「それで、富士子との結婚を渋っているんだろう？」

「かも知れぬ。」

「はっきり、いってくれ。その方が、俺としても、都合がいいのだ。」

「では、いう。」

三郎は、唇を嚙み緊めるようにしていたが、やがて、決心がついたらしく、

「君のいう通りなのだ。」

「やっぱり、そうだったのか。」

「しかし、俺は、杏子とは結婚しない。そのかわり、富士子さんとも結婚しない。」

「何故？」

「そんなことは、どうでもいいじゃアないか。要するに、俺は、当分、誰とも結婚しないんだから。もし、それでいけないんなら、俺は、大島商事を辞める。」

「バカなことをいうな。問題は、あくまで、別だよ。」

「別でもかまわぬ。この花を一つ、買ってくれ。百円なのだ。」

「とにかく、今夜は、帰ろう。そして、俺んとこで泊れ。」

「嫌だ。放っといてくれ。それより、花を買ってくれ。その方が、有難いのだ。」

そのとき、三郎の目の前に、女の手が出て、

「あたしが買ってあげるわ。」

「しめた。どうも、有難う。」

「ほッほッほ。」

女は、おかしそうに笑った。三郎は、はじめて、女の顔を見た。

「あッ、君は？」

「そうよ、向島のぽん吉さん。」

ぽん吉は、お座敷着のままでいた。客に連れられて、銀座へ出て来たのであろう。

「その節は。」

三郎は、ピョコンと頭を下げた。

「その節はって挨拶がありますか。あんときは、よくも、邪魔をしてくれたわね。」

「まア、あしからず。」

「それだけで、すます気なの？」

「では、この花を全部、君に進呈しよう。」

三郎は、ぽん吉の方へ、花を押しつけた。

「一つでいいわよ。」

「遠慮したもうな、遠出料のかわりだ。」

「はばかりながら、遠出料は、ちゃんと貰いましたからね。そんな間抜けのぽん吉さんじゃアないわ。」

「兄貴から？」

「そうよ。電話で脅《おど》かしてやったら、五万円でカンベンしてくれといって、小切手で送って来たわ。」

「随分、儲けたじゃないか。」

「何をいってんのさ。たった五万円。あたしは、十万円のつもりだったのよ。」

「だから、この花を。」

「一つでいいったら。そのかわり、今夜、これから、あたしとつき合いなさい。可愛がってあげる。あんたの方が、お兄さんより、たのもしそうだわ。」

「ごめんだよ。」

「あたしが恐いの？」

「ああ、恐いよ。」

押問答をしているうちに、十五の花束は、二人の胸の間からすべり落ち、地上に散乱してしまった。

久に、

「ダメよ。」

追っかけてくるぽん吉の手を振り払って、三郎は、さっきから、あっけにとられている武
「君、花は売れたから失敬する。」

と、いいながら、大股で歩いて行ってしまった。

「俺は、帰る。」


三郎は、タクシーを拾った。そして、タクシーが動き出してから、芳子との約束を思い出した。すっかり、忘れていたのだ。あるいは、芳子は、三郎と武久との、そして、ぽん吉とのやりとりを見ていたのではなかろうか。見ながら、自分の姿を現わすのを遠慮していたのかもわからない。そういう女なのだ。三郎は、悪いことをしたような気がしていた。といって、今更、引っ返す気にもなれなかった。結局、彼の思いは、かなわぬとわかりつつ、杏子を追っているのであった。

二

「あなた、杏子の前に、しばらく秘書をしていた宇野さんは、今、何課ですの?」

夕食が終って、夫婦が二人っきりになったところで、桃子が一郎にいった。

「総務だよ。」

「では、もう一人、野内さんて、いるんでしょう?」

「営業だよ。」

「どちらも、優秀？」

「優秀な方だ。まア、二人とも、若手のホープだろうな。」

そこまでいって、一郎は、桃子が、何をいい出すのだろうか、と思った。桃子が、宇野の名を知っているのは当然として、野内を知っているのは、腑《ふ》に落ちなかった。

「どうして、そういうことを聞くんだね。」

「ちょっと……。」

桃子は、アイマイに答えておいてから、

「そういう優秀な社員なら、大阪支店へでもやって、将来のために、今のうちに苦労をさせておいたら？」

「そりゃアそうだが、今のところは、そんなことを考えていない。」

「だったら、考えてください。それも、大至急に。」

「大至急に？」

「はい。」

「何故？」

「三原商事、並に、三原家のためにですわ。」

「三原商事のためにというのは、わからんでもないが、三原家にとって、あの二人は、何んの関係もないではないか。」

「それが、このまま、放っておくと、関係があるようになるのです。」

「どうしてだね。」

「まだ、おわかりになりません？」

まだ、というい方が、一郎の癪にさわった。ときどき、桃子は、このように、自分を一段高いところに置いたようないいかたをする。思えば、鬼怒川の誓いをかわした頃は、何んと、純情可憐であったことよ。しかし、今は、でんと坐り込んで、いい出したらテコでも動かぬ尻の重さである。

「ああ、わかりませんよ。」

「杏子のことよ。」

「杏子さんが、どうかしたのか。」

「あの娘《こ》、一所懸命に働いています？」

「申し分がない。」

「流石《さすが》に、あたしの妹でしょう？」

一郎は、苦笑した。杏子と雖も、結婚してしまったら、やっぱり、この桃子のような女にならんとも限らないのである。すでにして、次郎と結婚した梨子にも、その傾向があらわれている。

昨日も、次郎が、会社でいったのである。

「僕は、とうとう、子供をつくることにしましたよ。」

「バカだな。まだ、早いよ。あと一、二年は、ゆっくり、新婚気分を味わった方がいい。俺なんか、それで、いまだに損をしたように思っている。」

「僕だって、そのつもりでいたんですよ。だのに、梨子が、どうしても、子供が産みたい、というんです。」

「ダメだ、といえばいいじゃァないか。」

「勿論、いいましたよ。そうしたら、毎晩、あなたの赤ちゃんを産ませて、というんです。」

「お前、兄貴の前で、のろけているのか。」

「いえ、事実をいっているんですよ。」

「あなたの赤ちゃんを産ませて、だって？」

「そう。ちょっとした殺し文句でしょう？」

「待てよ。その言葉、昔、俺は、桃子からいわれたような気がする。」

「すると、偶然の一致でしょうか。そこは、姉妹ですからね。」

「かも知れぬ。しかし、桃子が、梨子さんに、そういう入智恵《いれぢえ》をしたのかも……。」

「なるほど。」

次郎は、思い当るような顔をした。

「で、お前は、うんといったのか。」

「いやとはいえませんよ。毎晩、そのようにいわれては。」

「だらしがない奴だ。」

「その点、兄貴に似ているんです。」

「よけいな口を利くな。しかし、そうなると、俺は、三郎に希望を託するな。せめて、三郎には、暴君的な亭主になって貰って、われわれの女房どもの見せしめとしてやりたいんだ。」

「同感ですよ。しかし、お嫂《ねえ》さんがいってらしった三郎と杏子さんの結婚は、どうなったんですか。」

「その後、桃子は、何んにもいわぬから、あきらめたんだろう。」

「あの嫂さん、そんなに簡単に、あきらめますかな。」

「しかし、本人同志にその気持がないとすれば、いくら、桃子でも、どうにもならんじゃアないか。」

「そりゃアそうです。が、三郎には、何んとか、一日も早く、三原商事に戻って貰いたいですね。」

「そうなんだ。」

「一度、呼びつけて、おっしゃったら？」

「考えてみよう。」

が、一郎は、この前、鬼怒川の帰りの電車の中で、三郎に、そのことをいったのである。しかし、三郎は、はっきりと、三原商事に戻る意志のないことを、表明した。そうなると、いくら兄貴でも、そこまでの強制は出来ないし、また、そういう強制にへこたれるような三郎ではないことは、わかり過ぎるほどわかっていた。それに、浮気未遂という弱味もあって、一郎としては、あの際、どうしても、強いことはいえなかった。したがって、杏子の問題にも触れないですませてしまったのである。

三

「実は、杏子を、その宇野さんと野内さんが狙っているんですよ。」

「本当かね。」

　一郎は、信じられぬようにいった。しかし、杏子ほどの美しさなら、そういうことがあっても、おかしくはないような気がしていた。

「本当ですわ。お気づきになっていません？」

「知らんよ。社長たる者が、いちいち、社員の恋愛に関心を持っていられるものか。」

「あなた、そんなのん気なことをいっていていいんですか。」

「のん気？」

「これはほかのこととは、違うんですよ。もし、杏子が、宇野さんか野内さんと結婚する気になったら、どうしますか。」

「いいじゃアないか。本人同志が好きなのなら、僕は、社長として、寧ろ、それを祝福してやりたいくらいだ。」

「まア、あきれた。」

「何を、そんなにあきれているのか知れないが、僕は、そう思っている。恋愛は、あくまで、個人の自由だからね。」

「そんなこと、あたしは、あなたにいわれなくてもわかっています。だけど、よく、考えてみて頂戴。杏子は、三郎さんと結婚すべき娘ですよ。」

「君は、まだ、そんなことをいっているのか。」

「まだって、あなたは、もう、お忘れになったのですか、この前、杏子と三郎さんを結婚させた方が、本人同志のためにも、三原家、そして、三原商事のためにも、いちばん、いいことだ、という結論になったことを。」

「覚えているさ。」

「だったら、その結論に向って、あくまで、努力すべきですわ。」

「いったい、どうしろ、というのだ。」

一郎は、面倒臭そうにいった。

「宇野さんと野内さんを、どっかへ、転勤させてしまうのです。」

「冗談じゃアない。」

「いいえ、冗談ではありません。あたしは、これでも、いろいろと考えたあげく、そうした方がいちばんいい、と思ったからこそ申し上げてるんですよ。」

「しかし、僕は、そういう人事には、社長として、あくまで、反対する。」

「では、申し上げますよ。」

桃子は、膝をすすめて来た。そろそろ、顔色が変りかけていた。どうしても、自分の主張を通すのだという強い意慾に、瞳の色が、底光りしはじめていた。

「あたしは、これでも、社長夫人ですよ。」

「わかってるよ、そんなことは。そうだ、三年も前からね。」

「梨子は、専務取締役夫人ですよ。」

「らしいね。」

「まア、らしいですって。」

「いや、そうだよ。」

一郎は、皮肉をまじえて、やけくそのようにいった。すでにして、彼は、結局は、桃子の主張に負けるだろう自分を予感して、

（この悪妻め！）

と、心の中で、叫んでいた。

こうなると、この前、ぽん吉と浮気未遂に終ったことが、かえすがえすも残念に思われてくる。しかし、そのぽん吉には、遠出料五万円を巻き上げられているのだ。何んとも、口惜しいことだらけである。

「もし、杏子が、平社員である宇野さんか、野内さんと結婚したら、どういうことになりますか。」

「どうにもならんさ。そのままでいいじゃアないか。」

「そうはまいりません。第一、あたしが嫌です。」

「何故？」

「あたしは、平社員と親戚づき合いをしたくありません。」

「バカッ。」

とうとう、一郎は、呶鳴りつけた。

「バカですって。」

「そうさ。あんまり、思い上るな、といってるんだ。」

「あたしは、思い上ってはいません。三郎さんと杏子を結婚させたいからです。そのためには、杏子を狙ったりするような人に、しばらくの間だけ、地方へ転勤していただくのです。

それだけの話です。何んでもないことじゃァありませんか。」

桃子夫人は、まくし立てた。

瘦せ我慢

一

「すると、どうしても、あたしと結婚してくださいませんのね。」

大島富士子がいった。女の口から、こういうことをいうまでに、彼女は、二晩も考え通したのであった。その上で、直接、三郎に会ってみよう、と決心したのである。

一昨日、富士子は、兄の武久にいわれたのだった。

「お前、三原三郎のことは、あきらめた方がいいぞ。」

「嫌よ。」

富士子は、言下に答えた。

「しかし、彼には、お前と結婚する気がないんだ。」

「あたし、そんなこと、信じられないわ。」

「信じられなくても、彼が、そういっているのだ。」

富士子は、真っ青になっていた。しかし、近頃、何んとなく、彼の気持が、自分からはなれているらしいとは、感じていたのである。以前には、一週間に一度は、夕食を共にしたり、映画を見に行ったりしていた。が、ここしばらくは、そういうチャンスがなかった。富士子から電話をしても、

「今夜は、ちょっと、都合が悪いんですよ。」

と、いうような返辞ばかりであったのである。

そのつど、富士子の胸に、一抹の不安がよぎった。が、彼女は、その不安を消そうとして来たのである。はっきり、三郎と婚約したのではなかった。しかし、父も母も、そして、兄も、そのつもりでいた。勿論、富士子は、誰よりも、それを希望していたのである。彼女の未来の夢は、すべて、三郎との結婚の上に描かれていた。

三郎の方でも、彼女の心を知っている筈だった。だけでなしに、その気になってくれていたようなのである。富士子は、そう信じていた。

「だから、辛いだろうけど、あきらめろ。」

武久は、痛ましそうにいった。

「いいえ、あたし、あきらめられないわ。」

「だって、彼に、その気がなければ、しようがないじゃないか。これ以上、彼を追っかけるのは、自分をみじめにするだけだ。」

だとしたら、たしかに、みじめ過ぎる。富士子は、泣き出したくなっていた。そのとき、彼女の頭の中に、野々宮杏子《きょうこ》の顔が浮かんで来た。

（もしかしたら？）

富士子は、胸をドキンとさせた。思えば、三郎が、彼女に、何んとなく、よそよそしくなったのは、あの杏子を、銀座のバアで見た頃からでなかったろうか。そして、杏子の姉二人は、三郎の兄二人と、それぞれ、結婚しているのである。しかし、三郎は、杏子との結婚について、桃子のこともいって、はっきり、否定していた。

「じゃア、三原さんは、誰か、ほかのひとがお好きになりましたの？」

「それが、そうでもないらしいのだ。」

武久は、すでに、三郎の心を知っていた。が、それをいうのは、はばかられた。これ以上、富士子を苦しめたくなかった。

「あの杏子さんでは？」

「俺も、それを考えた。だから、いったのだ、君は、杏子さんと結婚するのではないか、と。」

しかし、杏子の名を口にするとき、武久の顔も亦、苦しそうであった。

「ところが、違うというんだよ。」

「いいえ、そんなこと、嘘だわ。」

富士子は、思わず、ヒステリックな声を出してしまった。彼は、そんな妹を、不安そうに眺めて、

「おい、落ちつけよ。」

「落ちついてるわ。」

「彼は、杏子さんとも結婚しない。そして、お前とも結婚しない、というのだ。」

「では、誰と結婚なさるのよ。」

富士子は、まるで、つっかかるようにいった。

「当分、誰とも結婚しない、と。」

「あたし、そんなこと、詭弁《きべん》だと思うわ。それこそ、三郎さんが、杏子さんを愛していらっしゃる証拠だと思うわ。」

「あるいは、かも知れぬ。」

武久は、深刻にいって、

「だから、彼のことは、あきらめろ。」

「嫌です。あたしは、あきらめません。」

富士子は、杏子なんかに負けてなるものか、と思った。しかし、寝床に入ってから、その昂奮が鎮《しず》まってくると、ただただ、泣けてくるのであった。彼女にとって、三郎以外の男性との結婚は、とうてい、考えられなくなっていた。どんなに三郎を愛していたかが、胸をえぐられるようにわかってくるのであった。

富士子は、二日間、ロクに食事をしなかった。自分の部屋に、こもり切っていた。両親は、そんな娘を、ただ心配そうに眺めていた。いたわりの言葉も、この際は、却って、無用のことと、思っているようであった。

富士子は、その二日間で、げっそり、痩《や》せてしまった。その痩せて、青白い顔で、今、三郎と向い合っているのであった。どうしても、本人の口から、直接に聞かないと、納得が出来なかった。その結果、よりみじめなことになろうとも、それは仕方がない、と覚悟をきめていた。

会社の近くの喫茶店から三郎に電話をすると、彼は、ギクッとしたらしいのだが、

「すぐ、お伺いします。」

と、答えたのである。

三郎は、富士子を一眼見て、その変りようにおどろいた。しかし、彼自身にとっても、この二日間は、絶望そのものであったのである。そのことが、三郎の風貌にも現われていた。

三郎は、富士子の言葉を聞きながら、この上流家庭に何んの苦労も知らずに育った娘が、こんなにも、自分の心を裸にして迫ってくるとは、思いがけなかった。切々と響いてくるのである。

(こんなにも愛されていたのか)

男冥利《みょうり》につきる、といっていいかもわからない。しかし、同時に思った。

(俺も亦、このように、杏子を愛しているのだ)

こんな心で、富士子と結婚することは、悪徳である。その悪徳を、富士子は、許す、といってくれているのだ。が、たとえ、許されても、彼としては、それは、堪え難いことであった。

「ねえ、はっきり、おっしゃって。」

「申し上げます。僕には、あなたと結婚する意志がありません。」

「こんなにお願いしても？」

「僕には、その値打ちがないのです。」

「そう……。」

　富士子の全身から、すべての力が脱けていったようであった。彼女は、しばらく、あらぬ方を見ていたが、やがて、視線を三郎に戻して、

「いいわ。もう、お願いしません。」

「お詫びします。」

「お詫びですって？」

　富士子は、キッとなっていった。

「僕が、悪かったのです。」

「いったい、何が、悪かった、とおっしゃいますの？」

　三郎は、返答に窮した。

「ねえ、何が、そんなに悪かった、とおっしゃいますの？」

　富士子の口調に、皮肉がまじっていた。唇許にも、薄ら笑みが漂うていた。何か、鋭く、敵意がこもったことをいおうとしているらしかった。三郎は、こうなったら、どんな罵言をも甘受しよう、と思っていた。しかし、富士子は、途中から、思い直したらしく、

「もう、いいの。」

　三郎は、ホッとした。しかし、思い切り罵られた方が、却って、気がラクであったかもわからないのである。

「すると、やっぱり、杏子さんと結婚なさいますのね。」

「違います。」

「ほッほッほ。あたしをメクラだと思ってらっしゃいますの？」

「メクラ？」

富士子は、立ち上がっていた。そして、三郎を見おろすようにして、

「あたし、恐らく、今後、あなたとは、お目にかからないと思いますわ。だから、最後に、ご忠告を一つ、差し上げますわ。」

「……………」

「あたしの求婚を拒否なさったのは、ご立派でしたわ。が、これ以上、痩せ我慢を張るのはおよし遊ばせ。」

そういうと、富士子は、後をも見ずに、その喫茶店から出て行ってしまった。

三郎は、打ちのめされた男のように、うなだれていた。

（痩せ我慢……）

たしかに、そうなのだ。

（しかし、杏子にも、そして、杏子の父親にも、その気がないとしたら、どうにも、仕方がないではないか）

三郎は、自分に弁解するようにいって、のろのろと立ち上った。そして、そういう自分が、意気地のない男の見本のように思われて残念だった。残念というよりも、自分で自分を軽蔑したくなっていた。

（こんなに好きなのだ）

だとしたら、杏子が何んといおうと、彼女の父親が何んといおうと、強引に、引っさらっ

てしまえばいいのである。しかし、思うだけで、三郎には、その勇気がなかった。三郎は、会社の方へ戻りながら、そろそろ、大島商事を辞めるべきときが来たような気がしていた。

が、そのあと、どうするか。三原商事へ戻る気はなかった。

(風間さんにでも、頼んでみようか)

その風間から、まだ、林太郎の就職のことについて、何もいって来ていなかった。

二

大島富士子は、蹴るようにして歩いていた。そういう歩きかたをしないことには、涙が溢れて来そうなのである。いっそう、このまま、どこか遠くの山の中にでも行って、たったひとりで過したかった。そこで、思い切り、声を上げて泣くのである。泣いて泣いて、泣き明かしたら、すこしは、この心が鎮まるのではなかろうか。

今日は、父の顔も、兄の顔も見たくなかった。見られたくもなかった。

(そうだわ。このまま、行こう)

富士子の決心はついた。あらかじめ、そのことを、父か母に諒解《りようかい》を得ておくべきなのである。しかし、いえば、許されないだろう。許されても、母が、いっしょに行く、といいそうだ。それでは、せっかく、山の中に行く意味がなくなる。

富士子は、黙って行くことにきめた。旅行用具は、何んにも持っていない。しかし、向うへ行けば、何んとかなるに違いはないのである。そして、向うへ行ってから、家へ、電報を打つなり、電話をすればいいのである。富士子は、そうときめて、東京駅へ足先を向けた。

しかし、彼女は、その前に、杏子に会っておこう、と思った。杏子に会って、一言の怨みと皮肉をいってやりたかった。

富士子は、三原商事の受付に立った。

「秘書の野々宮杏子さんにお目にかかりたいんですが。」

「あなたさまは？」

「大島富士子です。」

受付は、電話で、杏子に連絡した。やがて、富士子は、応接室へ案内された。

富士子は、杏子の現われるのを待ちながら、自分の昂奮が、まだ、鎮まっていないことを知った。こんなことではいけないのだ。富士子の立場は、明らかに敗者であった。しかし、敗者の態度で杏子に会うことは、彼女の自尊心が許さなかった。あくまで、勝敗を越えた態度で、杏子に対したかった。

五分ぐらい待たされたであろうか。

杏子が入って来た。

「まア、しばらくでございました。」

杏子は、何んの他意もないようにいったが、富士子の来訪を、いぶかっているのであった。

「突然に、お邪魔をしまして。」

富士子は、にこやかにいった。

「いいえ、どうぞ、おかけになって。」

「ありがとう。その後、お元気？」

「はい、お陰さまで。」

「早速ですけど。」

そういって、富士子は、杏子の顔を、じいっと見つめた。杏子は、不安そうに、富士子を見返していた。

「あたし、三原さんとは、結婚しないことにいたしましたから。」

富士子は、いっきにいった。

「えッ？」

杏子は、信じられぬように、富士子を見つめた。

「ご安心なさったでしょう？」

「いいえ。だって、あたしには、何んの関係もないことですわ。」

杏子は、口調をはっきりさせながらいった。それにしても、富士子が、どうして、わざわざ、こんなことをいいに来たのかわからなかった。何か、油断がならないような気がしていた。

しかし、杏子は、一方で、

（三郎さんは、富士子さんと結婚しないのだ！）

と、その胸の中を、嵐のように動揺させていた。

「ほんとうに？」

「はい。あたし、このところ、三郎さんとは、ちっとも会っていませんし。」

「でも、お好きなんでしょう？」

「いいえ。」

頭を横に振っておいてから、杏子は、

「だけど、どうして、大島さんは、三郎さんと結婚なさいませんの？」

「お互に話し合った上ですわ。」

「だって、今まで、相思相愛でいらっしたんでしょう？」

「ほっほっほ。それが、そうでないことがわかったのよ。だとしたら、結婚しない方がいいにきまってるでしょう？」

「それで、三郎さんが、賛成なさいましたの？」

「賛成するもしないも、三原さんから、いい出したことですのよ。」

「あたし、そんなこと、信じられませんわ。」

「ですけど、厳然たる事実ですから。」

杏子には、もう、何んといっていいか、わからないのである。

「あなた、三原さんと、ご結婚なさったら？」

杏子は、胸をどきっとさせた。

「あたし、そんなこと、考えたこともありません。」

「でも、三原さんの方は、そのつもりでしてよ。」

「そんな筈がありませんわ。三原さんは、あなたと。」

「その婚約を解消したんですよ、あなたのために。」

「あたしのためにですって？」

「だから、お礼をいって頂戴。」

「三郎さんが、あたしと結婚するとでもおっしゃったのでしょうか。」

「いいえ。」

せっかく、喜びに沸騰《ふっとう》しかけた杏子の心は、富士子の一言で、たちまち、冷えてしまった。

「三原さんは、誰とも結婚しない、といってるんですよ。」

「だったら、やっぱり、あたしとは無関係ですわ。」

「いいえ、三原さんは、痩せ我慢を張っているのよ。」

「まア、痩せ我慢ですって？」

「そして、あなたも。」

「あたしが？」

「そうよ、あたしには、わかるの。」

「あたし、痩せ我慢なんか、張ってませんわ。」

「そういうようにおっしゃることが、痩せ我慢である何よりの証拠なんですよ。好きなら好きと、はっきり、おっしゃったらどうですの？」

「………」

「人間は、痩せ我慢を張っていては、決して、幸せになれませんわ。」

しかし、富士子は、自分は、痩せ我慢を張らずに、恥を忍んで三郎に哀願したけれども、ついに、幸福にはなれなかった、と思い出していた。唇を噛み緊めたくなっていた。が、そ

ういう思いに堪えながら、

「あたしは、今後、あなたとはお目にかからないと思います。だから、これが、せめてものご忠告ですわ。」

富士子は、立ち上った。そして、呆然としている杏子を尻目に、さっさと出て行ってしまった。

三

杏子は、秘書室へ戻った。

（痩せ我慢……）

富士子のいった言葉が、頭の中に、こびりついていた。

（あたしは、痩せ我慢を張っているのだろうか）

杏子には、否定出来ないような気がしていた。しかし、だからといって、三郎が、自分を愛してくれている、ということにはならないのである。三郎は、富士子と結婚しない、といったことは、本当らしい。同時に、自分とも結婚しない、といったというのである。とすれば、三郎に、三郎と富士子との婚約解消は、やっぱり自分に何んの関係もないことなのだ。あるいは、三郎に、別な好きなひとが出来たのかもわからない。それを、富士子が、勝手に想像して、あのようにいって来たのであろう。

杏子は、このように結論を出した。この結論に満足しているわけではなかった。しかし、そう思う方が、いちばん、無難なのである。迷わずにすむのだ。もう、これ以上、三郎のことで、あれこれと迷うのは、懲《こ》り懲《ご》りだ、と思っていた。

（あたしは、やっぱり、野内さんと結婚した方がいいのだわ）

野内を、特に好きになっているわけではなかった。しかし、今後、交際を重ねてゆくうちに、だんだん、好きになれそうな気がしていた。

（そして、その方が、お父さんだって、喜ばせてあげられるのだわ）

その父は、この間、三郎に会って、お酒をご馳走になった、といっていた。愉しかったらしいのである。だけでなしに、三郎のことを、三人の兄弟の中で、いちばん、親しみやすい、といっていた。

しかし、父は、母に、こうもいっていたのを、杏子は、襖《ふすま》越しに聞いている。

「今夜の送別会で、また、玉の輿《こし》三重奏のことをいわれて嫌な思いをした。が、三郎君に会って、念を押したら、そんな気はない、といっていたよ。」

だから、すべては、富士子の思い過ごしということになる。富士子に悪意があったとは、思いたくなかった。

（でも、ちょっと、人騒がせに過ぎるわ）

杏子は、その程度の批難をしたい気持になっていた。

そして、杏子は、あの夜、風間から、まるで冗談のように求婚されたけれど、問題にしていなかった。両親にもいっていなかった。

入口の扉が開いた。入って来たのは、宇野と野内であった。二人とも、何んとなく、深刻な顔をしていた。

「あら、どうなさったの？」

宇野が、苦笑いをしながら、

「僕たち、急に、転勤することになったんですよ。」

「まア、お二人とも？」

「さっき、それぞれ、課長から、内示があったんです。」

「で、何処へ？」

「僕は、大阪支店です。」

野内は、

「ところが、僕の方は、札幌支店なんです。」

と、如何にも、情なさそうにいった。

「じゃア、豊子さん、ガッカリなさってるでしょう？」

「そうなんですよ。」

「しかし、僕だって、ガッカリしています。せっかく、野々宮さんとも、お近づきになれたのに。」

「そうよ。あたしだって、残念だわ。で、ほかに、転勤は？」

「本店からは、僕たち二人だけですよ。」

「まア、お二人だけ？」

杏子の胸に、ある疑問が掠《かす》めた。

重大問題

一

しかし、杏子は、すぐに、

（まさか）

と、打ち消した。

会社の人事が、そんなバカなことで左右されていい筈のものではないのである。

「で、僕たちは、早速、あなたにご報告に来たのですよ。」

「どうも、ありがとう。」

「近いうち、岩崎君をまじえた四人で、お別れに、例の銀座のとんかつ屋へ行きたいのですが、行ってくださいますか。」

「あたし、よろこんで。」

「では。」

二人は、帰りかけたが、野内だけが戻って来て、

「野々宮さん。僕は、あなたのことを忘れませんよ。」

「あたしだって。」

「僕……。」

「どうなさいましたの？」

野内は、しばらく、迷っていたようだったが、

「僕と結婚してくださいませんか。」

と、思い切っていった。

しかし、彼は、真ッ赤になっていた。

「まア……。」

杏子は、まさか、こんな真昼の秘書室で、求婚されようとは、思っていなかった。幸いに、社長は留守だが、もし部屋にいて、これが聞えたら、

「ここを、どこだと思っているのだ。」

と、叱りつけたかもわからない。

しかし、その社長だって、芸者ぽん吉と、社長室で接吻をしているのである。とすれば、そんなことがいえた義理ではないのだ。

「嫌ですか。」

野内の顔は、恐ろしく、真剣であった。

「いいえ。」

杏子は、頭を横に振ってしまった。

「すると、承知してくださいますか。」

野内の顔に、パッと、喜色が現われた。

「いいえ。」

杏子は、またしても、頭を横に振った。

「いったい、どっちなんですか。」

「二、三日、考えさせて。」

「わかりました。転勤までに、ご返辞をお待ちしています。」

「はい。」

「僕は、本当にあなたが好きなのです。」

杏子は、わかっています、というように頷いた。

「もし、結婚してくださったら、あなたの一生の幸福を、僕は、責任を持ちます。」

「お願いします。」

杏子は、野内の熱心さに打たれていた。きっと、野内なら、いい良人になり、いい父親になってくれるだろう、と思った。

やがて、野内が部屋から出て行って、杏子は、ひとりになった。何か、ぐったりと疲れていた。

今頃、札幌には、もう、雪が降っているだろう。正月を目前にして、その札幌へ転勤になって行く野内が、可哀いそうであった。

そのとき、また、彼女の頭の中に、さっきの疑問が湧《わ》き上って来た。

（桃子姉さんは、あたしが、宇野さんと野内さんと仲良くしていることを知っているんだわ）

かりに、二人の転勤に、桃子の意志がまじっているとしたら、杏子は、どうにも、我慢がならないような気がするのであった。常識では、考えられないことである。が、あの二人だけが転勤になった、ということは、全くの偶然のようには思われなかった。

(それでは、もう、あたしと関係がなくなっている宇野さんが可哀いそうだわ。そして、豊子さんも)

杏子は、今にして、自分が、三原商事に勤めたことが、間違っていたように思われて来た。

(辞めようか)

そして、野内と結婚するのである。両親をはなれて、北海道へ行くことは、淋しかった。恐らく、両親にしても、そうだろう。殊に、停年を間近に控えた父親は、杏子以上に淋しがるのではあるまいか。

そこへ、豊子が入って来た。

「あんまりだわ。」

豊子は、いきなり、責めるようにいった。

「あら、何がよ。」

「何がって、宇野さんの転勤よ。野内さんが睨まれて転勤させられるのは仕方がないとしても、宇野さんまで転勤させることはない筈よ。」

「それは、どういうことよ。」

「まア、白々しい。みんな、いってるわよ。宇野君と野内君は、あなたを狙ったために、転勤になったんだ、と。」

杏子は、青くなって、口が利けなかった。

「だから、今後、あなたには近寄らない方がいいんだ、と。」

「………」

「ねえ、宇野さんの転勤を、いったい、どうしてくれるのよ。」

「どうしてって？」

杏子は、かろうじていった。

「きまってるわ、あなたの責任だから、あなたの力で、取り消して貰いたいわ。」

「………」

「だから、あなたなんか、早く、三原三郎さんと結婚してしまえばいいのよ。その方が、人騒がせにならないで、みんな、たすかるんだわ。」

「あたし、三郎さんなんかと結婚しないわ。」

「まだ、そんなことをいってるの。」

豊子は、睨みつけるようにしていった。杏子は、それを見返して、

「こうなったら、あたし、野内さんと結婚するつもりよ。」

「嘘ッ。」

「いいえ。」

「とにかく、宇野さんの転勤を取り消して頂戴。」

そういうと、豊子は、憤然として、秘書室から出て行った。

杏子は、呆然としていた。実際に、社内に、そういう噂が飛んでいるのだろうか。杏子は、

いたたまらないような気がしていた。

さっきの二人は、そういう噂を耳にしていない筈はないのである。にもかかわらず、一言もそこには触れなかった。立派だ、といってもいいのである。そうなると、杏子には、ますます、あの二人が、気の毒になってくるのであった。

真相をたしかめてみる必要がある。しかし、真正面から社長に聞いたのでは、恐らく、否定されるだろう。桃子にいったのでは、鼻であしらわれそうだ。

(三郎さんに相談してみよう)

結局、杏子の思いは、そこに走った。

杏子は、すぐに、大島商事へ電話をした。三郎が出た。

「どうしたい？」

いつもの三郎らしい声だった。杏子は、さっき、富士子が現われたことをいおうかと思ったが、それは、あとまわしにして、

「あたし、ご相談に乗ってほしいことがあるんですけど。」

「すると、いよいよ、風間さんと結婚する気になったのかね。」

「風間さん？」

「そうだよ。この間、風間さんから、結婚の申し込みをされたんだろう？」

「どうして、それを知ってらっしゃるの？」

「あのあとで、風間さんに会ったんだよ。しかし、僕は、風間さんならいいと思うよ。あのひとは、紳士の中の紳士だからね。」

何んというのん気なことをいっているのだろう。ということは、三郎は、まるで、自分には、関心がない、ということになる。富士子だって、見当違いをしていたのだ。

「不良ッ。」

杏子は、つい、腹立たしそうにいった。

「何んだって?」

「あなたが、不良的紳士だ、ということよ。」

「その通りだ。」

「ねえ、今夜、会って。重大問題が起ったのよ。」

「重大問題?」

「そうよ。そして、急ぐの。」

三郎は、しばらく考えていてからいった。

「よし、会ってやろう。」

二

その夜、二人が会ったのは、例の銀座のとんかつ屋であった。

しかし、三郎は、杏子から、宇野と野内の転勤の話を聞かされると、もう、とんかつどころではなくなった。

「ふーむ。」

三郎は、腹の底からの唸り声を発して、考え込んだ。

「もし、そのことが、桃子姉さんの入知恵《いれぢえ》だとしたら、あたし、我慢が出来ない、と思うのよ。」

「そうだよ。僕だって、我慢が出来ない。第一、会社の人事に、社長の細君が口を出すなんて、以てのほかだ。」

かりに、そうだとしたら、それは、結局、自分たち二人を結婚させたいためなのだ。二人には、それが、わかっていた。が、どちらも、そのことを忘れたように触れなかった。

「この前だって、桃子夫人は、大島家へ行って、あんな、亭主の顔に泥を塗るような真似をしている。」

「そうよ。」

「君は、あのことを、お父さんに話したか。」

「いいえ、まだよ。だけど、今夜は、話すつもりよ。」

「いいだろう。」

三郎は、何か、意を決するところがあるように、とめなかった。

「三郎さんから、社長さんに、本当のところを聞いて貰えない？」

「聞いてみよう。」

「かりに、桃子姉さんの入知恵であったら、せめて、宇野さんの転勤を取り消して貰いたいのよ。まだ、辞令が出ていないのだし、取り消してもかまわない筈よ。でないと、あたし、岩崎豊子さんに悪いんですもの。」

「すると、野内君の方は、どうする？」

「出来たら、取り消してほしいの。」

「もし、取り消せなかったら？」

「あたし、野内さんと結婚するわ。」

「結婚？」

「そうよ。」

「どうして、野内君と結婚するんだ。」

「あたしのために北海道へやられるなんて、可哀いそうですもの。」

「君は、同情のために結婚するのか。」

「違います。」

「違う？」

「好きなのよ。」

そういってから、杏子は、三郎の顔を見つめて、

「ただし、今のところ、ちょっとよ。」

「君は、ちょっと好きで、結婚するのか。」

「でも、そのうちに、きっと、本当に好きになれそうな気がしているの。」

「お父さんは、何んと、おっしゃるかな。」

「結局は、許してくださる、と思うわ。」

三郎は、ビールをぐっと飲んで、

「よかろう。」

「賛成してくださるわね。」

「賛成するさ。」

三郎は、そういって、また、ビールを飲んだ。

「今日、富士子さんが、会社へお見えになったわ。」

「富士子さんが？」

「三郎さんと結婚を解消なさったんですって？」

「そう。」

「どうしてよ、あんないいお嬢さんを。」

「きっと、僕には、よすぎるんだな。僕には、ああいう上流階級の娘は、苦手だよ。もっと、庶民的な娘がいいんだ。」

「庶民的な娘って？」

「たとえば、君のような娘だよ。」

「まア。」

「ただし、君ではない。」

「そんなこと、わかっているわよ。」

「とにかく、君は、野内君と結婚しろ。」

「そのつもりよ。」

「風間さんには、僕からことわっておく。」

「お願い。」

「風間さんで思い出したんだが、さっき、会社を出しなに電話があった。君のお父さんの就職口があるらしい。」

「まア、ほんと？」

「そう、この間、僕から頼んでおいたんだ。尤も、君のお父さんには、まだ何もいってないが、今夜、そのことをいっておいてくれないか。」

「きっと、父は、よろこぶわ。」

そのあと、杏子は、ちょっと、考えるようにしていてから、

「あたし、風間さんと結婚しようか知ら？」

「野内君は、どうなるんだ。」

「ああ、そうだったわね。」

「いい加減にしろ。」

「だって、あたし、本当は、やっぱり、このまま、東京にいたいのよ。」

「そんなら野内君も、東京に残るようにしてやろうか。」

「そうなったら、野内さんと結婚する必要がなくなるわね。」

「今夜の君は、すこし、どうかしているぞ。」

「わかっているわ。ちゃんと、わかっているのよ。」

そういいながら、杏子は、富士子のいった痩せ我慢という言葉を思い出していた。ここで、一切の見栄を捨て、父の思惑も考えないで、三郎に、

（あたしと結婚して！）

と、いいたくなっていた。

三郎は、どういうだろうか。恐らく、

「ふん、ご冗談でしょうよ。」

と、いうだろう。

そして、また、

「桃子夫人の世界制覇を不可能にしよう、と誓ったことを忘れたのかね。」

と、いわれそうである。

しかし、三郎も亦、同じことを思い、同じ恐れをいだいていたのであった。

二人の間に、沈黙が流れた。喧騒なとんかつ屋の二階にいながら、二人の周囲だけが、しいんと静まり返っているようであった。

三

「まア、三郎さん、お珍らしいのね。」

桃子は、上機嫌で、三郎を迎えた。

「どうも、ご無沙汰しまして。」

「そうよ。あんまり、ご無沙汰が過ぎますわよ。」

「相すみません。」

「これからは、もっと、ちょいちょい、お顔を見せてね。」

「わかりました。ところで、兄貴いますか。」

「ええ。」

「会いたいんですが。」

「茶の間で、どうお？」

「いや、今夜は、応接室で話したいんです。しかも、兄貴と二人で。」

「あたしがいては、お邪魔なの？」

桃子は、不機嫌になりかけた。

「別に、邪魔ではないんですが、あとで、お嫂《ねえ》さんも呼ぶかもわかりません。」

「いったい、どうなさったのよ。今夜の三郎さん、すこし、変よ。」

「そうなんです。じゃア、僕は、応接室へ行っていますから、兄貴につたえてください。」

三郎は、勝手に応接室へ入って行った。そこの安楽椅子に腰を掛けて、今夜は、一郎にとことんまで、苦言を呈してやろう、と覚悟をきめていた。しかし、思い出されてくるのは、結局、杏子のことであった。ついに、いいたいこともいえないで、別れて来たのである。そのことが、心残りであった。しかし、いいたいことといって、恥かしい思いをするよりも、それを我慢して、心に余情を残しておいた方が、あるいは、人間の生き方として、賢こいかもわからないのだ。三郎は、そう思うことによって、自分を慰めていた。

一郎が入って来た。

「どうしたい？」

一郎は、そういってから、外の気配をうかがうようにして、

「まさか、鬼怒川の一件をいいに来たんではあるまいな。」

「そんなのん気な話ではありませんよ。」

「では、何んだね。」

「三原商事で、今日、若い社員二人に、転勤の内示があったそうですね。」

「おや、よく、知ってるんだな。」

「あれは、どういう理由なんですか。」

「どういう理由って？」

「こうなったら兄さん、はっきり、いってくださいよ。」

「お前は、何を、そんなにムキになっているんだ。」

「これが、ムキにならずにいられますか。お嫂さんの入知恵でしょう？」

「そんなことないよ。」

一郎は、否定した。しかし、それは、困ったような、弱々しい否定のしかたであった。

「しかし、会社では、みんな、そんな噂をしていますよ。」

「ほんとうかい？」

「その二人は、杏子さんを狙ったので、地方へ追い出されるのだ、と。」

「誰に、聞いたのだ。」

「杏子さんからです。そして、杏子さんは、泣いて、憤慨しているんですよ。」

「何も、泣くことはないだろう？」

「だから、お兄さんは、いけないんです。」

「お前、兄貴に向って、そんな口を利いていいのか。」

「こうなったら、僕は、どんな口でも利きますよ。とにかく、お嫂さんは、絶対にいけません。」

「しかし、桃子は、要するに、お前に、三原商事に戻って貰いたいのだ。そして、杏子さんと結婚させたがっているのだ。」

「僕は、三原商事に戻ります。」

「えッ、戻ってくれるか。」

「だって、こんなバカな人事が、公然として行われているのは、僕として、黙視しているに忍びません。」

「偉そうな口を利くな。しかし、お前が戻って来てくれると、たすかるなア。ついでに、杏子さんと結婚してしまえ。」

「その点は、はっきり、おことわりします。」

「何故?」

「杏子さんは、野内君が好きなのです。宇野君には、別に恋人があるし、何んの関係もありません。そして、杏子さんは、野内君が、北海道へ転勤になるのなら、野内君と結婚する、といっているんです。」

「しかし、そんなこと、桃子は、許さんだろうな。」

「兄さんは、まだ、そんなことをいっているんですか。いったい、お嫂さんが、どういうことを外でしているか、知っていますか。」

「外で?」

一郎は、ギョッとなったように、

「おい、桃子が、外で、浮気でもしているのか?」

「バカバカしい。お兄さんではあるまいし。」

「それをいうな。」

三郎は、大島武久から聞いたことを話してから、

「お兄さんは、知っていられますか。」

「いや、知らん。」

流石《さすが》に、一郎は、あきれたようであった。

「いい恥さらしですよ。大島家では、亭主の顔に泥を塗る仕打ちだといって、嗤《わら》っているんですよ。」

「もし、それが本当なら、実に、怪《け》しからん。」

「そうですよ。お兄さんは、いつも、お嫂さんの尻に敷かれているから、万事、こういうことになるんですよ。それも、家庭内のことなら、お嫂さんの勝手です。が、会社のことにまで口を出すようでは、思い上りも甚しい。ここらで、ガーンとやっておく必要がありますぞ。」

「待て。桃子も呼んで、聞いてみよう。」

一郎は、腹に据えかねたようであった。ことごとく、三郎のいう通りなのである。同時に、ここまで、桃子を甘やかして来た自分の気の弱さが情なかった。しかし、それだけに、とことんまで追い詰められると、一郎という男は、窮鼠《きゅうそ》が猫を嚙むように、何をしでかすやらわ

からないのであった。これでも、一代にして、三原商事を築き上げた先代太左衛門の長男なのである。

一郎は、呼鈴を押した。女中が来た。

「お呼びでしょうか。」

「奥さんに来て貰ってくれ。」

「今、里のお父さまがお見えになって、何か、話していらっしゃいますが。」

腹芸

一

一郎と三郎は、顔を見あわせた。桃子と結婚して四年になるが、今日までに、林太郎がこの家へ訪ねて来たことは、ほんの数えるほどしかなかったのである。

（どうしたんだろう？）

一郎は、そういう顔で、三郎を見た。しかし、三郎には、林太郎が、どういう目的で、この家へ訪ねて来たのか、わかるような気がしていた。

「ねえ、いっそう、この話を、野々宮さんの前でしたら、どうでしょう。」

「しかし。」

一郎は、いってから、まだ、女中がそこにいることに気がついて、

「では、よろしい。」

と、女中を帰しておいてから、

「そこまで、問題をひろげる必要はないと思うよ。」

「お兄さんは、まだ、そんなことをいってるんですか。いいですか。こんどのことは、杏子《きょうこ》さんの一生に関する問題にもなっているんですよ。なるほど、お嫂《ねえ》さんは、お兄さんの奥さんです。が、杏子さんは、違うんです。ある意味では、何んの関係もない、といっていい。」

「そりゃアそうだ。」

「それを、社長夫人の威光で、バカ社長を操って——。」

「こら、もう一度、いってみろ。」

「失言です。が、世間も、社員も、こんどのことでは、お兄さんをそのように眺めるかもわかりません。僕は、冷静な第三者なら、勿論、そう思います。」

「こいつ、いわせておけば。」

「だったら、もっと、しっかり、しなさい。」

「お前は、いったい、俺にどうしろ、といっているのだ。」

「男になりなさい、といってるんです。」

「俺が男でない、というのか。」

「勿論、男ですよ。が、男にも、ピンからキリまであります。お兄さんなんか、キリの方です。なってません。」

「お前は、もう、帰れ。」

「帰りませんよ。もし、お兄さんからいえないようなら、僕からお嫂さんにいいます。」

「いや、俺からいう。」

「あやしいもんだ。」

「俺だって、これで、我慢に我慢を重ねていたんだ。しかし、こうなったらいう。」

「大丈夫ですか。」

「こう見えても、俺は、お前の兄貴なんだぞ。あんまり、なめたことをいうな。」

「僕は、なめるどころか、何んとか、尊敬したい、と思っているんです。」

廊下で跫音がして、扉にノックをする音が聞えた。

「三原さん、私です。野々宮ですが、入ってもよろしいでしょうか。」

「どうぞ、どうぞ。」

扉が開いて、林太郎が難かしい顔をして入って来た。そのうしろに桃子夫人が、まるで半泣きの、そのくせ、どこかに、ふてくされたような表情を隠した顔でついて来た。

「三郎さんもごいっしょですから、ちょうどいい。」

林太郎は、そういってから、威儀を正すようにして、

「このたびは、何んとも、申しわけありません。」

「はア？」

一郎は、怪訝《けげん》な顔をした。

「さっき、杏子に聞いたのです。桃子が、大島さんのところへ行って、とんでもないことを

いっていること。しかも、今日、会社で、宇野君と野内君に転勤の内示があったこと。杏子が、帰って来て泣くのです。三原商事を辞める、というのです。そして、野内君と結婚するために北海道へ行く、というのです。」

三郎は、聞いていて、やっぱり、杏子は、本気で、野内と結婚するつもりでいたのだ、と思った。すでに、あきらめたつもりだが、胸が痛くなってくる。

（ああ、もうどうにでも、勝手にするがいい）

三郎は、ヤケクソのように、心の中で叫んでいた。

「私は、まさか、と思いましたが、とにかく、さっきから、桃子に聞き質《ただ》してみました。ところが、大島家へ行ったのも、自分の独断だったというし、転勤も、自分の主張を通したのだ、と白状しました。私は、あきれました。正直にいいますが、さっきは、思わず、バカッ、と叫んで、危く、殴るところでした。勿論、桃子には、桃子のいい分がありました。しかし、そんなことは、自分勝手の考えで、世間に通用しません。それが、この桃子には、わかっていないのです。結局、私の教育が悪かったのだ、ということになります。私は、父親として、深く、お詫び申し上げます。」

林太郎は、そういうと、頭を下げた。

林太郎の言葉は、考えようによっては、一郎への皮肉にもなっていた筈である。林太郎に、その気がなかったとしても、桃子を、そういう妻にした責任は、あくまで、一郎が負うべきであった。一郎も、それを感じたらしく、

「いや、そういわれると、私も、困るのですが。」

と、しどろもどろにいった。

「ところで、如何でしょうか、しばらく桃子を家へ連れて帰りたいのですが。」

「えッ？」

これは、一郎にとって、全く、思いがけないことだった。三郎にしても、そうだった。

「私は、娘が可愛いのです。が、桃子には、こんどのことだけではなしに、いろいろと、眼に余るような言動があります。今日まで、私は、わざと、見て見ぬ振りをしていました。しかし、もう、黙っているに忍びなくなりました。それで、しばらく、家へ連れて帰って、よく、いい聞かせたいのです。再教育といっては、大袈裟になりますが、そういう気持もあります。桃子に、自分の過去現在について、反省させたいのです。桃子には、今、それが必要のように思われてなりません。」

「まさか……。」

一郎は、心配そうに、

「このまま、永遠に、とおっしゃるのではないでしょうね。」

「もし、永遠に、とおっしゃるのなら、私は、それも已むを得ない、と思って居ります。」

「それは、困ります。子供もあることですし、今更……。」

「有難うございます。」

「ですから……。」

桃子は、さっきから、心配そうに聞いていたのだが、一郎が軟化しているのを見ると、安心したようであった。

(やっぱり、このひとは、あたしに惚れているんだわ)

それが、一郎によりも、三郎によけい感じられた。相変らず、一郎よりも自分を優位におこうとしているのだ。

「ですから?」

林太郎が聞き返した。

「このままで……。」

桃子は、そうよ、という顔をした。

「お兄さん。」

横から、三郎がいった。

「何んだね。」

「僕は、野々宮さんのおっしゃることに賛成しますよ。」

「何?」

「お兄さんは、さっき、おっしゃったではありませんか。俺は、場合によっては、桃子と別れるつもりだ、と。」

「お前、何をいうんだ。」

一郎は、あわてていた。が、そのあわて振りを、桃子は、自分に不利なように解釈したらしく、さっと、青ざめた。

「いや、たしかに、おっしゃいましたよ。妻としては、いいところもあるが、すこし、出しゃばり過ぎる。あの癖が直らない限り、俺としては、最後の手段を考えているのだ、とたしかにおっしゃいましたよ。だから、僕は、別れろ、とはいってません。が、しばらく、野々宮さんのいわれる通り、お嫂さんに帰って貰った方がいいのではありませんか。いや、当然、そうすべきですよ、三原家と三原商事のために！」

桃子は、三郎を睨みつけるように見ていた。が、一方で、そのまま、黙り込んだ一郎に、絶望的になっているようだった。

「では、そういうことに。」

林太郎は、いってから桃子の方を見て、

「すぐ、仕度をして来なさい。」

たまりかねたように、桃子は、

「あなた。」

と、一郎を呼んだ。

しかし、一郎は、答えなかった。さっきから、彼は、男になろうとしているのであった。それも、キリではなしに、ピンの方の男に。一郎としては、一生に一度の腹芸であったかもわからない。彼は、過去の桃子の無数といっていい出しゃばり、横暴を思い出すことによって、その腹芸を続けていた。

やがて、桃子は、子供を抱いて、林太郎といっしょに、この家から出て行った。桃子は、最後まで、一郎が引きとめてくれるものと、一縷《いちる》の希望をいだいていたらしいのだが、しかし、空しい結果に終ってしまった。

三人を乗せた自動車が、三原家の前をはなれて行った。

「ああ。」

一郎は、両手で頭をかかえた。

「お兄さん、立派でしたよ。よく、頑ン張りました。僕は、今日から、お兄さんを尊敬しますよ。」

その三郎の言葉の終り切らぬうちに、

「バカッ。」

と、一郎は、もう、癪に触ってならぬように、三郎の頭をポカッと殴った。

「痛いじゃアありませんか。」

「痛いぐらい何んだ。俺の方は、悲しいんだぞ。いいか、三郎。」

一郎は、ぐっと、三郎を、睨みつけて、

「きっと、三原商事へ戻ってくるんだぞ。」

「わかっています。」

「それから、十日以内に、桃子を連れ戻せ。いいか、十日以内にだぞ。これは、お前の責任だ。もし、それを実行しなかったら、兄弟の縁を切る。」

「やっぱり、お兄さんは、お兄さんですな。」

「なんだと。」

一郎は、眼を憤らせた。

「せめて、鬼の居ぬ間に、浮気をしよう、といったらどうです?」

「こら、もう一つ、殴られたいのか。」

「いや、結構。僕は、帰りますからね。今夜は、ネズミに引かれないようにして、おやすみなさいよ。」

三郎は、憎まれ口を叩きながら、帰って行った。

二

「まア、お姉さん、いったい、どうなさったのよ。」

梨子がいった。

「どうもこうもないわよ。あんた、次郎さんから、聞いたんでしょう？」

桃子は、不機嫌にいった。

四日前までは、梨子の上に立っていたのである。そして、それは、社長夫人であり、姉であるから、当然のことであった。が、今や、まかり間違えば、社長夫人の地位から陥落しなければならないのである。それを思うと、梨子に対しても、ヒケ目を感じたくなってくる。

（あたしが、社長夫人でなくなっても、梨子は、いぜんとして、三原商事の専務夫人でいられるのだわ）

桃子は、自分ながら、バカなことをしてしまったような気がしていた。

杏子のことにしても、そうなのだ。放っとけばよかったのである。そうすれば、今頃、こんな悲しい憂き目を見ずにいられたのだ。すべては、自業自得というべきであったろうか。

（いいえ、違うわ。あたしは、三原家のために、三原商事のために、そして、妹たちのためを思ってしたことなんだわ）

桃子の胸に、世界制覇の野望が潜んでいたところで、目的は、あくまで、そこにあった筈なのである。それを考えると、桃子は、自分が不当な仕打を受けているようで、癪にさわってならなかった。しかし、二日過ぎ、三日過ぎると、やっぱり、考えさせられるのであった。

（あたしは、間違っていたかも知れない）

それを認めることは、口惜しかった。無念だった。しかし、勝男と二人でいると、結局、思い出されてくるのは、一郎のことであった。泣きたくなってくる。いや、たそがれどきに、秘そかに、涙を流しながら、勝男をいだきしめたこともあった。

「あたし、昨日まで、知らなかったのよ。」

「どうしてよ。」

「だって、次郎さんが、いわなかったんですもの。あたしに、聞かせない方がいい、と思ったんですって。で、あたしが文句をいったら、お前だって、これから、あんまり威張ったりすると、お姉さんの二の舞だぞ、というんですもの。困っちゃうわ。」

が、それも、桃子には、のろけに聞えるのであった。責められているようでもある。

「で、いつまで、この家にいるつもり？」

「わからないわ。だって、お父さんにまかせてあるんですもの。」

「お父さん、何か、おっしゃって？」

「ただ、よく、考えてみろ、とだけよ。あたし、もう、考えるの、飽き飽きしてしまったわ。」

「だと思うわ。で、お母さんは？」

「お前が悪いんだから、しばらく、我慢していなさい、と。そのうちに、自分からあやまってやる、といわれるんだけど。」

「杏子は、どういっているの？　あたしに憤っているのよ。」

「何も、憤ることはないでしょう？」

「あたしのために、会社で、恥をかいた、というんでしょう？　だけど、勝男をとっても可愛がってくれて、よく、面倒を見てくれるので、たすかるわ。それに、あたし、こんど、つくづく、考えたわ。今までは、勝男を乳母まかせにしていたでしょう？　あれ、よくないわね。やっぱり、子供は、母親の胸の中で育てるべきよ。」

「あたし、ね。」

「なに？」

「赤ちゃんが、出来たらしいのよ。」

梨子は、羞《はに》かんだようにいった。

「そう。おめでとう。」

「お姉さまのお陰よ。」

「あたしの？」

「ほら、毎晩、あなたの赤ちゃんを産ませて、をいったのよ。」

「ああ、そうだったわね。」

しかし、思えば、今の桃子にとって、あの頃のことが、まるで、悪夢のようであった。梨子に、そういう入知恵をしておいてから、大島夫人と対決して、赤恥をかいたのだ。その結果が、今日になって、現われたのである。

梨子は、時計を見て、

「あたし、帰らなくっちゃア。」

「まだ、いいじゃァありませんか。」

「だって、ご飯の用意をしとかないと。次郎さんは、六時に帰る筈なのよ。」

「そう、では、お帰りなさい。」

桃子は、冷めたくいった。

梨子は、立ち上って、思い出したように、

「そうそう。三郎さんが、今日から、三原商事にお戻りになるんですって。」

「やっぱり、それ、本当なの？」

「次郎さんがいってたわ、総務部長になるんですって。だから、お姉さんがいってらしったうちの半分だけは、成功したことになるのね。これで、杏子が、三郎さんと結婚してくれたら、何も彼も、ＯＫなんですのにね。」

梨子は、帰って行った。

(何が、何も彼も、ＯＫなもんか)

桃子は、ますます、不機嫌になっていた。自分が社長夫人の地位を確保していない限り、凡そ、意味のないことなのである。それに、杏子は、三原商事を辞めるといっているし、父親も、それに賛成しているのだ。

三

杏子は、辞表を書いていた。流石に、感傷的になっていた。しかし、辞めた方がいいのだ、という気持には、変りがなかった。そして、辞めて、別に適当な就職口があったら、そこへ勤めてもいい、と思っていた。社長夫人の妹、というような色眼鏡で眺められるような会社は、もう、懲り懲りであった。

今日から、三郎が、総務部長として就任した。杏子は、その新総務部長に辞表を持って行くつもりにしていた。

さっき、宇野と野内が、揃って秘書室へ入って来た。

「今日、新総務部長からいわれたんですが、都合で、僕たちの転勤は、取り消しになったそうです。」

宇野が、嬉しそうにいった。

「まア、よかったわね。」

「そうなんです。」

すると、野内が、

「しかし、僕は、ちょっと、残念なような気もしているんですよ。」

「どうしてですの？」

「あなたとの結婚ですよ。もし、北海道へ行ったら、あるいは、あなたと結婚出来たかも知れない、と。」

「そうそう。そんな話をしましたわね。」

　杏子は、他人事のようにいった。そういう気持になっていたのである。最早、野内と結婚しようなどという気持は、微塵も残っていなかった。いや、野内とだけでなしに、誰とも、当分の間、結婚しようとは、思っていなかった。

「でも、僕は、まだ、あきらめていません。いつかの求婚は、有効と思っていてください。」

「わかりましたわ。」

　二人が出て行くと、入れかわるようにして、岩崎豊子が入って来た。彼女は、先日の荒い権幕とは、別人のようなニコニコ顔で、

「この間は、ごめんなさいねえ。」

「いいのよ。」

「あたし、ちょっと、昂奮していたのよ。」

「当然のことだわ。」

「だけど、みんな、噂をしていますわ。」

「何を？」

「三原三郎さんが、三原商事にお戻りになったし、こんどこそ、二度あることは三度あるが実現するに違いない、と。」

「お生憎さま。」

「どうしてよ。」

「あたしにも、三郎さんにも、そんな気は、すこしもありませんことよ。それに、あたし、

この会社を辞めます。」

「ほんとう?」

「今日、辞表を出すつもりよ。」

「勿体《もったい》ないわ。あたしが、あなたの立場にあったら、絶対に、新総務部長と結婚するわ。」

「いいのよ。あたしには、あたしの考えがあるんですから。」

杏子は、突っ放すようにいった。豊子は、割り切れぬ顔で、帰って行った。

杏子は、辞表を書き上げた。それを持って、新総務部長の前へ行った。

「お願いします。」

杏子は、三郎の前に、辞表を出した。三郎は、それを手に取って、

「辞めるのかい?」

「はい。」

「僕が、この会社へ来たからって、何も、急に、辞めなくてもいいじゃァないか。」

「いいえ、急ではありません。前から、辞めたい、と思っていたのです。」

「考え直さないか。」

「辞めさせていただきます。」

「どうしても?」

「はい。」

三郎は、しばらく、杏子の顔を見つめていてから、

「よかろう。」

「お願いします。」

帰りかける杏子に、三郎は、

「明日の晩、空けておいてくれたまえ。」

「明日の晩？」

「そう。今夜は、君のお父さんの就職のことで、風間さんと三人で会うことになっている。で、明日の晩、君の送別会を開こう。いいね。」

「はい。」

つつましく頭を下げて、杏子は、総務部長の前をはなれた。

世界制覇

一

「嘱託報酬は、月に税込み三万円というところで、如何でしょうか。」

風間がいった。

「上等です。結構過ぎるくらいです。」

林太郎が答えた。信じられぬくらいの好条件であった。

「もう一つ、来年早々から、お勤めしていただきたいのですが。」

林太郎としては、今の会社へ、来年二月の停年まで勤めてから、次へ移りたかったのである。社長は、その前に辞めても、停年の日まで勤めたことにして、それまでの月給と退職慰労金を出す、といってくれていた。しかし、三十年も勤めた会社なのである。社長の言葉として、林太郎には、終りをまっとうしたい気持があった。が、今後のことを考えれば、そんな感傷的なことをいっていられないのである。

「承知しました。」

「じゃア、これで、話は、きまりました。」

風間がいうと、横にいた三郎は、ほっとしたように、

「よかったですね、野々宮さん。」

「これも、君のお陰だよ。」

「とんでもない。風間さんのお陰ですよ。風間さん、どうも。」

風間は、ニヤリとして、

「まア、三原三郎から頼まれたら、嫌とはいえないからな。」

「恩に着ます。」

三郎は、風間にビールをぶっかけられたことなんか、すっかり、忘れたように、あるいは、それ故にかも知れないが、殊勝になっていた。

「しかし。」

林太郎は、気がかりらしく、風間を見て、

「どなたか、重役さんにお会いしなくていいんですか。」

「いや。あなたのことは、もう、調べてあるんです。実をいうと、会社の方で、経理事務に精通していて、信用出来る嘱託を一人ほしい、と思っていたところだったのです。そこへ、この三郎から話があったので、早速、重役に話して、あなたの会社の重役にも照会したのです。結果は、太鼓判でした。あとは、人事課長代理である私が、すべて、まかされているんですから、どうか、ご心配なく。」

「そうでしたか。」

林太郎は、顔に安堵の色と喜色の両方を現わして、

「ありがとうございました。たすかりましたよ。」

アテにしていた先から、次々にことわられたりして、林太郎は、悪戦苦闘をしていたのだが、きまるとなると、こんなにも、あっけなくきまるのだと、感慨無量のようであった。

「では、話は、それだけにして、今夜は、飲みましょう。」

「頂戴します。」

ここは、風間が案内してくれた日本橋のてんぷら屋「本山」であった。

三郎は、盛んに食べて飲みながら、

「僕は、こんどこそ、風間さんを尊敬しましたよ。」

「すると、今まで、尊敬していなかったのか。これでも、紳士の中の紳士なんだぞ。君のような、ただの不良とは違う。」

三郎は、苦笑して、

「その話は、よしましょう。」

林太郎は、気が軽くなった口調で、

「三郎君が不良なんですか。」

「自分で、そういってるんですが、これが、案外、意気地がないんですよ。そうだろう、三郎。」

三郎としては、一言もなかった。

「野々宮さん、これからの話は、あなたの就職のこととは、全然、無関係と思って聞いてくださいよ。でないと、困るんですから。」

「どういうことでしょうか。」

「お嬢さんのことです。」

「杏子の？」

「そう。いいお嬢さんです。僕は、こう見えても、まだ、独身ですし、結婚したいくらいに思っているんです。」

「僕は、風間さんなら、絶対だ、と思います。」

「君は、しばらく、黙っていろ。僕は、お嬢さんには、梨子さんの結婚式のときにもお目にかかっているし、その後一度、更に、数日前にも、銀座でお目にかかっています。」

「私は、何も、聞いていませんが。」

「すると、僕から結婚の申し込みをしたことも？」

「一向に。」

「それは、残念。」

が、風間は、たいして、残念そうにもなく笑ってから、ちらッと、三郎の方を見ておいて、

「では、あらためて、僕が、ここにその意志表示をしておいたことをご記憶下さいませんでしょうか。」

「承知しました。しかし、娘が、何んといいますか。私は、杏子の結婚については、あくまで、杏子の意志を尊重するつもりです。それに、会社の野内君に好意を持っているらしいんです。野内君が、北海道へ転勤になったので、自分もいっしょに行くのだとかいって……。」

林太郎は、困ったようにいった。それは、杏子を北海道へやりたくないという気持の現われのようであった。それを見て、三郎は、

「野内君の転勤は、取り消しましたよ。それから、宇野君も。」

「ああ、そうでしたか。」

「だから、北海道行の件は、解消です。それに、杏子さんは、会社を辞めるといって、今日、辞表を提出しましたが。」

「もう、辞表を出しましたか。」

「僕としては、一応、とめたんですが。」

「いや、あの娘は、おとなしそうで、いい出したら肯《き》かないところがあります。」

風間が、

「しかし、いいなア。僕は、好きです。野々宮さんにしても、ご自慢の娘でしょう?」

林太郎は、敢て、肯定しなかったが、しかし、否定もしなかった。

「僕は、きっと、お嫁にやるのが惜しいんじゃアないか、と思っています。」

「そうです、そうです。」

「しかし、いつまでも、家にいられるのも、やっぱり、お困りでしょう?」

「そこなんですよ、風間さん。」

「ですから、めったな男にやってはいけません。」

「だから、紳士の中の紳士である風間さんには、ということですか。」

「うるさいな。君は、黙っていろ。」

風間は、三郎に叱りつけるようにいっておいてから、

「ところが、ここにもう一人、杏子さんが好きでたまらん、という男がいるんです。」

「風間さん。」

「黙っていろ。その男は、この間の晩なんか、杏子さんに失恋したといって、まるで、半狂乱でした。こうなったら、浮気をしてやるとやけになっていましたが、結局、その浮気も出来ず、銀座の街角で、花を売っていましたよ。」

「花を?」

「そうですよ。花売娘の花を買い占めて、それを売っているんです。一文のトクにもならんのに、バカな奴ですよ。」

風間が、どうして、それを知っているのか、三郎には、わからなかった。あるいは、あの翌日、バア「湖」へ行って、芳子から聞いたのかもわからない。しかし、風間の口調には、いささかも、悪意がこもっていないのであった。

「要するに、それほど、杏子さんを好きらしいんです。しかし、いい話でしょう?」

林太郎は、どう答えていいのか、わからぬようだった。しかし、そのバカな奴とは、三郎のことらしいと、すでに、薄々ながら感じていた。途方に暮れる思いだった。

「僕は、杏子さんと、その男のことを話したんです。どうして、その男を好きにならないのですか、と聞いたら、だって、あのひとはバカですから、といってましたね。しかし、これは、なかなか、意味深長ですよ。でね、野々宮さん。」

林太郎は、風間を見た。

「僕は、こう思います。杏子さんの結婚の相手として、僕と、その男と、それから、野内君もいれていい、この三人の中から選んでくださいませんか。」

「その男、とおっしゃるのは？」

「三原三郎です。ほら、ここに、困ったような顔をしています。」

「君が、杏子を？」

「好きです。」

三郎は、きっぱりといった。

「しかし、杏子は、もう、三原家の人とは、結婚しない、といっていた。」

「知っています。二人で、そのことを約束したこともあります。だけど、好きになってしまったのです。」

「君は、大島富士子さんと結婚する筈ではなかったのか。」

「しません。あの話は、はっきり、ことわりました。」

「しかし、杏子には、君と結婚する意志はないだろうな。」

「わかっています。だから、あきらめているんです。」

しかし、三郎の顔は、あきらめているそれではなかった。風間は、嬉しそうに、

「そうなると、僕の条件が、それだけ、有利になる。三郎、こんどは、僕が、恩に着るよ。」

「どうとも、勝手にしなさい。」

「勿論、勝手にする。しかし、野々宮さん。」

「何んでしょうか。」

「かりにですよ、万一にですよ、杏子さんが、この三郎と結婚したい、といったら、どうされますか。」

「私は、これ以上、三原家の人に、娘を嫁《とつ》がせたくありません。」

「よろしいですな。そして、その理由は、僕にもわかっています。しかしね、野々宮さん。一個の男子として眺めた場合、この男、三原三郎って、いい奴ですよ。」

「それは、認めます。」

「二人の兄貴に比較して、人間の出来が、まるで、違っています。いや、これについては、お答えを求めません。すると、問題は、世間態ということになる。いったい、世間態のために、娘の幸福を犠牲にしていいものでしょうか。」

「……………」

「親に、その権利がありますか。」

「しかし、杏子だって、私と同意見なのですよ。」

「ですから、今は、杏子さんの気持が変った場合のことをいってるんです。」

林太郎は、答えなかった。答えられなかったのだ。

「三郎。」

風間は、三郎の方を見て、

「こうなったら、杏子さんを、かっぱらってしまえ。」

「しかし。」

「君には、まだ、杏子さんの気持がわかっていないのか。だから、バカな男だ、といわれるんだ。しっかりしろ。」

三郎は、半信半疑ながら、その気になりかけていた。

「これから、すぐに行って、杏子さんにいえ。僕は、あなたにベタ惚れです、と。男なら、それをいってこい。堂々というのだ。あんないい娘は、万人に一人もない。しかし、だよ。それでも、ダメだったら、あきらめろ。かわりに、僕が貰う。その覚悟で、行ってこい。痩せ我慢は、男の恥だぞ。」

三郎は、立ち上った。

「僕は、これから、行って来ます。」

「そうだよ。勇気凛々《りんりん》として行け。」

三郎は、林太郎を見た。林太郎も、三郎を見た。その林太郎の眼は、無限の悲しみのうちに、それを許していた。

二

三郎は、野々宮家の玄関の戸を開けた。出て来たのは、桃子であった。

「あら、三郎さん。あたしを迎えに来てくれたの？」

「いいえ、違います。」

とたんに、桃子は、ぷっとふくれて、

「いい加減に、迎えに来てよ。」

「わかっています。が、今は、それどころではないんです。杏子さんに、会わせてください。」

「杏子は、お風呂よ。でも、もう、そろそろ、帰ってくる頃だわ。上って、待っていらっしゃい。」

「お風呂は、どこですか。」

「そこの四ツ角を右に曲って、坂道を二〇〇メートルぐらい行った左側よ。」

「どうも、ありがとう。」

そのまま、表へ飛び出しかける三郎に、桃子は、

「いったい、どうしたのよ。」

「いいんです、いいんです。」

三郎は、手を振るようにしていいながら、外へ出た。三郎は、桃子におしえられた通りの道を歩いて行った。家の中で、杏子の帰るのを、じいっと待っていられぬ気持であった。それに、こういう話は、家の中でよりも、人眼のない暗い夜道の方がふさわしいようである。

三郎は、杏子を、風呂帰りの途中で、待ち伏せにするつもりだった。

向うから、人が歩いてくる。

(杏子だ)

杏子は、一人だった。金ダライを抱くように持って、別に、急ぐでもない、何かの物思いに耽《ふけ》るような歩きかたで近づいてくる。

三郎は、杏子の前に立った。

「あら、どうなさったの?」

三郎は、いきなり、

(君が好きだ、結婚しよう)

と、いうつもりだったのである。

しかし、いえなかった。杏子の、まるで、睨みつけるような瞳が、邪魔であったのである。

「さっきまで、君のお父さんと風間さんと、いっしょにいたんだ。そして、お父さんが、風間さんの会社に嘱託として入社されることにきまった。」

「よかったわア。で、父は、もう、帰っていますの?」

「いや、まだだ。風間さんと、すっかり、意気投合して、いいご機嫌でいられる。」

「すると、三郎さんは、わざわざ、そのことを知らせに来てくださったの?」

「まア、そうだ。」

「ありがとう。」

そこで、また、言葉が途切れた。このままの状態を続けると、ますます、不自然になりそうだ。

周囲に、人影がなかった。寝静まっていた。月だけが、二人を見おろしていた。その月光を、真ともに浴びて、杏子の顔は、一切の化粧を落しながら、清純な美しさに溢れていた。湯上りのにおいが、仄かに漂うている。

「ねッ、君、覚えている?」

「何を?」

「次郎兄貴の結婚披露宴のときのことさ。」

「あたしが、三郎さんに、ひょっとこ顔をして見せたこと?」

「そう。」

「あのことは、もう忘れましょうよ。」

「忘れよう。だけど、もう一度、あの顔をしてみせてくれないか。」

「嫌だわ。」

「頼む。急に、見たくなったのだ。」

「こうでしょう?」

「ちょっと、待った。どうも、その金ダライが邪魔になる。」

「邪魔って?」

「だって、あんときは、金ダライなんか、君は、持っていなかったよ。」

三郎は、杏子の金ダライに手をかけた。杏子は、不思議そうに三郎を見たが、さからわなかった。三郎は、その金ダライを、すぐ横の石垣の上においた。

「さア、これでよし。はじめてくれないか。」

「ただし、いっぺんだけよ。」

「いいとも。」

杏子は、両眼を閉じると、眉を寄せて、もう、三郎という男が憎らしくてならないように唇をとんがらせた。三郎は、間髪を入れないで、杏子の肩に腕をかけて、その唇を吸おうとした。杏子は、あっ、といった。ピシャッと、三郎の頬を殴った。しかし、三郎は、怯まなかった。杏子は、あくまで、杏子の唇を吸い続けた。杏子の全身から、力が脱けて行って、逆に、三郎の胸に、身体の重味を寄せかけて来た。殴ったばかりの手で、殴った頬を、無意識のうちに、優しく愛撫していた。

接吻は、やっと、終った。

「嫌だわア、いきなり。」

杏子は、怨めしげにいったが、その瞳は、しっとり濡れたようにうるおっていた。

「僕と結婚しよう。」

「まア、結婚?」

杏子は、三郎を見つめた。

「そうだ。僕は、前から、君が好きで好きでたまらなかったんだ。」

「……………」

「ほんとうなんだ。」

「あたしだって、よ。」

「えッ、君も?」

「おわかりになっていなかったの?」

「しかし、君は——。」

「三郎さんだってよ。」

「そうか!」

「そうよ!」

が、そのあと、杏子は、心配そうに、

「父が……。」

「大丈夫だ。さっき、お許しを得て来た。」

「ほんと?」

「間違いない。」

こんどは、杏子の方から、唇を求めて来た。それが終ってから、杏子は、

「でもそうなると、一生、お姉さまに威張られるわよ。完全なる世界制覇なんですもの。」

「僕は、こうなったら、そんなこと平気だよ。」

「あたしだって。」

杏子は、またしても、接吻して貰いたくなったのだが、こんどは、我慢して、

「ねえ、すぐ家へ帰って、母にも話して。」

「いいとも。」

「お姉さん、可哀いそうだわ。だって、今日だって、すっかり、悄気《しょげ》ているんですの。」

「だろうな。」

「今夜、二人で、お姉さんをお義兄さんのところへ送って行ってあげない？」

「そうしよう。」

二人は、寄り添うて、家の方へ歩きはじめた。金ダライを、三郎が、持っていた。それに気がついて、杏子は、

「あたしが。」

「いいよ。」

「いけません。そういうことをしていると、あたしだって、お姉さんたちのようになってしまうわよ。」

「そりゃア困る。」

「でしょう？」

杏子は、金ダライを受取ってから、くすっと笑って、そのあと、

「あたし、きっと、いい奥さんになるわ。だから、可愛がってね。」

と、しみじみした口調でいった。

三

三カ月たった。

三郎と杏子は、まさに、新婚旅行に出ようとしていた。二人は、汽車の窓から顔を出して、誰彼に挨拶をしていた。

杏子の瞳は、林太郎に注《そそ》がれた。

（お父さま、ありがとう）

林太郎の眼は、それに応えていた。

（いいんだよ、いいんだよ。わしには、杏子さえ幸せになってくれたら）

こんどの結婚についても、世間では、とやかくいう者がいた。しかし、林太郎は、意に介さなかった。三郎を、理想的な娘婿と信じていたし、三郎なら、きっと、杏子を幸せにしてくれるに違いない、と思っていた。そして、それこそ、林太郎の悲願のようなものであったかもわからない。

杏子の瞳は、母親の杉子に注がれた。

（お母さま、ありがとう）

涙ぐんだ杉子の瞳が、それに応えていた。

（元気で、気をつけて行ってくるんだよ）

風間が、窓口に来て、三郎にいった。

「どうだね、感想は？」

「ご恩は忘れません。」

「そんなものは忘れろ。そのかわり、旅先から、葉書ぐらいよこせ。」

「きっと。」

「花嫁さん。」

「はい。」

「日本一ですよ。」

杏子は、顔をあからめて、羞かんだ。

「大島富士子さんも、こんど、縁談がととのったそうです。」

「よかったわア。」

杏子は、心からそう思った。あとに、心残りがあるとすれば、野内のことだが、三郎の話によると、結構、元気で勤めているそうだ。恋人が出来たらしいとか。

「こうなると、僕も、早く、結婚しなくっちゃア。」

風間は、明るく笑って、窓口をはなれた。

あの夜、二人は、桃子を連れて、一郎の家へ行ったのである。一郎は、大よろこびだった。しかも、桃子が、畳の上に両手をついて、

「あなた、いろいろとすみませんでした。」

と、挨拶したのである。

そのことが、いっそう、一郎に嬉しかったらしく、

「いいんだよ、わかってくれたらいいんだよ。」

と、もう、鼻の下を長くしていた。

二人の結婚の話を聞くと、一郎は、反対しなかったが、

「何んだ、世話の焼ける奴らだ。結局、桃子のいう通りになったではないか。だったら、はじめから、もっと、素直に、そうなっていた方が、お互のためによかったんだぞ。」

「でも、結果的には、そうであっても、内容が違いますよ。」

「あら。」

三郎がいうと、一郎は、

「そう、内容が違うか。それもそうだな。」

と、あっさり、認めた。

しかし、かりに、桃子が、あのように画策しなかったら、今頃、二人は、どのようになっていたかわからないのである。その点では、二人にとって、やっぱり、桃子は、大恩人であるようだ。

そして、二人の結婚について、桃子は、大活躍をしてくれた。まるで、三原、野々宮両家の代表のようになって。勿論、今日は、その桃子、そして、一郎、梨子、次郎が、この東京駅まで、見送りに来ていた。

発車のベルが鳴った。

桃子は、二人が顔を出している窓口に近寄って行った。

「元気で、たのしく、行ってらっしゃいね。」

「はい。」

二人は、桃子に、無限の感謝の視線を送った。それを受ける桃子の唇許に、微笑が漂うていた。しかし、それは、最高殊勲夫人でありながら、かつてのように驕らず、高ぶらず、愛情と貞淑を想わせるおだやかな微笑であった。

そんなんでいいのか?　昭和の会社員「民話」

千野帽子

源氏鶏太の長篇小説『最高殊勲夫人』は一九五八年から翌年にかけて《週刊明星》に連載された。連載完結の年に講談社から刊行され、また映画にもなった。源氏鶏太原作・増村保造監督・若尾文子主演と、『青空娘』の三人が再結集した。

いま読むといかにも(内容に合わせて昭和な表現を選ぶならば)「C調」な物語だ。ストーリーのスタートのしかたも「そんなんでいいのか?」なら、ハイスピードなすったもんだの末の大団円も「そんなんでいいのか?」で、いちいち呆れてしまう。

なぜならこの小説は、小説として読むのではなく、一篇の「民話」として読むのが正しいからだ。

大洋化学工業の経理課長・野々宮林太郎と妻・杉子の夫婦には、長女・桃子、次女・梨子、三女・杏子、そして高校生の長男・楢雄がいた。

三原商事の社長秘書だった桃子は、社長の長男で営業部長(のち社長)の三原一郎と結婚した。梨子も姉の後任として秘書室に勤務すると、一郎の弟で専務取締役の次郎と恋仲になり、結婚する運びになった。野々宮家三姉妹と三原家三兄弟のうち、それぞれ上のふたりどうしが結婚したところから、この「民話」がはじまる。

三原家の三男・三郎は、〈三原商事に入ると、一生、兄貴たちにこきつかわれるから嫌だといって、八重洲口にある大島商事に勤めていた〉。大島商事の社長は、梨子と次郎の結婚式の仲人だ。

三原商事社長夫人・桃子は、末の妹・杏子を三原三郎と結婚させたいという意志を明確に打ち出す。〈玉の輿の三重奏〉を狙っているのだ。そんなんでいいのか？

〈今日のあたしは、三原家の代表なんですよ。三原桃子です。そして、三原だって、この案には、大賛成なんですから。わたしの立場も考えて頂戴〉

三原商事の現社長の弟がふたりとも三原商事に揃えば、兄弟の結束によって、会社の将来のためにプラスになるだろうし、桃子の実家である野々宮家も、三原一族とのパイプが太くなるというメリットがあるだろう。って、そんなんでいいのか？

いっぽう、野々宮家三女・杏子も、三原家三男・三郎も、桃子をはじめとする周囲の人間の画策には乗りたくない。だからふたりとも相手に向かって、自分には恋人がいるのであなたとは結婚できない、と宣言してしまう。杏子と三郎は、そのように相手を欺きながら、しかし自分たちの結婚を阻止するために、いわば共闘することになる。そんなんでいいのか？

長女・桃子は妹・杏子の自由を阻む「敵」として暗躍する。そして杏子にも、三原商事秘書室勤務の話が降ってきた。

お似合いのふたりが意地を張って衝突ばかりしている。ラブコメの王道も王道なこの展開に、三郎の親友・風間圭吉、大島商事社長令嬢で三郎のガールフレンド・富士子とその兄・武久、三郎の行きつけのバーの女給・芳子、三原商事の前任秘書・宇野哲夫、営業課の野内稔、総務課の岩崎豊子、芸者・ぽん吉といった数多くの登場人物がからんできて、どんどん賑やかになる。

一九五〇年代日本の小説を読む楽しみのひとつは、そこに書きこまれた昭和の風情を読んでいくところにある。

一郎がよくないことをしに訪れる鬼怒川温泉の夜の風情。登場人物たちがありえない確率で「偶然の出会い」を重ねる銀座。「広い東京でそんな出会いがあるわけない」なんて言わないで、これらの場面は、どうか歌謡ショーでも見るような気持ちで読んでほしい。

また終盤の、野々宮家が銭湯を使っている場面を読むならば、現代の僕らは昭和感というか、懐かしい感じをいだいてしまう。その時代を生きていたわけでもないのに、なぜか懐かしい。そしてその感じを、もちろん当時の読者は感じなかったわけで（だってリアルタイムの風俗だから）、これは僕ら後世に生まれた者の得だ。

登場人物たちがやたらとんかつを食べるのも、これは宮藤官九郎ドラマのような畳み掛けと感じて、おもしろい。私見だけど、東京の人は関西の人に比べて豚肉が好きだし、豚肉のおいしい食べかたを知っている。

さて、桃子をはじめ周囲の、「杏子と三郎の結婚を望ましいと考える人たち」は、杏子と三郎の視点からは、「家と家との結びつきを個人の恋愛に優先させる旧弊な日本人」と意味づけられる。ふたりは第二次世界大戦後の新憲法が保障する両性の合意にもとづく結婚を重視したい。一九五八年に二一歳の杏子は、敗戦時に八歳くらい。

　ふたりは家の一員としてではなく個人として行動しようとしている。民話の世界から、近代小説の世界へと、なんとか脱出しようとしている。

　けれど杏子に味方する父・林太郎も〈これ以上、三原家の人に、娘を嫁がせたくありません〉（傍点は引用者）と言うし、その杏子本人でさえ、姉たちが嫁いだ三原家の人と自分までも結婚したくない、と言う。三郎の行動の動機も、これ以上野々宮家との縁戚関係を重ねたくない、というものだ。

　杏子と三郎は、相手が「すでに自分の姉・兄たちふたりと結婚している家の一員」だから結婚したくない、という意地の張りかたになってしまっている。皮肉な話だ。家の一員としてではなく個人で行動する近代人ならば、相手が好きなら恋に発展し、好きでないなら発展しない。相手の兄姉がすでに自分の家の縁戚になっているかどうかは、二の次であるはずだ。シンプルな話。

　つまり杏子と三郎も「個人として行動する」ことができていない。「旧弊な日本人の《家》の命じることに反抗する」ことしかできていない。

　そんなんでいいのか？　これでは桃子同様に「家」に縛られてしまっているではないか。

　いや、〈桃子も、梨子も、共に熱烈な恋愛結婚なのである〉と書いてある。お見合いでも政略結婚でもない。上の姉ふたりのほうが、よほど個人として恋愛および結婚を選択している。

これは、旧来の行動規範に反抗するばかりの「アプレ」の若者にたいする、連載開始時四六歳（敗戦時すでに三三歳）の作者のアイロニカルな構えなのか。

そう考えてしまうのは、小説の題の意味が最終段落で明かされるとき、「敵・味方」の構図が反転するのが、びっくりするほど鮮やかだからだ。

作者はのちに『源氏鶏太全集』第一五巻（講談社、一九六六）のあとがきで、つぎのように書いている。

〈はじめほんの数回の約束で書き出したのであったのに、いつのまにか二十四回になってしまった。「最高殊勲夫人」という題は、その頃、漫画家の西川辰美氏が何かの雑誌に「最高殊勲亭主」という漫画を連載していられたので、それにヒントを得、また、同氏の諒解を得てつけた題である。が、この小説の実際の主人公は、三人の娘のうちのいちばん下の杏子であり、〔…〕「最高殊勲夫人」という題は、必ずしも妥当でない。これも先に書いたように、数回のつもりが二十四回にもなってしまったせいである。ただし、私は、この小説の中に、夫婦のあり方とか、恋愛の手段方法ということも含めて書いたつもりである〉

『最高殊勲夫人』とは何者かを、作者は最初から決めていなかったのではないか。深く考えずに、つまりノリで、なんとなく威勢のいい語感に惹かれて連載の題を決めてしまって、最終回の最終段落で辻褄を合わせたのかもしれない。

この作品で作者が考える〈夫婦のあり方〉は、いかにも高度経済成長期らしい、核家族を単位とする性別役割分業だ。近年、なにかと悪口を言われているやつですね。小説は、書かれた当時の恋愛観・家庭観を反映することもある。

この小説で、もうひとつ興味を惹く点について書こう。杏子と三郎を結婚させたい桃子は、つぎのように発言した。

〈ついでだから、三郎さんと杏子を、結婚させてしまいましょうよ。そうすれば、三郎さんだって、否応なしに、大島商事をやめて、三原商事に戻ってくることになるわ〉

〈戻ってくる〉？　論理上、三郎が三原商事に〈戻ってくる〉ことは不可能だ。だって三郎は三原商事に入社したことがない。三郎が三原商事に「移る」「転職する」ことはできるだろう。でも一度も在籍したことがない会社に〈戻ってくる〉ことはできない。

しかし桃子だけではなく、さまざまな登場人物が、三郎が〈三原商事に戻る〉とか戻らないとか、そういう言いかたをなんの疑問も持たずに使用している。企業と家との違いがきわめて曖昧なのだ。そんなんでいいのか？

この特徴はひょっとして、本書だけでなくて、他の源氏鶏太作品にも見られる可能性がある。けれど、源氏鶏太作品をそれほど多く読んでいないから確言はできません。

世界的に見て、近代初期の企業は、多く家族経営から出発した。また日本では江戸時代の、使用人も住みこみで同じ釜の飯を喰うスタイルが、明治以降の企業の自己像形成に影響してしまったようなところがある。企業の自己像がいわゆる「大店《おおだな》」だから、昭和は「家族的経営」の時代だった。

第二次世界大戦後の社会風俗を盛りこんだ娯楽小説でありながら、桃子たち周囲の人間の思考パターンは、時代劇の登場人物そのものだ。いや、思考だけでなく、じっさいに時代劇の世界だ。なにしろ小説の後半では、三原家との縁戚関係が娘たちの父・林太郎（善人だけど、男のプライドという邪魔なものに振り回される気の毒な人でもある）の去就に影響してしまうのだから。

現実世界でも、リアルな企業小説の世界でも、家族経営はなにかと確執を生む。ファミリー企業にお家騒動はつきものだし、ドストエフスキーの『カラマーゾフの兄弟』（ビジネスではないが、三兄弟の世界観の相違の話だ）やコーエン兄弟のTVドラマ『ファーゴ』のセカンドシーズン（これこそ三兄弟のファミリービジネスの話だ）なんて、兄弟の思惑の違いが非常に厄介な問題を生み出していくさまを描いている。

だから現実世界だったら、桃子が思い描くような形での兄弟間の強まりが、三原商事にとっても三原家にとっても野々宮家にとっても、プラスになるという保証はない。

でもこの小説には、そんなリアルは必要ない。それはシンデレラや白雪姫の物語のあとに、結婚生活の危機というリアルが必要ないのと同じ。

そんなんでいいのか？

いいのだ。これは三原商事という小さな王国の王室と、心正しい平民・野々宮家にまつわる、素朴な民話なのだから。

（ちの・ぼうし　文筆家）

・本書『最高殊勲夫人』は一九五八年八月二日号から一九五九年二月八日号まで「週刊明星」に連載され、一九五九年二月に講談社より刊行されました。
・文庫化にあたり『源氏鶏太全集』第十五巻（講談社一九六六年）を底本としました。
・本書のなかには、今日の人権感覚に照らして差別的ととられかねない箇所がありますが、作者が差別の助長を意図したのではなく、故人であること、執筆当時の時代背景を考え、該当箇所の削除や書き換えは行わず、原文のままとしました。

ちくま文庫

最《さい》高《こう》殊《しゅ》勲《くん》夫《ふ》人《じん》

二〇一六年九月十日　第一刷発行

著　者　源氏鶏太（げんじ・けいた）

発行者　山野浩一

発行所　株式会社　筑摩書房
東京都台東区蔵前二―五―三　〒一一一―八七五五
振替〇〇一六〇―八―四一二三

装幀者　安野光雅

印刷所　中央精版印刷株式会社

製本所　中央精版印刷株式会社

乱丁・落丁本の場合は、左記宛にご送付下さい。
送料小社負担でお取り替えいたします。
ご注文・お問い合わせも左記へお願いします。
筑摩書房サービスセンター
埼玉県さいたま市北区櫛引町二―六〇四　〒三三一―八五〇七
電話番号　〇四八―六五一―〇〇五三

ISBN978-4-480-43385-5 C0193